谁能天生就会跑

珍藏版

汪书福◎著

中信出版集团 · 北京

图书在版编目（CIP）数据

谁能天生就会跑：珍藏版 / 汪书福著 . -- 北京：
中信出版社，2017.6
ISBN 978-7-5086-7178-9

I. ①谁… II. ①汪… III. ①纪实文学-中国-当代
IV. ① I25

中国版本图书馆 CIP 数据核字（2017）第 001942 号

谁能天生就会跑（珍藏版）

著　　者：汪书福
出版发行：中信出版集团股份有限公司
（北京市朝阳区惠新东街甲 4 号富盛大厦 2 座　邮编　100029）
承 印 者：上海盛通时代印刷有限公司

开　　本：660mm×970mm　1/16　　印　　张：20.5　　字　　数：200 千字
版　　次：2017 年 6 月第 1 版　　印　　次：2017 年 6 月第 1 次印刷
广告经营许可证：京朝工商广字第 8087 号
书　　号：ISBN 978-7-5086-7178-9
定　　价：58.00 元

誰能天生就會跑

丙申冬野狼書於深圳

坚守内心精神追求和原则底线的人，
即使不一帆风顺，
也一定会受人尊敬。

人生如跑步，
坚持会让自己难受，放弃会让自己难堪。
在难受与难堪的抉择之间，是智慧和平庸的鸿沟。

仅以此书献给那些珍爱自己的人。

序　言

认识书福的时候，他还没意识到自己可以这么能跑。没想到我的一句鼓励，他如此有心地付诸行动，只用了一年时间就成为跑步高手。

跑步是和更优秀的自我进行对话。跑在路上，会遇见更能坚持的自己、更懂取舍的自己、更真实的自己和更快乐的自己。人类天生是能跑的，是跑步成就了人类的进化。我们都认为自己会跑，却不知道怎样才算“会跑”。如果经常在心里斗争要不要跑，如果是任务或命令式地驱使自己去跑，如果因为跑步是一种坚持而让自己感到痛苦不堪，那都不叫作“会跑”。而想成为一个成功的、快乐的跑者，前面三个“如果”的阶段都是一定要经历的，没有任何捷径可走，正如这本书书名所提示的“谁能天生就会跑”。

书福在书中毫无保留地分享了他的探索历程：迈开脚步虽然不难，但要做到正确地跑、不让自己身体受损伤地跑，也是一门学问，涉及运动医学、运动营养学和心理学。本书中所提到的跑姿、跑步过程中与自己的身体对话、放松与节奏对跑步的影响等等，最值得读者用心学习和感悟。从中也看得出来，书福不断推敲、仔细琢磨、精益求精的钻研精神。

更难得的是，这本书让我们得以分享团队建设和团队管理的细节。我们可以看到书福为戈壁挑战赛召集、锤炼，最终成就戈九A队的用心和坚持，我们也会看到他如何把自己在商业管理上的心得运用到团队建设中来。让商界精英们卸下成功的负担，重新上路，在戈壁中直面意志和体能的极限，通过团队激发出潜能，这正是戈壁挑战赛的无穷魅力所在。

我们可以看到书福重情重义的描述，对人生的感悟细腻而深刻。对真挚友谊的向往，对人生成功与失败的定义之辩，对敢当与无我的北大精神的追求，都让我不自觉地置身其中，发人深省、催人奋进。

谢谢书福的有心记录和无私分享，也希望书福能带动更多人加入跑者的行列中，体会到健康、友谊和快乐！

郁　亮

2014年8月20日

目　录

第1章　苦战勃朗峰，开端

2016年6月26日，晨曦初露，凉风习习，原本宁静的法国霞慕尼小镇此时已经沉浸在一片热闹欢乐的海洋中，因为一年一度全球最知名的越野马拉松比赛——勃朗峰天空跑世界冠军系列赛事中的压轴大赛——42公里越野马拉松比赛，即将于7点准时开始。

我身穿前一天在霞慕尼小镇上购买的Salomon跑步T恤和Sweep短裤，脚蹬Brooks最新款越野鞋Cascadia 11，一身绿色环保打扮。6点18分，我与二弟小斌和四妹李季一起从酒店慢跑到了比赛的起点——霞慕尼镇中心教堂门口。这是自2014年5月戈九结束以后，我们北大光华“三剑客”与李季结拜为四兄妹以来的第一次携手出征。此时狭窄的广场和街道上已经人山人海，起点拱门前齐刷刷地站着二三十位越野大神，年龄在30—60岁，穿着一色的Salomon比赛服，背着专业的越野水袋背包，一个个身体精瘦、目光如炬。如果按照金庸老先生的描述，他们应该是太阳穴鼓起、内功深厚，属于武功高强之辈。两旁的观众不停地拿手机对着这些大神拍照。气氛紧张而不严肃。

我模仿四妹李季，在前五排左右的位置，席地而坐，情绪保持着静默的状态。李季是职业选手出身，赛事经验丰富。所以，虽然我知道她参加这个赛事内心很兴奋，而且对于这次比赛，她一直让人感觉自己轻描淡写，但我知道她想跑一个好成绩，内心相当严阵以待。就凭她能在大赛前控制住自己的情绪，就知道她获得那么多大赛的冠军和好成绩是有理由的。

今天的天气看起来很给力。前天二弟参加80公里比赛时酷热难当，许多人都中暑倒地。昨天却又倾盆暴雨了一天，寒冷无比。今天虽然晴空万里，但毕竟有昨天的降温，空气清冽，冷而不寒。小斌是2015年天空跑42公里马拉松比赛里中国业余参赛选手中唯一一个完赛者，而且是以7小时23分这个非常好的成绩完赛的，他这次的主要任务是参加前天举行的80公里超级马拉松比赛。他计划今天陪我跑一段。看到今天的气温这么适宜，他既高兴又羡慕，要知道他前天比赛时的天气可是相当炎热恶劣的。霞慕尼的天气就是这样，任何人都不知道下一刻会是什么状况，所以赛事组委会要求我们每一个人必须自带防雨防风冲锋衣、急救毯、求生口哨、手机等。

霞慕尼小镇，因为坐拥西欧最高峰——也是阿尔卑斯山脉的最高峰——勃朗峰而与众不同，1924年因为承办首届冬季奥运会而闻名于世。这个小镇虽然只有区区不足2万人口，却是全世界最著名的越野圣地、登山圣地、滑雪胜地、徒步圣地、滑翔圣地、自行车赛圣地……没有之一。几乎所有全世界知名的户外用品品牌在这个小镇都设有专卖店或者旗舰店。

每一位英雄都想一战成名，每一个优秀的人都希望清晰了解自己在本行业里面的排名与定位。

霞慕尼的两个系列越野赛事天空跑（Sky Running）和环勃朗峰极限耐力赛（UTMB），就是越野界的英雄们证明自己的最佳赛场，尤其是天空跑中的42公里马拉松赛和环勃朗峰赛事中的168公里比赛更是经典中的经典。每年的6月下旬，正是越野跑者群英聚会的时候，全球几乎所有自认为能跑的大神，都会心照不宣地聚集到勃朗峰天空跑系列比赛赛场来一展雄风。如果能在42公里越野马拉松或80公里超级马拉松比赛中顺利完赛或者取得不错的名次，毫无疑问会一战成名，不但能奠定自己在越野界的江湖地位，而且也会坚定自己在越野比赛上的信心，为未来参加更多、更远、更难的越野比赛（比如UTMB）打下坚实的信心基础。与UTMB系列赛事距离都在百公里以上、选手们可以半跑半走不同的是，勃朗峰42公里马拉松以赛道高差大（海拔在1 200—2 400米，累计上升2 800米，累计下降1 700米）、攀爬难度高、关门时间短（关门时间9小时，并且每5—10公里会有一个关门点）等严苛条件被认为是全球最具挑战的越野跑比赛之一。

就像奥运会的百米比赛因为距离短、参赛选手的竞争气氛浓烈，而成为田径赛事之王一样，勃朗峰天空马拉松因为越野距离相对较短、高差大、难度高、时间短等因素，被所有参赛者称为“绝对超过人体舒适度的一次冒险，之后却又能使你无比着迷”。当你在霞慕尼小镇偶尔见到美女对着某一位曾经是勃朗峰天空马拉松上的明星尖叫的时候，当你在勃朗峰马拉松比赛的终点看到所有的观众向即将完赛的选手鼓掌欢呼的时候，你就能领会这项赛事在越野跑者心目中至高无上的地位。

总之，如果你一生中只能参加一场越野赛，毫无疑问你会选勃朗峰天空跑世界冠军系列赛的42公里马拉松。

法语的“10”“9”“8”“7”……倒数发号令听起来一点都不让人紧张。总之，我好像还没兴奋起来，就和小斌一起，被后面的人推到奔跑的洪流中去了。

冲过300米左右的一小段水泥路，后面的路面基本上就是泥巴、青草、碎石、林间羊肠小道了。对于本次比赛，我应该说还是做了充分准备的：且不说我从春节前就对这个赛事开始研究，包括地形地貌研究，不断找曾经的高手打听赛事相关的信息；也不说我为了准备本次赛事而刻意做出大胆的增肥计划，这是本次能顺利完赛的最大因素之一；更不说我一直为本次比赛而保持的体能训练，保证自己的核心肌群能跟上越野的步伐而不失去平衡，并保持足够的体能完赛。单是这几天在霞慕尼的时光，我就一直心存敬畏，时刻在研究着路线，设想着比赛过程中可能遇到的一切，并设计了两种跑法：前快后慢；前慢后慢。因为按照这么大的高差，这么远的距离，跑到后面肯定会到极点，后面的速度肯定很难保证。昨天晚上我再仔细算了一下时间，觉得以前快后慢更可能完赛，也就是说我从比赛一开始就必须全速奔跑。

也就只跑了3公里左右，前面就开始出现一段一段的上坡，我身边的老外们已经纷纷杵着手杖在半走半跑了。我跑了几步相当吃力，也不得不拿出手杖借力前行。但能到这里来跑的人毕竟都是来自全世界的高手，偶尔的上坡也只是暂时迟滞一下他们疾驰的脚步，一旦到平路或者下坡路，大家便又开始快速奔跑起来。

5公里不到，我的咽喉炎准时发作，我不得不停下来缓和一下呼吸，站在路边干呕着。二弟本来与我一前一后陪跑，他也不得不停下来等我。我有点微微感觉不妙，本来以为在勃朗峰这样的高清洁空气环境中应该不会发作咽喉炎，但看起来根本不是这样。未来的路还很长，每干呕一次都意味着真气的一次流失，必须重新组织凝聚体内真气才能进行下一次有力奔跑。辛苦程度可想而知。

跑到第一个打卡点，正好在10公里处。我看了一下手表，57分钟，对于这段崎岖不平的山路而言，应该算是比较快的了，也与我做的“快方案”基本一致。我在补给点匆匆加了一点水，与二弟拥抱告别。他返回小镇酒店帮我和四妹李季拿终点更换的衣服，再赶到终点迎接我们。而我则继续上路狂奔。

后面的路明显坡度加大，许多路段窄得只能容许一个人通过，想超越别人必须要打招呼。这种招呼其实不是语言上的沟通，而是前面的人通过听后面的脚步声判断离自己有多远，后面的人则通过脚步声来提醒前面的人自己希望超越。所以大家都是屏气凝神奔跑，很少有说话的声音，过程中虽然不断有人超越，但都很有默契，绝无冲突。跑者的江湖就是这么简单，人与人、人与自然之间都是那么和谐。

17公里的补给点相当重要，因为下一段虽然只有6 000米，却要爬升1 200米，大部分选手都会在这一段把体力耗尽。我跑到17公里的时候接近2小时，与我的计划一致。我吃了几块切开的橙子，装满了水，稍事休息，便加快脚步前进。我的目标是1小时跑上山顶，这个挑战可非同一般。

我因为担心被关门，所以鼓足了干劲，即便是上坡，双手杵着两根手杖也是如雄狮飞渡，一路超越，奋蹄狂奔。我是在2015年参加九A会妹妹Ellen举办的柴古唐斯30公里累计爬升3 000米的越野赛上学会用手杖跑上坡的，也正是因为在这次比赛中我以6小时7分完赛，二弟小斌便坚持认为我的越野能力很强，才推荐我来勃朗峰参加天空马拉松跑的。我的经验是上坡时双手双杖必须同时发力一致行动，每一次手杖的上移，带动身体三步前进。按照这个节奏，手杖极大分担了腿部和膝盖的压力，也保证了奔跑的速度。当然，这是靠强大的背阔肌和三角肌来完成的。

跑山最大的痛苦不仅仅是身体的疲累，更要命的是可能发生的精神崩溃。当你在山脚看到山顶，以为跑到那里就解脱了，可跑到当初看到的山顶上，发现前面还有一个更高的山顶，然后只能咬着牙、振作精神、鼓足干劲继续攀爬。等你到达第二个顶点以为噩梦结束时，发现前面还有更高的第三个山顶，这时的人已几近崩溃。无奈，还得往前，再往前！熬到第三个顶点时心想应该结束了吧？可是，对不起，前面还有该死的第四个山顶。很多人就是在这个时候彻底崩溃而放弃，改成慢悠悠地爬山了。这些放弃奔跑的选手最悲催的后果是在31公里左右被强制关门。我因为心里有完赛的信念，所以不管有多少山顶都咬紧牙关、精神不放松，虽然心里也一直海阔天空地重复着各种“国骂”。

但这里的环境、风景、气候、花草实在太美，而道路又实在太原始，太崎岖，所以虽然跑山跑得崩溃，但心理的补偿也不错，不至于沉闷、压抑。人生其实也是这样，当你处于逆境时，或许感觉挫折一个接一个，连喝水都塞牙缝，处处不受待见。但如果把心情放松下来，就会发现身边还是有很多美好的东西值得关注和留恋，而正是这些美好的人和物伴随着自己渡过难关，不至于感觉孤立无援、自怨自怜，甚至悲观厌世。

等我跑到21公里的第四个山顶时，已经看到一群穿着羽绒服的志愿者在提供补给服务。我的眼前一亮，不是因为看到补给，而是看到远处我们即将要翻越的第五个山顶——雪山和冰川。这里的气温应该不超过5摄氏度，但因为我们一直在奔跑，所以并不觉得寒冷。大家匆匆补给就踏上下一段行程。在雪山上奔跑，寒风凛冽，眼前白雪皑皑，远处群山环抱、层林尽染，陡然之间便有一种英雄豪迈、舍我其谁的霸气。许多跑者发出狼一般的嚎叫，抒发着内心的英雄情怀。我也忍不住停下来自拍了几张照片，恰好组委会邀请的直升机过来航拍。也许是我们正在山顶的缘故，感觉直升机飞得离我们很近，鼓起的旋风差点吹掉我的帽子。我们很多人停下来向直升机招手欢呼，每一个人都感觉自己顶天立地，傲视天下。

过了比赛路线的最高峰，下一段就是连续8公里左右的下坡，也是我们出成绩的最佳路段，每一位跑者明显加快脚步。此时，用“奔跑”二字已经形容不了大家的状态，用“飞奔”二字更加合适，因为赛道没有台阶，每一步都是由前人的脚步踏出来的，因此每一脚的高度都完全不同。如果从航拍的角度看每一个人，都似乎处于“跳跃和奔袭”的状态，就像猛虎下山一般，气势如虹。路两旁或是白雪覆盖，或是冰川铺地，或是岩石耸立，或是荆棘丛生。常常一边是巍巍高山，另一边是陡峭悬崖，奔跑在其中，既有天之骄子的骄傲，也有凡尘俗子的敬畏。

突然，我听到身后一声闷响，伴随着一声惨叫。我赶忙停下脚步回头一看，一个老外重重地摔在地上，他正好踩在一条树根上。勃朗峰马拉松的道路基本上都是原始的，鲜有人工修葺的痕迹。我们奔跑的路上树根横七竖八，加上前一天下了一天的大雨，树根湿漉漉的，特别滑溜。而下山的石块路也毫不乐观，很多石块上有青苔或者湿泥，一般的越野鞋踩上去都很难定住。所以，在这样的路上奔跑，对自身的平衡能力相当有考验，不但要核心肌肉强以保证自我控制身体不能漂移和失衡，还得腿部有力量以便能支撑下降时身体的冲力，否则很容易发生意外。

我扶起这个身高超过1.8米的老外，从他对我龇牙咧嘴表示感谢的动作就知道他摔得不轻。越野就是这样，除了平时要练好基本功，比赛时也必须全神贯注，否则很容易受伤。我继续奔跑前行，不敢半点懈怠，目视前方路面，辗转腾挪，在狭窄的赛道上超越一个个快速奔跑的大神。一个意外的收获是，我发现在越野跑的下山冲刺时，手杖可以成为身体的平衡器，就像走钢丝选手手中的雨伞，当身体出现摆动不稳时，挥舞手中的手杖可以迅速让身体平衡下来。这是我在这次比赛中发现的手杖新功能，我已经在心中把手杖叫“越野神器”了，难怪那些越野冠军手中也不离手杖呢。

勃朗峰马拉松的风景确实独一无二，却又危机四伏。6月正是野花盛开的季节，在悬崖峭壁上跳跃腾飞，一览群山峻岭，亲触气势恢宏的冰川，穿越超长的冰碛，闻着牧场草地的芳香，在野花里如蜂蝶戏粉，在森林里似野狼追貂。脚下或干草隐路不知深浅，或烂泥泛滥污水横飞，或浮石垫基折断无影飞腿，或树根暗铺绊倒越野神仙。这一段下坡跑，我亲历了5位越野大神摔得人仰马翻。正应了人生写照：越是享受时越是陷阱丛生，越是得意时越是灾难相随。

只有谨慎的跑者才能跑得更快，更远。

到达近山脚下的28公里打卡点，我刚冲出森林，就听到耳边有人用中国话说：“你好！”我头都没抬，脱口而出回了一句：“你好！”这一路我自与二弟分别后还没用中文讲过一句话。只听这个中国人狂喜的声音，他说：“你太牛了，你是今天跑得最快的中国人！”我愣了一下，边跑边说：“不可能，前面至少还有李季呢。”我知道李季一定在我前面。事后我才知道，李季因为跑得太快，很多老外都把她当成日本人，根本没想到中国还有一个跑得这么快的女生，所以大家都认为我是跑得最快的中国人。因为这个打卡点是山脚下的一个村落，沿途几百米的村间小路旁站满了村民或者徒步爱好者，他们在热烈地为我们鼓掌欢呼。当他们看到我时好像特别兴奋，因为他们从我的参赛号码布上辨别出我的国籍，并且喊着我的拼音名字：“China，Shufu Alei！”大概意思是“中国，书福，加油！”我从起跑至今，还没关心过我的成绩，一路只是担心被关门。但从他们喊叫的状态和与刚才那位中国服务者的对话，我想我今天可能在参赛的中国选手中跑得相对比较好。

从28公里打卡点到31公里打卡点是一段相对比较平坦的路，此时我已经将近跑了4个小时，身体开始感觉有点疲惫，咽喉炎导致的干咳和干呕依然时断时续。我补充了两粒盐丸，拿出一块能量棒，只吃了三分之一就感觉要吐，只得放弃补充能量棒，改吃牛肉干。但牛肉干咀嚼起来太慢，基本上要停下来走才能顺利嚼碎咽下，而且吃一根牛肉干感觉需要花费10分钟，我觉得太浪费时间了，所以吃了半根又塞进包里继续跑。也许正是由于这次的能量补充太少，导致我不久后身体不适而差点退赛。

31公里打卡点是一个重补给点，天空跑的轻补给点只有水和橙子，重补给点还提供可乐、蛋糕、饼干、香蕉之类。我试着吃了一小块蛋糕，喝了一大口可乐，感觉蛋糕做得一般，但可乐特别的爽口，因为在雪山脚下，户外温度都在十几摄氏度，这个温度的可乐遇到长跑后的食道，简直就是神配！

我完成31公里的路程只用了4个半小时，接下来一直到终点基本上都是上坡。我看了一下路线图，从31公里到37公里，海拔上升800米左右。我感觉自己状态还可以，只是时近正午，天气越来越热，我们又是从烈日照射的一面上山，可遮挡阳光的树木稀稀疏疏，大部分都是在烈日下爬升，我知道自己的极点迟早会到，所以不敢懈怠，马不停蹄。

在34公里处，我开始感觉头晕，我想应该是腹中饥饿导致血糖低的原因，所以停下来坐在路边的一块石头上，吃着刚才剩下的能量棒和牛肉干。心里有想睡觉的感觉，我知道这是不好的信号，越野赛中经常有选手因为在中途睡觉不知不觉睡过头被关门的，也有因为睡觉导致精神恍惚出事故的。所以我给自己规定的休息时间是10分钟，而且不能睡觉。10分钟后我准时起身，先是慢慢往上爬坡，再试着用手杖手脚并用加速，但也就行进了不到200米，还是感觉支撑不住。我再次在路边歇息，还是慢慢咀嚼着牛肉干，补水、补盐丸，用可乐来调剂胃口，时间还是控制在10分钟。我默默地看着手表，身边不断有人叫着我的名字，关心着我："Shufu，OK？"这些人有的是我扶起过的，有的是看到过我帮助别人的，有的是与我同行跑过的，所以他们都很关心我，但也仅限于问候。因为在越野跑中，重要的是自己有独立完赛的能力，如果不行就主动退赛，在没有出现生命危险的情况下既不要轻易获得他人的帮助，也不要轻易去帮助他人。独立完赛是参赛跑者最需要坚守的底线。

我向关心我的那些人点点头，此时我感觉自己已经快进入无助的状况，我的极点终于来到，但没想到来得这么突然，这么强烈。我的体力消耗非常快，补给好像毫无反应，干呕的状况越来越严重，头晕得很厉害，浑身无力，而前方还有3公里的上坡，山路弯弯看不到头。

我坚持10分钟后准时站起来，默默告知自己哪怕是走也要离开这里，身边的人越来越多，我知道我已经在浪费之前全速奔跑争取的时间，因为之前我应该一直在前面的梯队，速度快，人相对少，现在人越来越多，说明后面很多人已经赶上来了。我开始与我肚子上的脂肪对话。这可是我花了近半年时间养出来的4斤珍贵的脂肪，现在我补给跟不上，正是靠脂肪发挥能量补充的时候。一定要顶住啊！可是刚刚走了不到20分钟，双腿越来越沉重，气喘吁吁，身体虚弱无力，不得不再次坐下来。眼看着身边的选手匆匆而过，心中顿时悲凉起来。我勉强吃着能量棒，双眼无神地在山林里飘忽，心中不断诅咒着这该死的赛道，这该死的天气，这不争气的身体，神情越发恍惚起来，内心一直在敲问着自己：

“野狼，是什么让你迷上了跑步？参加这该死的跑步有什么意义？又是什么动力支撑你在跑步的路上屡屡身陷险境却不罢不休？”

要回答这些问题，就得回到三年前，2013年6月5日，所有故事开始的起点……

故事里的一些人

曲向东（“玄奘之路”商学院戈壁挑战赛组委会主席）

施建华

李季

野狼·汪书福

三剑客（左起：施建华、野狼、邱小斌）

奔跑中的邱小斌（海洋供图）

THE SAN FRANCISCO MARATHON
JULY 27, 2014
NATIONAL
zhaohui
40033
FULL MARATHON

2XU

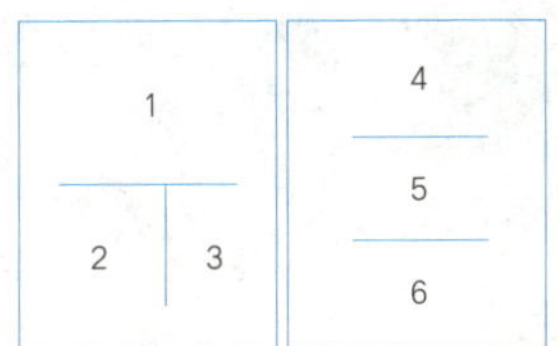

1　刘朝晖

2　胡小红

3　墨鱼组合——飞鱼陈蔚

4　厉伟

5　沈梦湜

6　墨鱼组合——莫飞

J86099

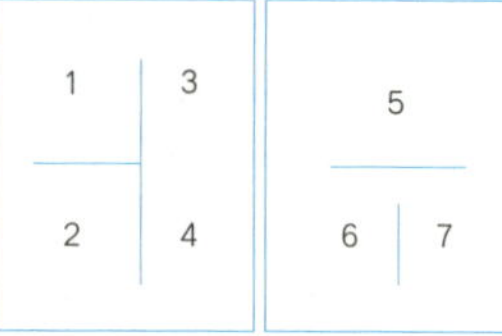
1
3
2
4
5
6
7

1 兰晓明
2 黄锋利
3 郑意端
4 张云鹏
5 李宁（棒棒）
6 王基文
7 宣利

华南戈九队员大合影

难得一张聚齐了 14 人的合影，当时我们正在庆祝华南戈九队员取得佳绩。

前排左起：程菲斐、郭宇清、沈梦湜、胡小红、郑意端、刘秀焰

后排左起：野狼、刘朝晖、刘文杰、王宝森、李宁、宣利、张云鹏、王剑波

第2章　野狼一诺入江湖

跑步江湖里多了一匹“野狼”

在2013年6月5日前，如果有人在我面前说他跑过马拉松，我会对其肃然起敬、赞叹有加。但如果有人说让我通过锻炼去跑马拉松，我会怀疑他不是跟我开玩笑，就是和我有仇。

我自2003年4月1日开始打高尔夫，8个月后的2004年元旦，我打了78杆，这是我的高尔夫生涯第一次见7。对于很多球友来说，8个月的时间能打到7字头那是很值得骄傲的事。自此，我深深地热爱上了高尔夫这项运动，并且一发不可收。自2003年12月我在北大光华华南校友会的帮助下，筹办北大光华华南高尔夫协会开始，至今的10年间，我一直担任北大光华华南高尔夫协会会长。截止到2013年，我的个人最好成绩是71杆，打过两个一杆进洞，10个老鹰。对于业余选手来说，这些都应该是不错的高尔夫纪录了。

除高尔夫外，我花了一年时间学习、了解葡萄酒知识。并于2013年年初以全考场唯一一个优秀的成绩，获得英国葡萄酒与烈酒协会（WSET）颁发的“国际葡萄酒与烈酒二级品酒师”证书，成为一名真正的葡萄酒与烈酒品酒达人。

我每周打两三场球，三四个朋友在美丽的球场欣赏大自然的美景、切磋球艺。偶有朋友觅得好酒，相聚一起浅酌品鉴，猜测葡萄品种、产地，闭上眼，闻着香，含着一口饱满的葡萄酒，想象着酿造这瓶酒的葡萄的生长过程。那酒中蕴含的各种芳香源自何处？浓厚的酒体源于何由？生活是何等惬意！高尔夫与葡萄酒似乎将在我的余生中充实着我的生活，健壮着我的身体，修炼着我的精神。

然而随着2013年6月5日晚宴的结束，我的生活之轨开始发生倾斜。

2013年6月3日，我收到深圳北大企业家协会秘书长张新华师兄的短信，告知6月5日晚深圳北大企业家协会将举办祝贺厉伟大哥“戈八”回归和郁亮大哥成功登顶珠峰的隆重庆功晚宴。我已在报纸上看到郁亮大哥登顶珠峰的消息，内心佩服不已。这应该不是常人能干得了的事，得需要多大的毅力和付出才敢于去做这样的尝试啊！

对于厉伟大哥参加戈八，我早就知道，因为一个多月前我和他在希腊旅游，我就陪他走了几个晚上，每次走两三个小时。对我来说走路是比较轻松的事。我听厉伟大哥说要参加戈八，我对戈八的了解仅仅是知道它是由各大商学院的EMBA同学参加的在戈壁上跑步或者走路的活动，仅此而已。不是因为没有人愿意告诉我，而是我压根就没兴趣了解更多。我听厉伟大哥说要去走四天，共120公里，我认为没什么太难的。他是那么的郑重其事，当时对戈壁挑战赛还一无所知的我甚至觉得厉伟大哥有点小题大做了。

6月5日下午，我在观澜高尔夫球会与朋友打完球，便匆忙赶到市区赴宴，但因为修路，一路堵车。等我赶到会场，郁亮大哥的分享已近尾声，厉伟大哥的分享紧随其后。但我能感受到整个小宴会厅近50人的专注、感动及向往。这些人都是北大企业家协会的理事，年龄基本上都在40～60岁。是什么让他们那么饶有兴趣，甚至欣然向往？我内心开始好奇起来。

我环顾了一下小宴会厅，在拥挤的五张餐台边，搭了一个小小的背景板，算是发言之地吧。背景板设计得很雪山，很户外，虽然在都市，在这样的背景衬托下，感觉空气顿时清新了起来。厉伟大哥的发言充满了激情，这种状态是很少见的，我认识他十多年，他每次都是那么低调，那么谦和。但今天的他完全不一样，他神情很激动，眼里闪着光。谈起刚刚发生过的戈八征程，他是那么的骄傲。戈壁到底有什么样的魅力？它是如何做到让厉伟大哥这样一位谦谦君子对它如此顶礼膜拜的？

恰好黄锋利坐在我旁边，他一直在偷偷观察我的反应。我后来才知道我早就是锋利心中的猎物了，他正准备游说我参加戈九。

追溯起参加戈壁挑战赛的华南同学，有两个人必须提及。

一个是刘岩。他是戈七的B队队员，那时北大光华体系内，深圳参加戈壁挑战赛的人寥寥无几。刘岩从戈七回来，兴致勃勃，像打了鸡血一般，马上积极地召集华南同学一起成立华南户外俱乐部，给大家放映戈七的宣传片，唠唠叨叨地讲着戈壁发生的一切，甚至包括一个帐篷钉是怎么打进去的，哪个人的脚长了泡之类。反正我觉得挺无聊，虽然我看到很多人还是挺感动的样子。如果说华南在戈九有燎原之势，那一点星星之火就非刘岩莫属了。

另一个不得不提及的人就是黄锋利。锋利在刘岩戈七回来后就跃跃欲试。在他之前，华南从来没有出现过A队队员。锋利参加戈八后，不仅成功晋级A队队员，而且是戈八A队的政委。这一方面源于他有一定的跑步天赋，另一方面也源于锋利好胜的性格。跑步这项运动来不得半点虚假，只有坚持用心和刻苦训练的人才能崭露锋芒。锋利能成为戈八A队政委，本身就说明他在戈八A队中的跑步能力是很强的。

锋利对于华南参与戈壁挑战赛的贡献不仅仅源于他在戈八上的贡献，更重要的是他在招募戈九队员上的不遗余力。那段时间，他会对碰到的任何一个人宣讲戈九，在飞机上游说沈梦湜，在饭桌上游说刘朝晖和张云鹏，在高尔夫球场上游说我，见到阿端和小红像苍蝇见到鲜肉一样紧盯着不放，打电话给宣利锲而不舍，总之，华南戈九的队员大部分都是他游说的成果。

我问锋利："戈八到底是啥东西？厉伟大哥为何从戈八回来后像换了一个人似的？"锋利乐呵着，本来就不大的眼睛眯成了一条线，那神情，仿佛在品评一杯好酒。等他缓过神来，跟我娓娓地讲了一遍戈壁挑战赛的概况。

戈壁挑战赛是2006年由曲向东先生创办的一项赛事，以1 300多年前玄奘去西天取经途经的800里流沙（从甘肃瓜州到新疆哈密）这段路中的第一段：塔尔寺至白墩子为比赛路径，全长直线距离112公里。比赛分四天进行，第一天为体验日，第二、三、四天为竞赛日。本项赛事定位为由华语圈各大商学院EMBA会员组成的校际团体赛。每个校队设A队、B队、C队三组队员。

其中A队是竞赛队，每队限额10名队员。其中女生每天的成绩以减时后的为准，再与男生的成绩一起排名，排名后的第六名的成绩就是每个校队每天的成绩。因为比赛属于团体赛，所以不计个人成绩。对

A队队员考验的是速度、耐力、意志力、团队协作能力。A队队员在比赛过程中可以相互帮助，但不允许被A队以外的其他任何人帮助。正因为取的是团队第六名的成绩，而不是全队平均成绩，所以跑得快、体力强的队员的关注点不是自己如何全力完赛，而是要考虑如何帮助第六名的队员尽可能以最好的成绩完赛。过程中如何做到团队协作是各校战略战术创新的重点之一。

考虑到男女队员体质差异，A队队员中的女生每天的成绩按照组委会的规定有减时优惠，目的是鼓励女生多参与。这种减时优惠往往对团队的成绩影响极大，也是团队战略战术创新的重点之一。

B队为参赛队，队员一般不超过30名。对B队队员的要求就是在足够的时间内完成赛事即可。完成与否只影响该校能不能拿到沙克尔顿奖。对B队队员考验的基本上是意志，因为按每天平均30公里的行程，体质弱一些的队员可能每天要走上10个小时。队员一般每天只要在12个小时内完成，全队没有退赛的，就可以拿到团队沙克尔顿奖。B队队员之间可以互相帮助，但不允许获得B队队员以外的任何人的帮助。

C队为体验队，队员名额一般不超过30名。C队只参加第一天体验日的比赛，比赛要求与B队一样。C队队员因为只要比赛一天，完赛后直接回酒店住宿，无须在戈壁上搭帐篷。

不管是A队，还是B队、C队的队员，在经历一次戈壁挑战赛的全部行程后都会有很多的感悟，或因为过程中的艰辛，或因为在营地上的无助，或因为气候恶劣而陷入困境，或因为受到团队的帮助而感动，等等。所以，每年参赛的队员越来越多，这项赛事已经风靡全球的华语圈，每年不但有中国内地的顶级商学院参赛，还有来自中国台湾、中国香港及新加坡等地的商学院积极参赛。这项赛事已经成为名副其实的商学院大派对，为众多EMBA学员追捧。

戈壁挑战赛每年一届，迄今已经举办八届。前几届，各队的竞赛队A队基本上都是以徒步为主。从戈七开始，各校在比赛前会通过一年的时间来训练队员跑步的速度、持续几天的跑步耐力、团队队员之间的协作等。到戈八这一届，已经不仅仅拼的是队员的能力，团队的协作能力，甚至要拼各队的后勤补给、综合财力、资源配合度等综合指标，从EMBA学员的自发性组织，上升到学校之间的实力大比拼。正因此，这项赛事的激烈、学员的参与、竞赛的水平，以及比赛过程中的精彩程度都得到了本质上的提升。

锋利最后呷了一口茶，坏笑着说："这么说吧，现在没参加过戈壁挑战赛，都不好意思说自己读过EMBA了。"然后又端起一杯酒，说："兄弟，有意思吧？一起来参加吧。那里有一群真性情的兄弟姐妹等着你！"我虽然还是懵懵懂懂的，但对戈壁挑战赛那些"挑战极限""磨炼意志""团队协作"等关键词还是挺感兴趣的。等我俩回过神来，晚宴已近结束，很多人争先恐后地上台发言、表态。无非是怎么佩服郁亮大哥和厉伟大哥，要奋起直追，不做时代的落伍者之类。

我端起一杯酒和锋利一起走向郁亮大哥，我们祝贺郁亮大哥成功登顶珠峰。郁亮大哥对我说："书福，你的身材适合跑步，你也能行的。"我说："是吗？可我从来没跑过。"郁亮大哥说："当然，我们都是从不会跑过来的，你肯定行！"锋利听后趁热打铁，没等跟我商量，就抢上台跟大家说："现在有请汪书福上台发表感言，他一直是光华华南EMBA高尔夫协会会长，身材也适合跑步。"我心中怪锋利太冒失，还没和我商量就逼我上台表态。但郁亮大哥对我的鼓励让我有点心动，厉伟大哥的意气风发也让我好奇，我想说不定真可以一试。我站在台上，由于毫无准备，难免有点语无伦次，我说："我本来是来打酱油看热闹的，我对跑步一无所知，没想到跑步还能为学校争光。我不知道我是否能跑步，但我在此表一下决心：如果我真能跑步，我一定为光华效力！"

没想到因为这个仓促的承诺，在商学院第九期戈壁挑战赛上多了一匹"野狼"，因为我的网名是"快乐野狼"。我后来作为戈九光华A队的队长，带领A队所有兄弟姐妹拿下团队第四名，创下光华在此项赛事上的历史最好成绩，比光华戈八的成绩提升了三个多小时。同时我也获得个人第七的佳绩。

但在这一年的历程中，我历尽各种艰辛，经受重重磨难，以至于在戈九赛后，华南备战戈十的兄弟们在微信"集训群"里说：当自己遇到困境的时候，将以"野狼精神"来鞭策自己。当然，这是一年以后的事了。

因为我确实不知自己能否跑步，我有生以来没跑过2公里以上，对于配速、心率、跑姿等基本知识一无所知。但我一直对自己有一个要求，但凡做一件事，一定要做到自己尽力为止。正如我打高尔夫8个月就见到78杆一样，不是自己有天赋，而是很执着地去思考和领悟。说白了，花的时间和精力比别人多。对于跑步这事，我一点准备都没有，被锋利这一折腾，我想得花点精力了解一下。

于是，我花了三天时间在网上看各种跑步的视频，有美国、法国、加拿大等各国教授的教学视频和各种马拉松的案例。这才知道跑步还有前脚掌着地、全脚掌着地和后脚掌着地的各种不同跑姿，从动物学衍生出来的身体如何倾斜、膝盖与脚掌的关系、核心肌的重要性、能量的补给、营养与代谢在跑步中的作用等。

三天下来，我觉得跑步真是一门科学，比我们想象的要复杂得多。对于有点求知欲的我来说，开始对跑步有点兴趣了。

菜鸟正式开跑

我于是制订了一个很粗陋的锻炼计划：每天早晨6点起床（我平时可是一般睡到8点的），去深圳湾红树林跑步。2013年6月11日，我正式开跑。第一天我咬着牙跑了3公里就已经累得不行，一直肚子岔气，身上各处都极不舒服。3公里下来我以为跑了一小时，一看手机才20分钟，觉得时间过得好慢。一周以后我就能轻松跑完3公里了，但一个人跑很枯燥，跑了一会儿脑中就有各种放弃的念头，所以每天只跑3公里。这时有人给我建议可以去梅林水库找跑步网的人一起跑，我这时有点心飘飘，觉得自己跑得挺好。所以第二天一早我就兴致勃勃地来到梅林水库找他们。不想这天让我遭受了两个挫折。一是还没开跑，我就随便说了一句“最近跑步老是岔气”，被一个据说在国内外跑过20多个马拉松的妹妹大声喝止。她说：“如果你要传递负能量就不要跟我们跑！”语气相当坚决。我当时很意外。等我真正开始跑了，我就非常理解这位妹妹当时的反应。我们每个人的心中都有很多负能量的东西，如果身边有负能量的人，很容易被感染。就像跑步，我们在跑的过程中经常想放弃，如果同伴有人放弃，对我们咬牙坚持的意志挑战就更大。我在后面的团队建设中，一旦遇到负能量的行为和言语一定会及时制止。

我因为前几天跑得轻松，也不知他们的底细，就一路跟随他们跑。他们跑得极快，而且又是大上坡，我仅跑了1公里不到，就头脑犯晕，眼前发黑，马上停下来后仍然狂吐不止。幸亏一个小妹妹过来递了一瓶水给我，她说我跟跑的两人一个是跑过20多个马拉松的高手，另一个是深圳大运会的职业选手。此时我才知道我连跑步入门都没有做到，更何况天外有天人外有人！这一天的遭遇让我明白了两个道理：第一，跑步是一个精神层面的事，不单单是卖苦力；第二，要坚持科学训练。盲目跑步是会付出代价的。

6月底，北大华南户外俱乐部搞了一次比赛，目的是发现新人，距离是5公里，地点在深圳湾。我当天跑了26分钟，荣获第一。华南所有人都过来祝贺我，尤其是锋利，他故作惊讶地说："野狼，没想到你真能跑步，这么快啊，已经达到A队水平了。"我事后才知道距离根本没有5公里，组织者为了让大家有信心，故意将距离缩短了几百米。锋利这小子确实不是一般的坏！但不得不说他们这招还是很管用，即便我知道距离缩短了，我还是觉得自己有点跑步天赋，于是更加有信心了。这段时间我基本上一周要跑个三四次，虽然每次距离还是在5公里以内。

7月15日晚，光华戈八A队的杨明玖兄弟来深圳，厉伟大哥召集几个备战戈九的兄弟姐妹一起吃饭。这个晚上我才知道宝森、阿端、小红等准备参加戈九训练。这是我第一次参加以戈友名义为主题的聚会，也是我第一次见到明玖兄。明玖兄喝酒时的豪放、谈吐中的男人本色，很让我欣赏。我第一次对"戈友"这个词有了一个初步的认知，而且是很正面的认知，对戈友的欣赏，也增加了我训练的兴趣。

与什么样的人为伍，你就会成为什么样的人。戈友的这种正能量，注定会使得这个团体在社会上璀璨生辉，成为很多人向往的目标。

第二天早上，我和锋利、宣利、明玖兄相约在深圳湾晨跑。明玖兄夸下海口，要想进入戈九A队，首先要过他这个门槛。我当然不敢挑战戈八A的这些男神，但与他们比试一下差距的心还是有的。所以我这天跑得很卖力。本来以为只跑5公里，没想到明玖兄在起跑时要求一定要跑足10公里。此前，我从来没有跑过10公里的，所以心中没底。

起跑3公里后我就开始超越明玖兄，跑到7公里后，我就腿酸脚软，很不想跑了，回头一看，见不到明玖兄的影子，我觉得我可能会赢他，所以就硬着头皮发力狂奔。全程跑完，我的时间是52分钟，明玖兄57分钟。我非常意外，也很自豪。锋利和明玖都告诉我进A队完全没有问题了。我心中将信将疑，总觉得他们俩是为了让我有训练的积极性而故意设的局。

7月底，我又完成人生第二个10公里，而这个10公里的距离是在和几位老外较劲时不知不觉跑完的。

2013年7月20日—8月2日，我在意大利、瑞士、法国旅游，沿途抽空跑5—8公里。7月27日，在佛罗伦萨，我入住的希尔顿酒店旁边是一个城市中央公园，环绕这个中央公园一圈的跑道正好是2公里。我早晨起来，绕着公园跑。本来我只准备跑三圈，正好碰到三个老外一起跑，我们相互暗暗比着速度和耐力。三圈结束，两个老外退出战斗，还有一个老外在坚持，我好胜心顿起，也没停下来，继续跑。第四圈时最后一个老外也停下来休息了。这一天，我跑了5圈共10公里，与这几个老外虽然没有言语交流，但相互之间眼神和手势的互动能感受到大家的相互赞美，这是我第二次跑了10公里。以前出国看到老外跑步、骑车，我都是一个旁观者，这次我成为一个参与者，跟他们一起同场竞技，心中很是自豪和满足，对跑步的认知又进了一步，原来跑步不仅仅是用来锻炼身体的。

8月初，北大光华已经正式确定由华南校友会承办北大光华戈九赛事，并委任厉伟大哥担任戈九领队。领队的角色在戈壁挑战赛中至关重要。戈壁挑战赛的官方组委会对每个学校只认两个人：一个是领队，一个是A队队长。每次重要会议，领队必须出席。所以，每个学校的领队，对外就几乎是形象代言人，对内则是各项事务的综合管理者。从队员选拔规则的制定、日常训练的安排、资金资源的筹措、每次选拔赛的筹备、戈壁比赛时的战略战术部署等等都是领队说了算。所以，一个队伍的成功与失败，领队至少有一半的功劳和责任。这也是近几届戈赛中，各校对选举领队一事都是慎之又慎的主要原因，所谓“兵熊熊一个，将熊熊一窝”，领队是各个学校的当然主帅，在戈赛中无论把领队的重要性抬到多高都不过分。

厉伟大哥在北大光华有深厚的群众基础，多年来形成的个人魅力，让同学们对他都非常认可。他在华南校友会做过秘书长，很多同学都获得过他的帮助，因此，厉伟大哥在华南的威望很高。

以厉伟大哥为领队的组委会自成立伊始，就开始不断为我们提供各种教练资源和信息。我们也积极配合尝试，但大家的感受不一。这段时间基本上我们是见人就学，因为我们在运动场上几乎看到每一个人都比我们跑得快，每一个人都能在跑步领域说出个一二三四。这样学习的结果可想而知，无非是东一榔头西一棒，虽然我们的求知欲很强，但我们就是一群真正的菜鸟，我们对所有获得的知识都是那么懵懵懂懂，不得要领。

我们日常的训练主要是由锋利来带，进步还是有的，就是感觉不成体系。从跑前的拉伸、过程中的跑姿调整，到跑后的整理，锋利都会倾自己所知相授，但我深知我们的时间有限，必须有更专业的教练来指导才能快速进步。这期间我一直是跑得最快的，锋利和戈八的兄弟们也一直鼓励我，说我按这个成绩只要不受伤就稳进A队。戈九比赛完毕，我回想这段场景，北大戈八用了11小时52分完成戈壁比赛，以这样的成绩我当时确实可以胜任A队。

当我每每看到在操场上跑得比我们快的人，心里都有进步的欲望，但又苦于无计，觉得很忧心。在厉伟大哥等人的斡旋下，深圳体工队擅长竞走的谭姐教了我们一段时间。据说谭姐的学生曾经获得过世界冠军，水平相当高。她很热心，知无不言。只是她太忙，自己还要带学生，无法对我们进行很有针对性的训练。不过我们这些没见过世面的菜鸟，能得到世界冠军的老师来指点，已经相当兴奋。但我并不满足于此，鉴于谭姐的时间无法保证，我就积极寻找能一直带我们的教练，有些朋友跟我推荐了几个人，但我都觉得不是很满意。

8月22日，锋利组织所有有兴趣跑的同学集中在深圳体育场训练，训练后大家聚在八卦岭的德林砂锅粥吃饭。这次来了差不多20人，大家热情很高。锋利提议我们建立一个训练组，由我当队长，大家一致附和。我知道这是因为我在华南做了十年高尔夫协会会长，在华南有点小资历，所以大家选我。但我深知跑步这事要靠实力，所以一再推辞，无奈大家意见一致，我只得从命。

既然要我做队长，我就讲了我的观点，一个团队要想成功，必定有两点：第一，有完善的组织建制，保证高效运行；第二，要提倡科学训练。所以当晚我就进行人员分工，建立了秘书组、训练监督组、后勤组、医疗组、财务组。并分成三个训练分队，以便相互竞赛。我、王宝森和刘朝晖三人分别担任各分队队长，郑意端做训练监督组组长，张云鹏和郭宇清做后勤组长，小红做医疗组长，宣利做财务组长等。虽然这些同学都是深圳的成功人士，但在组织体系内各司其职，一直到戈九比赛结束，没有任何人懈怠自己的职责，这点让我很欣慰，也对这些同学产生由衷的敬意！

郑意端、小红、王宝森三人都是厉伟大哥EMBA的同班同学。他们仨受厉伟大哥的激励，有一天下午相约去深圳湾试跑。不想这天黄锋利也在，被锋利看到了就意味着被魔鬼缠了身。锋利没日没夜地游说他们三个来跑步，无非是跑步能锻炼身体、能美容、能减肥等等。然后锋利又添油加醋地描绘戈壁比赛中的壮观和美妙之处，他们三个就都招架不住，马上也像打了鸡血一般，加入了跑步的行列。

小红引起我们的关注，不是她一开始训练时跑步的能力，而是她的跑姿。小红跑起步来总是那么不紧不慢，像她走路时那样一步一摇晃。她走路的样子好像不是赶路，而是林黛玉在赏花。她跑步的样子也仿佛不是在跑步，而是为了秀一下自己曼妙的身段。每次她柳枝般的腰身一晃，顿时迷倒三界、蝶起蜂拥。这样的女生看着养眼，但真不指望她能出成绩，因为你对她能否刻苦训练心中没底。我经常不是怀疑她不努力，而是怀疑她压根就没有努力的愿望。

在后来的整个光华A队，小红和宣利是心态最好的。他俩始终以享受每一天为己任，任凭风吹浪打，我始终要吃吃喝喝。他俩不同的是，小红一直是微笑在脸，宣利始终是吃货在心。他俩这种吃喝享受的心态能热衷于参加全程自虐的戈赛，这点甚至不是让我们意外，而是让我们抓狂。

宣利坚持运动有十多年的历史，但大都是在健身房训练的那种。他曾经想参加戈八，但因为工作太忙，训练跟不上就放弃了。锋利忽悠我训练戈九时跟我提过宣利的名字，说他跑了很多年，年纪也比我小不少。记得7月他第一次跟大家一起训练时，戴着两个护膝，腿很粗的样子。我那时只能跑5公里，但感觉宣利起跑很快，两三公里后就开始掉速。我想他应该是跟我一样的野路子。但他因为有十多年的健身习惯，对运动的理解很深刻，这是我所不及的。

宣利虽然跑步的能力不是特别出色，但他的心态却出奇的好，在团队中少言寡语，始终保持着阳光健康的心态。交给他的任务一定会尽力完成，且从来不讲条件。他经常跟大家说的一句话是："享受过程，享受训练，享受戈壁，享受每一天。"他为人很讲义气，是默默为你付出的那种，而不是嘴上说的那种。所以跟他在一起心很静，没有贪欲，没有是非，没有怨气。这样的人在团队中就像一棵树，默默为大家贡献着荫蔽，但绝对与世无争。

朝晖和云鹏都分别是在饭桌上被锋利游说加入跑步行列的。朝晖参加戈九也是很偶然，朝晖、锋利和我是一起打高尔夫的兄弟，我们三个也是我商领班的同班同学。同时，我和朝晖又是品葡萄酒的酒友。朝晖为人低调务实、仗义疏财，平时不苟言笑，外表看起来柔弱，但内心绝对刚强。在戈八时参加C队体验，因为他喜爱摄影，背着专业相机在戈壁上晃荡了一天，拍了不少照片，本来这事就算结束了。戈八回来，被锋利一顿忽悠，硬说他有跑步潜力，他就在8月来参加我们的集训，就这么上了贼船。

云鹏则因为是厉伟大哥的同事，我们曾经在一起吃过饭。我第一次见云鹏还是两年前的事，那时他刚读EMBA，我看他白白胖胖的样子，很谦逊。在戈九开始训练后不久，有一天云鹏加入训练行列，我当时看他不像能跑步的样子，但一听他多年的户外经历，猜想他的耐力应该很不错。过了几天，他给我发来一封邮件，都是他一个人骑着自行车穿越沙漠、高原的照片。我曾经参加过一些户外活动，但都是一群人相互帮助，没有经历过一个人的户外求存。因此，对这位兄弟的毅力和胆识相当佩服。

后来接触多了，一路感觉云鹏对于跑步不是那么热心，他经常抱怨一群人跑步不如一个人骑车。这是我们大多数人都无法理解的境界，我只知道运动时人越多越容易坚持。除非有与大自然独自交流的能力，否则长时间一个人独处会令人发疯的，我想他可能真具有了这种能力。这位兄弟为人豪侠仗义、敢作敢当，且桀骜不驯，视感情之外的东西如粪土。这与我第一次见他时的温和谦让大相径庭。我猜想那时他也许正在蜜月之中，这位"沙漠之蝎"正过着舒坦的日子，所以性情大变吧。就是这样一位兄弟，在后来戈壁第一天的比赛中，顶着九级沙尘暴，在同组队友出现状况的情况下，凭借自己扶大厦之将倾的担当，力挽狂澜，独自一人拉着两位大姐冲刺最后的9公里，为光华第一天晋级第三名立下了汗马功劳，名垂光华戈九历史。此是后话。

8月26日，宝森约我去深大看中欧的一个教练，说有人称赞有加。我因为看过几个教练，有点不以为然，不过反正要跑，正好试试深大的场子。一进去，看到一个小女孩在教中欧几个与我们年龄相若的汉子，我听了一会儿，感觉她有点道道。开跑了，我一直盯着那个跑得最快的，跑了10公里，我几乎崩溃，速度在54分左右，而那个哥们继续按这个速度跑了15公里。我当时对中欧佩服得不行，后来才知道那个哥们是戈八B队的。而戈九中欧华南训练的人此时水平跟我差不多。一节课下来，我通过跑前热身、训练过程中指导、训练后的拉伸，明显感受到这个叫李季的小女孩教练很专业，口才很好，也有教练的威严。我觉得我终于找到了我要找的人。而她对我的评价也很正面，觉得我有潜力。

我提出请她做北大教练的要求，被当面拒绝，原因是中欧与她有排他性约定，我只得悻悻作罢。

科学，科学训练

9月3日我召集北大的同学在深大训练。这一天，有一个重要嘉宾邱小斌从无锡来深圳同场训练。

邱小斌是华东的1号高手，他在整个光华都是明星级人物。他曾经登顶过8 000米以上的高山，并因为与登山时间冲突而放弃戈八。据说他如果参加戈八，也是跑得最快的。戈八的兄弟姐妹们对小斌也非常敬重。小斌跑步的能力在光华圈内众所皆知，大家一致认为他是不可超越的强人。除此之外，小斌因为长得一表人才，崇拜者甚众，男人跟他在一起或多或少都有一种压力，看着所有的女孩眼神齐刷刷地指向小斌，好像站在小斌身边的我们是那么的多余，那时想不自卑都难啊。

正因为有小斌在，我跑得很认真、很努力。这是我第一次跑15公里，成绩是78分钟，邱小斌的成绩是73分钟。我感觉差距很大，对小斌佩服不已。

训练后大家在附近吃饭，我在餐桌上提出要请专业教练。在座的戈九组委会的同学对此争论激烈，有的认为要等前20强产生后再说，也有一部分支持我的提议。光华在戈九之前成绩一直都在第二梯队，围绕着跑步的资源积累很少。在华南的基础就更加薄弱，很多人都认为跑步不需要什么教练，或者说对科学训练的重要性认知度很低。后来我慢慢了解到主要原因是光华的人与外校的沟通很少，对于长江、中欧这些强队之所以强的原因很少有人去探究竟。这种自我封闭的状态使得我们戈九不得不摸着石头过河，付出了很多看不见的代价。比如，我们戈八的光华之队，曾经内部就疯传用卫生巾做鞋垫解决脚底起泡的问题。这种解决方案看起来荒唐，但也从侧面印证了我们缺乏专业的指导者，与外界的专业人士沟通甚少。正因为没有专业指导，我们几乎每个人都盲目买了不少鞋子、衣服、水袋等。当然更大的代价是我们无法一开始就进行科学训练，浪费了不少时间。当长江、中欧9月新队员已经崭露头角、进步神速的时候，我们还在探索要不要找教练。甚至我们只能从支离破碎的信息中妄自猜测那些强队是如何做到水平高的。

所以，在这次晚宴上，我情绪激昂，站在椅子上给两大桌队友和组委会人员演讲。我说："各位组委会的领导、各位兄弟姐妹，这两个月来，我看了不少关于跑步的书籍和视频。我充分了解跑步是一门技术活，涉及的知识面很广，从跑姿、体能、营养，到装备、经验等。这种复杂程度已经远远超越了我们利用自己的力量去探索的能力。戈九给我们的时间并不多，我们要想提升成绩、安全完赛，就必须借用外力，以科学的方法来提升，让有经验的人来指导。否则，如果我们继续现在这样像无头苍蝇般的瞎练，我们不会有大的进步，我们不但不能达成我们保五争三的目标，甚至会比戈八的成绩还要差。所以我认为，科学训练是当前我们要解决的最关键问题。"大家觉得我的观点有一定道理，但因为我并没有提解决方案，所以大家都很期待地听我讲下去。我继续说："我最近和中欧华南的戈九队员同堂训练了一次，目前我的成绩与中欧戈九华南队员的成绩基本上不相上下。但他们现在正在进行非常科学的训练，有专业人士指导，如果我们维持现状，不出一个月我们将被远远甩在后面。"这一点，打动了不少组委会的人，其中莉莉姐、波波、飞哥、宏洲等都给予了强烈支持。大家问我是否有人选，我把这一个月来我找的几个教练进行了简单介绍和对比，最后说最佳人选是李季，但她目前有客观困难。

深圳的同学向来雷厉风行，执行力非常强，既然大家达成了一致，就是如何实现目标的问题，虽然大家当晚拿不出解决方案，但我对这些同学的能力非常有信心，大家决定分头去做工作。

果然，两天后，我在北京出差参加一个高尔夫比赛，郭维秘书长致电我说已经说服李季做我们的教练，前提是要与中欧分开训练。我对此结果很高兴，这是我被选为华南训练组队长以来办的第一件事。我希望通过科学训练尽快提升大家的成绩，毕竟我们马上要面临全国Top 30的选拔赛了。

9月7日，我利用出差之机第一次参加北京区每周六早晨定时在奥森体育公园的例行训练。这次训练我和北京的同学都很重视，因为他们也听说过我在华南跑得最好，我也想了解一下我们与北京的差距，所以大家都暗暗较劲。训练由王薇组织，约定跑两圈10公里。我听说飞鱼是当天跑得最好的，所以想尽可能跟上他。

飞鱼本名陈蔚，是光华EMBA7567班的同学。飞鱼宅心仁厚，为人谦和。是一个为了团队敢于拼搏，为了兄弟敢于付出的人，在团队中人缘很好。

北京这个时候正是秋高气爽的时节，空气很好，相对南方来说更加干燥。飞鱼一起跑速度就很快，2公里后我已经落后30米左右，我感觉心肺功能不断受到强大的冲击，压力很大。但5公里后我就呼吸自如，7公里开始反超，10公里结束，我以47分53秒的成绩完成10公里。这是我的历史最好成绩，我为自己最近的进步有点自豪。这次训练的结果传到华南，大家比我还兴奋。不是因为华南的人去北京“踢馆”成功，而是大家第一次对两地的队员找到了参照点。很多人目睹我一点点进步，而且能与外地的高手校友同场PK，他们自己也信心大增。

当人们觉得自己有希望时，内心燃起的火花便顿时照亮了前程。华南队后来进A队人数较多，与这种不断增强的信心息息相关。

我这次在北京与飞鱼的无心较劲，据说对飞鱼的触动也很大。他从此更加刻苦训练，甚至在国外出差仍然不敢懈怠，最终成为北京区唯一杀进A队的男队员，成就了一段励志故事，此是后话。

有组织的好处就是有交流和分享，我要求每周三的训练后要聚餐，并设了处罚措施，不参加锻炼要罚款，不参加聚餐也要罚款。因为聚餐的目的主要是为了分享。每次大家发言都很积极，角度不同，感受各异。从中开始学到诸如装备、药品、营养、体能等知识。特别是装备，每每有人穿了一双新鞋或一件新衣服，大家就很好奇地打听，然后就会有很多神奇的传闻，比如哪种鞋有减震、缓冲功能，能降低膝盖受伤的概率等等。以前我们只知道跑步，突然发现还有很多未知领域可以帮助，于是迫不及待地下手购买。好奇其实就是无知，这种无知行为的累积，为我日后的伤痛埋下了种子。

随着教练的上任，我们开始进行有规律的训练。我第一次感受到变速跑和间歇跑对心肺功能的强大冲击，以及耐力跑对乳酸门槛的提升。但离比赛的日期实在太短，教练一接手就只能进行赛前辅导，看得出来她很着急，很无奈。因为教练年龄较小，社会资历也比大家浅，我担心有人心生轻视，所以之前给所有队员做了铺垫。我要求大家真正把自己当成无知的小学生，只有我心谦卑才能海纳百川。后来从训练中可以看出所有队员对教练都很尊敬和配合，大家很期望通过教练的帮助尽快提升。我也很欣慰，对华南队员的进步充满了信心。

这期间，华南队新进了一个女生，她的名字叫沈梦湜。

梦湜因为比我们华南训练队的队员略微年长一些，所以大家都尊称她大姐。她在北大读本科时就是校队长跑运动员，是北大经济系当年800米和1 500米纪录的创造者。但那毕竟是20多年前的事，她8月被黄锋利劝说来参加训练，一开始跑1公里都困难。然而她毕竟有基础，她的跑姿，她在跑步过程中显示的自信，让人一看就是大家风范。另外，梦湜大姐特别谨慎和热心，记忆最深刻的是两点。第一，她提醒我们要跟自己的身体对话，她常说，感知自己才能保护好自己；第二，她经常把自己在营养、体能、装备等方面获取的知识告诉我们，并时常买一些自己认为对跑步有帮助的东西送给大家。

正因为梦湜大姐做事老成持重，在训练中稳扎稳打、步步为营，所以她进步也比较快。但她在整个冲A过程中伤痛不断，几次大赛都因脚底起泡而血肉模糊。每当比赛完毕，她把鞋袜脱下那一刻，旁边看的人都心惊肉跳。虽然大姐从来都是轻描淡写，但过程中的艰辛可想而知。她这种默默承受痛苦，从不向别人传递负能量，乐于向他人分享自己累积的知识和能力，无私帮助他人的精神，使得她很快在团队内获得大家的认可，受到大家的尊重。

9月22日的全国Top 30选拔赛分成三个区赛，分别在北京、上海和深圳同时进行。9月20日我在上海参加高尔夫比赛。因为得知22日深圳有台风，所以我想在上海就近参加华东区的Top 30选拔赛。我致电华东区比赛负责人，询问比赛地点和后勤支持，请求找人帮我订酒店，并询问安排比赛前后的车接车送。这位负责人很无奈地给我倒了一肚子苦水，我这才知道上海还没有管理团队，所有的事情都是她一个人在做，她除了能按时到比赛现场计时和给予必要支持外，其他帮助都无法提供。我曾经参加过由上海华东校友会承办的光华全国年会以及几次华东校友会组织的高尔夫比赛，组织都井然有序，场面豪华大气，看得出来上海同学圈人才济济，大家也很热心为同学服务。但对比这次上海区比赛完全没有组织支持的现状简直天壤之别。

如果没有良好的组织管理，再好的资源也无法形成合力。我第一次感受到没有团队的艰苦和无奈，更加对十年来厉伟大哥等为华南校友会的付出以及华南校友十年来如一日的团结向上产生由衷的敬意，对深圳现有的组委会以及训练组团结奋进的现状倍感珍惜！对前辈戈友们孤军奋战的历史深感同情和敬佩！

厄运开始降临

我毅然决定冒着台风回到深圳参赛。21 日，上海大雨，我们高尔夫比赛的所有参赛队员都不得不冒雨打完高尔夫比赛。比赛完毕我们每一个人都已经全身湿透。我匆忙洗毕，饭都没来得及吃就马上赶飞机回深圳。在飞机上我有明显的感冒迹象，加上飞机延误严重，身心疲惫。我裹着毛毯，一边打喷嚏一边不停地向空姐要热水，我知道如果感冒就意味着第二天要退赛，否则在感冒中跑步容易得心肌炎，甚至有生命危险。但退赛对我们这些准备多日马上要上阵的选手来说是极其残忍的。

在出了一身大汗后总算有所好转，我悬着的心终于落地，第二天应该能如愿参加比赛了。

9 月 22 日，台风“月兔”如期登陆深圳。因为这一天是北大全国同时进行15公里前30强选拔赛，组委会担心不公平，只得艰难决定深圳区按时比赛。我们不得不在深圳体育场迎着台风暴雨奔跑。自此，我们几乎每一次比赛、拉练都在风雨、降温、沙尘暴中进行，从来没有一次比赛是艳阳高照，以至于有人开玩笑说我们中有人是水神。这是后话。这次比赛，场面很壮观，华南有40多位同学参加，加上为我们服务的戈前辈共有60人之多。一面是台风暴雨如注，一面是男男女女队员在雨中视死如归地踏浪狂奔。15公里对当时的我们大部分人来说都是很大的挑战，很多人都是第一次跑这么长的距离。所以有跑受伤的，有跑崩溃的，有数错圈的，有在雨水中跑掉鞋干脆赤脚跑的，有遮雨伞吹进跑道与大家一起跑的，场面有点乱作一团。但每个比赛者都严肃以对，没有一个人弃赛。组委会和比赛者的热情都很高，看到每一个人在场上的拼搏，我们为置身其中而感到自豪。这一次比赛结束，我以15公里74分54秒的成绩位列深圳第一，全国第四。

我作为华南训练组队长，不断暗暗鞭策自己要努力。一方面不能在华南团队掉队，另一方面要带领大家冲刺北大的竞赛名额，确保更多的华南队员进入前30强、前20强，并最终进入前10强。所以，我们在队内有训练统计，基本上每天公布大家的训练量和出勤率，这对那些不够积极的队员有很好的鞭策作用。这种统计甚至导致在节假日期间大家比着劲跑，因为节假日很多人会出国旅游。每天看到来自世界各地的华南队员打卡上报成绩，我们既感到兴奋也感受到压力。不知不觉中，跑步的自律就形成了，哪一天没有出去跑一下，内心都会有愧疚感，我甚至觉得自己有自虐症了。

也许是台风暴雨中跑步着了凉，也许是运动量越来越大导致抵抗力下降，15公里比赛后我一个月内两次重感冒。从后来华南大部分同学的身体反应来看，训练量增加——重感冒——身体各个部位开始出现疼痛——跑步水平螺旋式上升，好像这就是一个跑步者必经的成长过程。两次重感冒给我带来的后遗症除了腿部开始不断受伤外，咽喉炎复发给我的困扰也很大。特别是在起跑5公里左右一直会有一口痰噎着嗓子，非常难受，经常导致呕吐。每当这个时候会直线掉速，但一般跑到8～10公里后会好转。这种状况一直持续到戈九结束后的今天也没任何改善。

9月28日，阿端参加深圳悦跑会组织的一次半程马拉松活动，她和飞哥、国强跑了人生第一个半程马拉松。当晚她兴奋不已，在群里一贴，顿时炸了锅。因为我们都没跑过20公里以上，对马拉松更是觉得遥不可及。阿端是我们训练组纪律检查组组长，每天队员的训练记录都是上报给她和棒棒，由他俩做统计对比再输出，罚款也是基于这个数据。虽然每次只罚200元，但大家都很计较，不是因为给不起钱，而是丢不起人。所以华南有这种你追我赶的训练氛围，与阿端和棒棒周到细致的工作密不可分，加上她情商极高，大家虽然挨罚，却心服口服。一个团队有这样的队员很幸运，因为她不但永远是正能量的代表，而且还能化解很多负能量的东西。阿端加入跑步行列的发心是练就一副曼妙身材，但跑步基础实在太弱，跑步能力比起她的情商要低好几个档次。后来她跑进A队14强，完全是靠自己坚持科学训练、刻苦用功的结果。虽然她最后没有进入A队10强名单，有些遗憾，但练就曼妙身材的最初愿望却是完全实现了，也算是天遂人愿吧。

所以当得知阿端都能把半马跑下来，大家的惊讶、佩服可想而知。群里马上就看到很多人摩拳擦掌、跃跃欲试，恨不能早点天亮。这就是团队的力量，一个人取得好成绩对其他人不仅仅是压力，更多的是鞭策。

受阿端成绩的鼓舞，第二天我和朝晖等五六个人便迫不及待地相约去跑同样的路线。这是我们第一次背着水袋跑步，大家内心有点紧张，不知跑到后面身体会出现何种反应。我和朝晖水平差不多，所以一直结伴跑。深圳湾此时南风阵阵，约有三级，从深圳湾深港大桥出发往东，沿着海边跑道跑到侨城东路折返回到起点。在15公里后明显感觉腿部僵硬，至20公里左右有很强的心肺冲击，我以1小时57分的成绩跑完21公里，成绩并不理想。主要原因一方面是内心顾虑很多，信心不足，导致不敢放开跑；另一方面是身体没有这么大跑量的记忆，肌肉不听使唤。我想起厉伟大哥最近一直给我们的提醒，跑量比速度更重要，也许这个提议对我更加合适。当然，跑后也颇有感慨，觉得曾经以为很难的行程，咬咬牙挺一挺也就完成了。

随着我们跑步的鞋子越来越专业，衣服也越来越靓丽。当然，速度也越来越快，距离也越来越远。

正在我春风得意时，我的厄运也开始降临了。

10月3日，我在深圳体育场以1小时12公里的速度完成了训练，速度明显提升。一直到10月19日，我基本上每两天进行一次10～20公里跑的训练。也许是训练量增加太快的缘故，也许是自己有点信心爆棚，10月19日，我一大早在观澜湖打了一场球，然后开车赶到大沙河公园集训，那天正好大堵车，我身体有些疲惫，一路哈欠连天。等我到达大沙河时，集训队已经热身完毕，我都来不及热身就开始跟大家一起跑。这一天我第一次突破25公里，在跑到17公里时感觉左腿膝盖外侧疼痛，我当时有点意外和紧张，问教练是否还要坚持，教练的答复是肯定的，于是我坚持完成训练。训练后走路有明显痛感。晚上睡觉屈伸腿困难，经常一次屈伸会痛得眼泪直流。第二天队医诊断是髂胫束综合征引起。从此，我的训练开始断断续续，每次训练后要休息三天才可以勉强走路，而且一跑到5公里以上就疼痛难忍而不得不停下来。

我是喜欢思考的，特别是遇到困境的时候。我自6月11日开始跑步以来一直很顺利，但自从换了专业的所谓“减震、缓冲”的跑鞋后就开始出现膝盖疼痛。由此，我把所有的减震鞋都束之高阁，虽然这些鞋已经累积不下十双，都是世界顶级品牌，而且有的一次都没穿过，但摸着我这烦人的膝盖，我把它们烧了的心都有。

在跑步过程中受伤有很多原因，鞋子、疲劳、营养跟不上、身体微量元素流失等等都有可能导致受伤。特别是对于初学者，在跑步积累的过程中身体会有很多积极的反应，比如肌肉越来越结实，肌腱和韧带越来越有弹性，关节越来越灵活等等，但这些积极的反应是需要有营养补给的，如果营养跟不上，或者运动过程中补水补电解质不到位，必然会导致这些身体部件成长缓慢，跟不上训练的强度和韧度要求，最终引起受伤。

还有一点是核心肌群的重要性。核心肌群是所有运动的根本，但往往初学者或者不接受科学训练的野路子跑者对核心肌群的认识有限，没有在提升跑量和速度的同时提升核心肌群的力量，必然导致大运动量的末期身体动作变形。这种变形会使得身体的双脚、双腿、骨盆等的受力不均衡，最终导致受力最大的那个点受伤。我在受伤之前基本上没有做过任何核心肌群的锻炼，随着我的运动量越来越大，受伤似乎也是必然结果。

10月27日，是光华全国20公里前30强排名赛的日子。我因为在15公里比赛中排名在全国前6以内而被免赛，但作为队长以及华南的队友，我们都来到深大比赛现场为华南队友带跑、助威。但也就跑了7公里左右我就不得不因膝盖疼痛而停下来。我第一次开始担忧起来，因为这种疼痛已经持续了一个多月，虽然教练不断安慰我说很快会好，可我看不到任何好转。而我们马上要备战12月21日在东莞水濂湖进行的30公里+20公里全国Top 20选拔赛。因为这次比赛是连续两天，对我们来说是双重挑战：一是30公里的距离之前没跑过；二是第二天能否恢复过来继续跑20公里，还要打个问号。而在此之前的12月8日还有一个深圳首届国际马拉松赛，我们很多人因为9月的信心爆棚，都报了深马的全马。

我几乎三天两头找队医，各种招数都用上了。每晚用黄道益推拿，用药膏涂抹，但效果甚微。训练已经完全不成体系。看着队友一个个在进步，而我只能苦等膝盖好转，我心中很焦虑。更痛苦的是除了教练无人可以交流，因为在某种程度上队友也是竞争对手，我作为队长不能给他们传递太多负能量，作为队员又不能让队友太轻视我。这种烦恼岂是“纠结”二字能够形容？

顶着阴影的比赛

11月9日，我利用周末约了朝晖和广州的施建华等20多人到水濂湖Top 20比赛场地试场，进行30公里+20公里的实地拉练。这一天，恰逢亚冠决赛，第一天我们的目标是30公里。

这是我第一次见到建华，他是光华戈九传说中的高手，我想看看我和他的差距。初见他态度谦和，但目光坚毅，这种人应该很有毅力。在跑步过程中我感觉自己与建华的水平旗鼓相当，他可能也听说过我进步很快，所以一直是跟随我跑。后来我才知道他比我低调，为了给我面子而没有当场“踢馆”，否则按他当时的水平，应该会轻松超越我的。

回想我当初到北京当着一众戈壁前辈大佬的面“踢”了飞鱼，明显是争强好胜，情商太低。后来通过多次拉练和比赛证明，建华是一个打交道时间越久越觉得相见恨晚的兄弟。所以最后他晋升光华A队10强，并成为三剑客中的中坚力量，不仅仅与他的跑步能力有关，也与他的情商和坚忍不拔的精神分不开。

一看建华的跑姿和跑步的控速水平就知道他首先是一个跑步高手，其次，没有受过专业的训练。就像有的高尔夫高手，动作不是很好看，但很实用。他那种一会儿快一会儿慢的跑步节奏，如果没有一定的定力，很容易被他带崩溃。我在双月湾决赛第二天最后崩溃与他的这种跑步节奏不无关系。通过这天的跑步，他在耐力和韧性方面的能力让我印象非常深刻。

30公里结束，我腿部感觉明显僵硬。下午，我基本上是一瘸一拐地带儿子去广州天河体育场看恒大进行亚冠决赛，看完比赛又连夜赶回东莞水濂湖。第二天，仅跑了4公里我就因膝盖疼痛而不得不作罢。我在酒店房间目睹楼下环湖赛道上朝晖和建华完成了第二天的拉练，心里很凉、很绝望，对膝盖有点恨铁不成钢的苦恼。

有人提议我应该去做体能训练，他们认为是腿部肌肉力量不够导致膝盖疼痛。所以我去健身房办理了会员卡，聘请了私教，希望膝盖尽快恢复。这段时间我的跑步训练基本上处于半停滞状态。教练提议我以游泳代之，所以我在这段时间游泳水平大增。以前一次只能游20分钟，直到春节我在美国度假期间，可以一次游一个小时以上，这也是意外收获之一。另一个意外收获是在持续的体能训练中，我的六块腹肌不知不觉中形成了。记得后来有一次训练，我在换衣服，有一个队友突然对我说：“哇，野狼，你的腹肌很漂亮！”我才知道原来腹肌的练成不需要太多的努力，只要有了伤痛不得不以体能训练代替跑步，就能练成。戈九结束，我不仅仅腹肌练成，连人鱼线都清晰了。有点小骄傲哈。

随着体能训练开始，腿部肌肉确实越来越有力量，但跑步的表现仍然时好时坏，要么一次性坚持不到15公里，要么头天跑完第二天连走路都困难。伤痛已经不仅仅限于左腿的髂胫束，包括左膝盖的半月板、右膝盖的髌骨、左脚胫骨滑囊炎、右脚腓骨滑囊炎等。那段时间公司员工看到我都觉得很奇怪，因为我上下楼很艰难，感觉像一个残疾人，而且下楼得横着走才能减缓痛苦。有段时间，我自己都不知不觉在训练群传递悲观的信息，训练也不太积极，以至于教练和阿端都来劝我。

一个人情绪起伏时再怎么镇定也有流露的时候，而这种时候身边正能量的朋友及时的纠正至关重要。我不断给教练电话反馈我的身体反应。三个多月不见好转，我担心的甚至已经不仅仅是能否参赛，而是以后会不会终身残废。只要得到正面的鼓励，我就又重新鼓起勇气，坚持每次跑5公里以上，即便非常痛也会坚持下去。

对我们这些准备戈九的队员来说，12月21日的Top 20选拔赛远远比深马重要，因为一旦不能晋级，就意味着我们半年的努力就白费了，更重要的是无法代表学校参加戈壁比赛。经过半年多的付出和熏陶，能代表学校参赛似乎已经变成“光荣与梦想”，这是我始料未及的。我曾经想，如果知道现在的状态，当初是否还会那么全情投入？但人生没有假设，我们只有表演没有彩排。所有人对Top 20选拔赛都严阵以待，精心准备。

正因为大赛在即，对全程马拉松心中又没底，同时又怕引发新的伤痛，多种因素下，我不得不把深马的目标调整为：不求成绩，完赛即可。

定好策略后，我就约同样对首次参加马拉松比较谨慎的飞哥、文杰、刘岩等一起跑。大家都有点提心吊胆，起跑就按照每公里6分半的速度，这对我来说实在是太慢，但我老是想到很多人跟我说的27～35公里处的撞墙，所以想尽可能把体能留到撞墙期用，从而避免撞墙期的反应。跑到22公里处，刘岩就开始抽筋，我也感觉腿部肌肉乳酸堆积严重。我们在沙河西路桥上拉伸了一下继续跑，到25公里处刘岩开始掉速，我们三个继续保持6分半的速度前行。30公里开始我们集体进入撞墙期，我这时才明白虽然我把速度降下来了，但花的时间更多，对体能的消耗也更大。而我们对能量胶的使用基本上没有什么概念，不知什么时候吃为好。到30公里我开始吃第一个能量胶时，乳酸堆积太多，腿完全迈不开，掉速越来越严重。35公里处，文杰开始且跑且走，我们三个约定一起跑到底，所以我也是跑跑停停，感觉好累，每一次停下来后的起跑是如此艰难，就想坐下来。终于到冲刺线了，我在最后100米使出全身力气冲刺，没想到这个冲刺彻底让我崩溃。当我到达终点时出现了虚脱现象，眼前阵阵发黑、头脑犯晕、浑身散架。很多同学以及公司的员工都在终点做后勤服务，当他们把我架到休息点时，我花了一个小时才缓过神来。我脸色苍白，浑身无力几近瘫软，家人看到我这种状态非常担心，感觉我马上濒临死亡。我看了一下我的成绩，4小时43分。这个成绩符合我昨天的规划，但跑后的崩溃状态对我却是一个巨大的意外。

而我们训练队另外一个跑友朝晖则在这一天以3小时46分的成绩在当天由100多人组成的整个光华军团中荣获第一，创造了光华全国EMBA各地跑友马拉松的最好成绩。

大家都没想到这次马拉松中，刘朝晖能成为一匹闪亮的黑马。消息顿时轰动了光华全国，朝晖也自然而然荣获华南最快跑者的称号。虽然我知道我在策略上有失误，没有跑出自己的实际水平，但我还是很为朝晖高兴，因为我知道我和他的水平差不多，但我没有他那种在第一次全马中就敢于全力一搏的勇气。我内心感谢他让我对跑马增强了信心。另外一点，我们华南训练组气氛融洽，大家感情越来越深，每一个人取得好成绩其他人都会发自内心地高兴。因为我们都是从零开始，我们目睹队友的成长，只要知道那是通过努力就可以实现的，我们很自然地会以此作为方向和目标，并通过勤奋和坚持去达成。

让大家更没想到的是，这次深马的表现是朝晖在整个戈九奋斗过程的巅峰之作。自此之后他就进入了伤痛期，从几次重感冒开始，各种伤痛接踵而至。他的伤痛周期正好比我晚一个月左右。在伤痛期因为朝晖无法正常训练，水平无法提升，而在此期间不断有很多原本实力排名其后的兄弟超越他，最终导致他止步于A队14强。他落选A队10强名单一事是我任华南队队长和A队队长期间最大的遗憾之一。

深马对我身体的伤害是我完全没有想到的，这种伤害不仅仅体现在体能的流失上，身体还出现了更多新的伤痛。我右膝盖外侧半月板开始痛了。这给半个月后的选拔赛罩上了厚厚的阴影。我小心翼翼地休息和恢复，避免任何剧烈运动，每天用激光灯照射膝盖。12月3日在深大体育场训练时碰到一个刚在上海马拉松跑完成绩是308的老兄说，只有对自己的膝盖比对老婆还好的人，才是一个合格的跑者。我感觉我这段时间对膝盖的照顾真的有点超过对老婆的关心了。

12月21日来得太快了，我的伤痛没有好转的迹象，但时间不饶人。队医李恒川医生给我开了止痛片，准备了肌贴，教练虽然不断鼓励我，但我能感受到她眼神里面的担心。

在报到现场，我碰到光华戈壁前辈董狼大哥、博元大哥，以及本次活动的执行者江善东同学，分外亲切。董狼大哥是光华戈七的英雄。

光华从戈七开始，一改之前由少数几个人玩戈壁的状态，正式进入全学院内部规模化运营方式，由此引起更多的同学关注，奠定了一届比一届人多的基础，也由此奠定了董狼大哥在光华戈友中的大佬地位。而博元大哥是戈壁基金会的发起人之一，被曲向东一向奉为上宾，名正言顺的戈友大佬。想起上次我在北京“踢馆”的时候可是当着博元大哥的面，所以一见到他，我颇为不好意思。好在博元大哥对光华感情很深，对光华所有的新星都非常支持和关注。我认识的人本来就不多，不过很多人都听说过我，晓明、徐星、明玖等各位前辈都过来热情地和我打招呼，再顺势与王薇、趴趴熊等美女挨个熊抱，我突然有一种感觉，戈壁挑战赛创造了多少次机会让商学院的同学在一次又一次的大派对中尽情相聚和狂欢！在这里，跑步似乎仅仅是一个载体，狂欢才是目的。看到趴趴熊热情奔放、喜气洋洋的样子，联想到上次我去上海听到她说的无奈，我有点佩服起她来。在华东，那么大的平台！那么多琐事！就她一个人，没有点乐观心态，可能真难以撑下来。

可是作为运动员，我们还没有资格和心境来享受派对，我们的任务是要晋级。第一天，我吃了一颗止痛片，虽然起跑时还是很痛，但跑到5公里后慢慢就好多了。也许是止痛药的效果，也许是竞赛氛围紧张的原因，我一路跟随建华和小斌跑，全然忘了伤痛。但到离终点还有4公里时，我带的两个能量胶吃了一个丢了一个。建华看我在找能量胶，就主动把他的给了我。他就是这样一个好兄弟，在能提供帮助时一定及时提供，并且不遗余力。由于天气冷，能量胶比较硬，而且我对这款能量胶的味道比较不适应，吃的时候卡在我喉咙里难以下咽，我一直想呕吐，于是开始掉速，最终以男子第三名结束了第一天的比赛。

当天比赛完毕我出现两种不适，一是有虚脱感，头晕，二是双膝疼痛加剧,甚至无法上下楼。我心里压力很大,对第二天20公里的比赛心里没底。整个晚上我由于疼痛和担心,彻夜难眠,回想半年来训练的艰苦和折磨,几近落泪。

超越身体的苦痛和内心的恐惧

第二天早上7点半,大家都聚在出发点热身,我吃完止痛药,打好肌贴,因为一宿未睡,心情沉重。腿因僵硬完全迈不起来,我尝试跑两步,差点跪倒,右膝盖因疼痛完全无法支撑,走路都很困难,心里非常绝望。临出发前,厉伟大哥又给了我一颗止痛药,还有一个髌骨带。我毫不犹豫把药服下,虽然我知道不应该吃两颗止痛药,但此时只要能让我跑起来,干什么都行。我把久未佩戴的心率带也戴上,防止吃了止痛片神经麻木后无法感知心脏超负荷。

8点准时,依旧是晓明用一贯铿锵有力的声音倒数着出发令,我感觉每个人的眼神都是那么傲视群雄,唯有我黯然神伤。起跑1公里,我基本上是在瘸腿徒步,几乎所有人都超过我了,厉伟大哥、锋利都目睹我的痛苦状,他们都劝我退赛。在2公里处秘书长郭维骑车上来跟我说:“野狼,你现在是倒数第二了,实在不行就不要坚持,下一次还可以持外卡参赛的。”我开始有了放弃的念头,思绪很乱,想象着放弃的后果。比如以后还要不要继续训练?跑步史上有没有队长退赛的?我算不算一个合格的竞赛者?等等。最后觉得也许走完全程比退赛更能体现体育精神,打定主意后,又开始慢慢尝试着跑起来。

到了4公里处,也许是止痛药的效果,也许是已经热身的效果,也许是精神力量驱动的原因,总之,我感觉右腿有了一些弹性,脚掌开始有节奏地落地。我顿时有了一些精神，开始尝试着与受伤的腿进行对话和感知。速度慢慢上升，我看了一下表，可以跑到每公里5分的配速了，于是继续加速，开始从倒数第二往前超越。教练也跟上来一路陪着我跑。第一圈6.7公里跑完，我的最高配速已经达到每公里4分20秒。教练不停给赞，我始终一言不发，默默感受着身体的反应。此时，我开始恢复信心，于是把心率带和腰带都脱下来给教练，准备追赶第一梯队。按照4分30秒左右的速度，我又跑了一圈6.7公里，此时我已经超越了很多人，进男子前十应该没问题了。突然我的运动手表发出警告，我一看心率超过190，我吓了一大跳，马上降速，教练急问："怎么了？为何减速？"我说："可能是止痛药的原因，心率这么高我都不知道，我可能要停一下，不能再跑了。"教练听完大笑，说："哥哥啊，心率带在我这呢。"我一看也乐了，我之前把心率带脱下来给她了，跑步真是把智商跑低了！再一想，她是专业运动员，果然心脏不一般，我手表上显示的心率其实是来自她的。

放下心来后我继续超越。等我快赶上当天的第三名朝晖时已经到达终点，我感觉还没跑够。我内心很兴奋，也觉得有点不可思议。我和教练紧紧拥抱，与每一个为我当天的表现所感动的队友和组委会成员拥抱。这是神奇的一天！意志战胜了病魔，我第一次为自己超越身体的苦痛和内心的恐惧而自豪！

这一天我跑到男子第四名，两天的综合成绩依然排名男子第三。

几乎每次比赛都会有英雄和黑马，这次也不例外。这一次的黑马是来自我同班的香港女同学陈毓秀，我和毓秀都是2002年读的EMBA，算起来不管是在光华还是其他商学院都是比较前辈级的老人家。她本来是来东莞帮我助威的。因为她平时一直坚持每天跑个5公里、10公里的，对跑步很有兴趣。当她得知我是戈九华南训练队队长后，曾多次说要来看我。没想到，她这个在整个比赛场地除我之外所有人都不认识的打酱油选手，两天下来跑了个女子第二。她是信天主教的，非常相信上帝的安排，她非常高兴，认为这种巧合完全是上帝的旨意。

毓秀很优秀，后来一路跑下去进了A队14强，但也正是她信仰跟着上帝和心走，在2013年4月的戈壁实地拉练中，当她面对在极点过后还要全力拼搏时，认为违背了自己的信仰而选择放弃，没有进入A队10强。虽然我们都为她惋惜，但所有人都尊重她的选择，我想这也是北大所倡导的自由、包容的精神。至今我们还把她当成A队一员，不仅是珍惜在训练中结成的深厚友谊，更是对她能在信仰中有原则地随心所欲而深表尊重和敬意！

水濂湖Top 20选拔赛入选男子女子各10强，华南队进了13人。此次比赛让北京区和上海区大吃一惊，从此对华南队不敢小觑。因为在此之前，在戈壁挑战赛的历史上，光华华南基本上是一支可以忽略不计的力量。而华南队所有人都知道我们之所以能大获全胜，关键就是两点：团队和科学训练。

让我觉得深深遗憾的是宝森兄弟被淘汰。我心里很难过，他几乎是跟我同时参加训练的队友，我们感情不一般。所以回到深圳后第二天，我就约他午饭，把郭宇清、阿端、棒棒、梦湜大姐等几个要好的队友叫到一起安慰他。宝森倒是很心静坦然，他表示会继续努力，争取下一次比赛持外卡参加。我看到宝森如此阳光，心里顿时释怀，同时也很佩服这些队友内心的强大。人生中我们无法避免会面临很多失败，但对待失败的态度决定了我们的境界和持久力。很显然，宝森有很多东西值得我学习。

此次比赛让我感悟颇深，我自己都没想到能完成比赛，更没想到能跑进前三。整个过程基本上是靠信念和坚持，这也是耐力跑的魅力，水平固然重要，意志品质才是决胜的关键。看到我跑后在朋友圈的分享，很多朋友都很不解和心痛，纷纷致电问我为何要吃这份苦？其实，我自己都不知道为何要坚持。记得刚开始准备戈九时，我给自己定下“一切的训练和比赛都以不受伤为原则”。一是我们年纪都已不小，经不起折腾；二是以我们的生活状态也没必要去拼命。但随着时间的推移，我们都越陷越深，到今天为了团队成绩不顾一切，即便受伤也不退缩了。这就是团队作战的精妙之处，每个人都无法在团队的洪流中独行其是。

选拔赛结束，总算可以休整了。我的腿伤依旧，每天只能做体能和游泳。我以前打高尔夫球后都喜欢去按摩放松一下，但跑步后教练一直教导我们要专业拉伸，所以就再也没有去足道按摩了。2014年1月中旬，临近春节，饱受了近4个月伤痛的我心情郁闷，腿越来越僵硬，所以就走进了以前经常去的足道店。按摩技师有10年以上的经验，一按我的腿就说肌肉里面瘀结很多。在足道店按摩的两个小时我一直在惨叫，但按完后我倍感轻松。连续按摩三天后，我的腿部肌肉松弛多了，有弹性了。我试着跑了10公里，居然没那么痛了。由于腿部的弹性增强，我的速度很快起来了，我顿时来了信心。从此，我坚持每周按摩两次，直到戈九比赛结束，我腿上的疼痛几乎一夜消失。

我认为关节、肌腱和韧带的受伤，与肌肉的力量和弹性息息相关。我们经常听到很多人说跑得越多膝盖受伤越厉害，这是比较片面的说法。如果大腿的股四头肌、腘绳肌群力量强，落脚的时候就会轻，对膝盖的振动就会减少很多。如果小腿腓肠肌和比目鱼肌力量强，对踝关节的振动也会小。所以肌肉力量是确保关节不受伤的关键要素之一。

第二个确保关节不受伤的关键要素是肌肉的弹性。如果肌肉力量足够，但弹性不够，肌肉的力量就无法在运动过程中得到充分表现。试想，如果整个小腿或者大腿像一根坚硬的木棍，虽然力量足够支撑，但连接大腿和小腿的膝盖就会受到100%的力量挤压，甚至更大，受伤就成必然了。第三个重要因素就是肌腱和韧带的弹性。因为我们在运动中会不断增大力量或者增大幅度，会不断挑战肌腱和韧带的极限，如果没有良好的弹性，就会拉伤肌肉或者造成韧带与骨头、肌腱与骨头的连接点受损，大部分伤痛都是这些部位。所以我们在运动之余，要做运动前的热身、运动后的拉伸。围绕着加强肌肉、肌腱和韧带的弹性和加强肌肉力量的体能训练之所以很重要就是这个道理。

我虽然之前每次跑步后都有拉伸，在健身房私教也会拉伸，但都是针对韧带和肌腱的，很少有对肌肉逐一细致的梳理，更没有对肌肉里面的瘀结逐个打通。日积月累肌肉没有弹性，就会导致很多的伤痛出现。在这次伤痛的近4个月里，我通过游泳和健身，肌肉力量增强了很多，韧带和肌腱的弹性也有了长足的进步，但肌肉弹性方面进步很少。这次无意中的按摩，正好把这个问题解决了。这有点像《天龙八部》中段誉巧吃神仙果，修成绝世内功。从此，我因轻装上阵，跑步成绩开始突飞猛进。

备战双月湾

下一次比赛是春节后的2014年3月8日至9日，在惠州的双月湾沙滩进行两天50公里的沙滩越野跑，即Top 12决赛。随着我的伤痛逐渐好转，训练越来越规律，我的速度提升很快，10公里可以进43分了。我不断琢磨跑姿，在前脚掌着地和后脚掌着地两种跑姿里面感受不同。我是那种比赛型的选手，不管是打高尔夫，还是跑步，每当比赛前和比赛期间一般都比较能沉得住气。我对此总结为主要是要有敬畏之心。双月湾比赛因为是决赛，决定谁进入12强名单，所以我们都悉心准备、严阵以待。我私下与教练沟通了一下自己对训练的想法，通过分析双月湾决赛的强度，确定这段时间应该在哪些方面进行提升。

春节期间我在美国东部度假。从芝加哥一路往东到匹兹堡和纽约，最冷零下24摄氏度，到纽约时温度是零下16摄氏度，我们已经觉得很温暖了。这样的天气根本无法锻炼。有一天我里面穿着运动衣，外面套着羽绒服来到纽约中央公园，看到地面上皑皑白雪，寒风凛冽，虽然看到偶尔有几个老外在跑步，甚至有一个人光着上身跑，但我实在没有勇气脱下外套，因为我担心感冒。跑步的人都知道，感冒和拉肚子是跑者最大的敌人。因为膝盖和腿伤都算是外伤，忍一忍还有可能坚持，而感冒和拉肚子算是内伤，容易出现生命危险。所以，我就只能每天在酒店的健身房以游泳和健身代替。看着来自国内的队友每天上传的训练记录，心里既羡慕又焦心。

在此期间，华南有些队友到海南度假，建华作为东道主除了尽地主之谊外，每天早晨还带着他们在沙滩跑。据说长江也在这里进行过拉练。等我从美国回来，大家谈起海南的训练，一方面对沙滩跑大呼艰难，另一方面对建华在沙滩上的跑步能力赞不绝口。甚至有人说建华在沙滩上跑步基本上都没什么脚印，已经达到沙上飘的程度。

我知道队友这些话大部分是说给我听的。大家看到我一步步从菜鸟走来，虽然我已经在华南跑得很好，但毕竟在光华戈九，江湖大佬是建华和小斌，很多人都认为这两人是完全不可超越的。

建华来自光华华南的戈壁英雄班59班，这个班从戈六开始就参加戈壁挑战赛，包括华南在戈八前所未有的两个A队队员之一彭朝晖、华南户外协会会长刘岩等。迄今59班基本上一半以上去过戈壁。

而小斌更是来自整个光华的戈壁英雄班级7567班，在戈八他们诞生了4个A队队员。小斌也是成功登顶过8 000米以上高峰的少数几个光华EMBA同学之一，几乎是所有光华有户外情结同学的偶像。

这两个同学都有三年以上耐力跑的历史。华南队友尽可能收集关于建华和小斌在跑步方面的资讯，然后传递给我，每个人既希望我成为一个挑战者，去超越他们，同时又矛盾地持深深的悲观态度。因为他俩实在太优秀了。

我们经常在小说和电影里看到这样的场景，在一个新人的成长过程中，先是新人冬练三九夏练三伏，同时江湖上不断传颂当期大佬威风八面、龙跃四海的场景，给新人不断制造心理压力。等到火候一到，正是风声大作、云腾雾起时，决赛的大幕就正式拉开，新人登场了，一番鏖战，新人胜出。这是比较励志的模式，主要告诉大家只要努力，草根是可以成为土豪的。社会上总是演绎、流传着很多类似的励志故事。但事实是，所有的挑战，成功者寥寥无几，失败者比比皆是。所以没有人能轻轻松松享受成功，也没有人敢随随便便发起挑战。对旁观者来说挑战的过程只是一出戏而已，所以他们可以鼓励、起哄、嘲弄。但对于当事者来说往往是成与败，生与死。人们最终乐道的是成功的挑战，只见新人笑，不闻旧人哭。那些挑战中死于马下的，注定如秋天的落叶，当来年春天新芽发绿，它已经化作一掬红尘，为新芽鞠躬尽瘁了。

我不敢奢望挑战建华和小斌，很清楚凭着自己仅一年不到的功力，即便挑战也必然以悲剧收场，最后也是一掬红尘的命运。但作为华南队的队长，如果我不表现出这种挑战的勇气，不承担挑战的使命，华南队就始终无法跳出华南看全国。所以我经常在每周例行的分享会上坚定地说："没有人是不可超越的。"我想，为了增强大家的自信，我一定要挺身而出，即使鞠躬尽瘁！这里所谓的"鞠躬尽瘁"其实主要就是声誉受损。但对于跑者来说，对外的声誉和对内的自信都是极其关键的。如果有人认为你声誉不好，估计没有人愿意和你约跑，孤独的人是很难成为跑步强者的，因为只有分享和交流才能促进跑步水平不断提升。

我提议在双月湾决赛前两周去试练一次，而在此之前小斌和北京的莫飞等已经去那里试过场了。我从来没有在沙滩上跑过，特别是对建华的沙上飘心生向往。这次试场又是恰逢台风，这个季节在广东算是最冷的，我们甚至要戴上手套跑才能保证双手的温度。按照比赛的距离是连续两天每天28公里，途中有一半的软沙，四分之一的沙石路和四分之一的水泥路。

第一天跑下来，我觉得很累，特别是脚踝。因为沙滩是倾斜的，右脚比左脚高。跑完28公里，我感觉左脚腓骨头和右边腹股沟有痛感。但沙滩对我的神秘感也消失了，我总结在沙滩上跑一定要选用频率快、步幅小一些的跑姿，绝对要避免迈大步的跑姿。

第二天我因为下午约了朋友打球，所以只跑了一半，大约是14公里就赶回深圳。这次试场给教练留下了把柄，两周后我恰恰也是比赛第二天14公里后出现状况，她说就是因为我这次拉练没练到位所致，把我训得狗血喷头，以致我一气之下把球杆扔到办公室封存，直到戈九比赛完毕才重新开始打球。此是后话。

我不断思索和比较沙滩跑与公路跑有何区别？是越野鞋还是公路鞋更合适？不同的路段用何种跑姿更省力？通过这样的分析，一方面我对沙滩跑更有信心，另一方面我在这两周会不断测试我琢磨出来的一些应对技巧。

在这期间的心肺训练和速耐训练我都表现不错，教练认为我的状态很好，我自己也信心很足。

经过东莞水濂湖第一次全国性的集中比赛，大家已经越来越习惯这种比赛形式。双月湾的比赛，虽然是决赛，但总的来说气氛要温和很多。好像是老友相聚，竞争对手相互之间的拥抱似乎很热烈，大家都暗暗较劲却又虚伪地想让别人看起来云淡风轻。

这次组委会也异常重视，全国来了不少志愿者。除了历次比赛必到的董狼、博元、晓明、锋利、波波等组委会领导外，我还意外地看到了我的同班同学李一。我知道他是戈八C队队员，他能从北京专程来到惠州，为我们提供服务，真的让我感动。我想每次比赛除了比赛队员外，还有相当一部分做服务的校友自掏腰包从全国各地纷纷飞到比赛地点，他们的目的是什么？他们的乐趣是什么？这些人大部分都是老戈友。是什么东西能让他们在戈壁回来后津津乐道于为后面的戈壁挑战赛预备队员提供这种真心实意的服务？戈壁对我来说感觉越来越近、越来越真实，却越来越模糊、越来越神秘，更增加了我的向往之情。

按照规定，这次参赛主要是在东莞水濂湖比赛中进入Top 20的选手决战出Top 12。没有进入Top 20的选手可以持外卡加入比赛。所谓的外卡就是要自掏腰包解决住宿的问题。所以，当我看到飞鱼，我心里很高兴，由于我曾经在北京的“踢馆”，使我对他有一种特殊的情感。在东莞水濂湖Top 20比赛，他因排名男子第11名而遗憾被淘汰。春节期间，我看到他在美国西部发来的跑步纪录，1小时13公里。他当时留言：“这样的速度能进A吗？”我看了很为他高兴，一个不轻易被打倒的人永远是受人尊敬的，所以我当时给他留言："完全可以，兄弟加油！"

另一个让我高兴的是宝森兄弟。他上次也是因排名男子第12名而淘汰的，这次他履行了自己的诺言，持外卡参赛。这就是男人，一诺千金。我想起我参加戈九也是因为一诺，当初真没想到这个诺言如此沉重。

水濂湖比赛后，梦湜大姐已经成为大家公认的一姐，对华南队友来说，与其说这个称号是能力上的，不如说是精神上的。她从8月进入训练组，进步非常快。在水濂湖她虽然因为脚底起泡出血，没有跑进女子前三。但她的跑姿，她在跑步过程中显示的自信，让人一看就是大家风范。大家更认可的是，她非常乐于帮助他人。她有时做出的为朋友、兄弟无私奉献、两肋插刀的行为，经常让大家很意外，很感动。

一个团队就是由各种不同特点、不同能力的人组合起来成就大事的。梦湜大姐靠自己的言和行，为这个团队树立了一个不断奉献、给予的氛围，大家纷纷效仿，好像自己没有为团队贡献一点什么就会心中不安。

这些楷模作用激励着团队内的所有成员都积极尝试、积极与他人分享，队内形成了知无不言言无不尽的文化氛围。但别人的心得和体会一定要认真消化和体验，正是因为我对很多东西不求甚解、浅尝辄止、想当然，对比赛的困难程度估计不足等，最终导致这次比赛功败垂成。

兄弟，兄弟

比赛第一天，我带了三个能量胶，水袋充盈，以轻松的心情站在了起跑线上。很意外地看到北大光华深圳分院院长李其老师亲自来到比赛现场为我们助威。

认识李其老师已经十几年，我们既是师生关系，也是老朋友。他看到我来比赛也很意外，因为我是EMBA的老人了，算是僵尸校友。也许他在想：连书福都出来跑步了，是光华动员学员的能力强呢，还是光华无人可用呢？我想光华学员众多，各方面人才济济，我能出来跑步本身也是因缘际会，跑到今天也算是天道酬勤吧。师生一番热情无须赘述，但李其老师的到来为我平添了几分表现的动力。

记得在两周前的试跑中，我第一天的完成时间是2小时18分。那时我在沙滩上跑感觉很累。所以这两周我都在琢磨跑姿，寻找减少脚陷深度、提升速度、节省体力的方法。今天，我准备以4分30秒的配速，来验证我最近的心得。虽然，这个速度在两周前对我来说是那么不可思议，更何况是在沙滩上！当然，在比赛之前三天，我在公路上以4分30秒的配速跑过20公里，给我增强了不少信心。

依然是晓明铿锵有力的出发令，我与基文大哥一马当先，3公里后小斌和建华已经在我们后面200米以上。

我对这个从未谋面的基文大哥暗暗称奇。已经51岁的他身材高大、皮肤黝黑，看起来人很朴实。据说4个月前他都不知道自己能跑，他那段时间一直在跑步机上健身跑，发现自己越跑越快，最快时在跑步机上10公里能跑出42分钟的好成绩。消息传出来后被他的同班同学晓明推荐来参赛。但见他穿着一双看起来又大又不正规的跑鞋，跑起来也有点东倒西歪。一看就知道他虽然有跑步天才，但还没有受过正规的训练。他显然也是有备而来，一出发就冲在最前面。但他只跑了几百米就退下来跟着我。事后我才知道那时有人问我的配速，我说4分20秒，基文大哥没有运动手表，也不知道配速的概念，他听到我报速，知道我是熟手,所以他决定跟着我跑。

跑到10公里处,我已经从基文大哥的呼吸声中,听出他已经快到极限,难以持续。到13公里,他就直线掉速,离我越来越远了。赛后我听说他跑崩了,最终获得当天的男子第八名。但他显然是这次比赛的一匹黑马,他后来凭着自己的勤奋和意志一路杀进A队,终成正果。这是后话。

很多人惊讶我的速度,认为不可能保持到最后,但我确实跑得很轻松、很欢快,感觉身心合一在心脏的律动下翩翩起舞。一直到20公里处我都没有掉速的迹象。一路上很多志愿者在喝彩。博元大哥也一直在关注我。因为很多人对我的表现很惊讶,他在20公里处过来陪我跑了1公里,我当时正是一个人很孤单的时候,挺感谢他的。事后我才知道他的目的不是来陪我跑,而是来测算我的速度,因为他觉得我一直以这么快的速度跑这么远实在有点不可思议。一直到终点,我以1小时58分完成25公里的沙滩跑,获当天男子第一名。

我自己对这个成绩既意外又惊喜,我还从来没有以这样的速度跑这么长的距离,而且是沙滩。跑后的感觉很好,腿没有太僵硬,没有感觉很疲劳。我兴奋地与李其老师拥抱合影,内心感觉对得起李老师远道过来助威的辛苦。能取得这么好的成绩,我认为是我在水濂湖选拔赛以来用心琢磨和刻苦训练的结果,也是在李季教练指导下科学训练的结果。正因此,我对第二天的比赛信心满满。

这一天,女子组梦浞大姐也获得女子第一。我们华南训练组的人对梦浞大姐取得第一都认为是实至名归,她有这个实力。但对于外地的校友来说,多多少少还是一个意外,因为在此之前,他们对于梦浞大姐的真实实力并不了解。

中午，华南的队友纷纷过来祝贺。这是自戈九开局以来，华南队第一次摘取到男子第一名的头衔，同时也取得女子第一的好成绩。华南双丰收，大家兴奋不已，华南人没想到这么快就要实现自己的梦想了——超越建华和小斌两位大佬。最高兴的当然是李季教练，她几个月来教练的成果已经在逐渐显现。

建华和小斌看起来似乎有些郁闷，作为领队的厉伟大哥看出了端倪，他担心我们三个第二天拼命。于是他专门召集我们三个，要求第二天我们三个一起跑，他说我们三个已经是稳进A队的人了，不要自己人伤了自己人得不偿失。我深知厉伟大哥的良苦用心，但这样的提议对于在比赛中的竞争对手来说基本上不可能。看着建华和小斌眼神中的“怒火”，就知道明天不是个好日子。从他俩的表态中也可以明显看出口是心非。我这时也是说什么似乎都是假惺惺，因为如果一起跑，两天综合的最后成绩第一一定会是我，我会是这个提议的最大受益者。所以只有一个表态：听从组织安排。

这个晚上我睡得非常不好，不是因为对第一天跑得太好而高兴，而是因为对第二天恶战的来临有点兴奋莫名。

命运有时就是这样，越是在志得意满的时候越容易遭遇挫折。

第二天比赛，我采取的是跟随策略，紧跟第一梯队。小斌和建华自戈九拉开序幕以来水平一直在我之上。第一天我超越了这两兄弟，第二天他俩铆足了劲要劈我。建华甚至在起跑前对着我一脸坏笑，轻声对我说：“野狼，昨晚与小斌商量好了今天怎么废掉你。”我吐了一下舌头，说：“二位哥哥饶命。”那时我们仨还没有结拜为兄弟，现在回想起当时的一幕幕，我这做大哥的拿斧头劈了他俩的心都有。

起跑开始小斌就一马当先，他真是憋足了一夜劲，早把厉伟大哥的嘱咐抛之脑后。这也符合我的预期，我和建华紧随其后。一直到10公里，我们和小斌始终保持着100米左右的距离。这时，建华开始启动他的追赶模式。建华因为一直在海南，没有受到过正规训练，对配速基本上没什么概念，他用的是那种一会儿快一会儿慢的跑步方式，反正谁比他快他就追谁。这种追赶模式就是突然发力狂奔，冲刺50米后又把速度降到正常水平，一会儿又开始第二波。所以我给他起了一个外号叫"轰炸机"，好像能一波又一波地发起轰炸。我因为起跑没跟上小斌，只得紧紧咬住建华，尽可能跟上他的节奏，但他的这种追赶模式确实让我很不适应。跑到一半多一点约13公里处，我已经感受到身体开始乏力，每次重启都感觉有点举步维艰。我当时真想问问建华这种跑步方式是哪个名师指点的？怎么我的教练李季没教过我？赛后，我听说第一天小斌一直与建华一起在后面追我，建华的这种追赶模式也把小斌折腾得死去活来。难道他们昨晚商量的就是用建华这种追赶模式把我废掉吗？

此时，看到建华已经在吃第二个能量胶，我才想起我连能量胶都没带。第一天我本来带了三个能量胶，但一路狂奔忘了吃。第二天我根据第一天的经验，认为不需要能量胶就能完赛，所以一个能量胶都没有带。现在看来没有能量胶是难以支撑25公里的，但等我意识到这点时，为时已晚了。

按照规则我们不能找别人要水以及其他物品，违者1次加10分钟，所以我只能喝背包中的宝矿力水。建华继续他的追赶模式，我们已经离小斌越来越近了，但是，我也越来越感觉力不从心。终于，在21公里处，我感觉体内能量突然枯竭，一步都跑不动了，就像没了油的车，无法启动。

事后，我总结跑步过程中的体能，认为一个跑者在体能方面有三种不同的境界。我用飞机飞行距离与油箱大小的关系来类比这三种境界。

第一种境界是通过调整跑姿来节省体能。类似飞机的油耗。当一个人站在起跑线上的那一刻，他身上的能量已经是一个确定数，这时他动作越省力，跑得也就越远。这是初学跑者必须达到的境界。

第二种境界是通过调整饮食结构和平时的体能、素质训练等来提升体能的储备。类似扩大飞机的油箱。调节运动前的饮食结构，是为了增加肝糖原的储量。而通过练习核心肌和各种与跑步有关的肌群，提升速度和耐力，可以增加肌肉中肌糖原的含量。在剧烈运动或者耐力跑运动中肌糖原的分解是为了保持肌肉的强度，提供运动中需要的能量。这是中级跑者必须达到的境界。

第三种境界是通过培养自己在运动中的代谢能力，做到在运动过程中持续补给体能。类似飞机的空中加油。如果我们能够与自己的身体体能对话，了解何时补充能量最佳，并在日常训练中摸索出一套跑步过程中补给能量并且能迅速转换成体能的方法，就能做到长时间不间断的耐力跑。有些人一次性能跑500公里，就是因为在运动过程中有非常强的补给和代谢能力。在运动过程中能在补给和代谢方面应付自如的人，必定是一个超级跑者，是我们每一个跑者所追求的最高境界。

当然即便是初级跑者或者中级跑者，也需要掌握一定的能量补给和代谢知识。虽然我们不能聆听来自身体的声音，但我们常常看到书上的高手给我们的建议：8公里补一个能量胶或者10公里补一颗盐丸。当自己不具备这个能力时，我们应该接受外来的指导。

我显然既不具备与自己身体体能进行对话的能力，又没有接受外来的能量补给建议，所以导致了我的身体面临险境。

我停下来，精神有点恍惚。稍微镇定了一下，我内心一直有一个声音提醒我要完赛，否则就意味着退赛，那也就等于退出戈九了。我拖着沉重的腿一步步往前挪，到23公里处才开始有人超越我，可见我们三个之前的速度非常快。24公里处，云鹏兄弟赶上来，看到我脸色苍白的样子，他停下来陪着我。我让他先走不要影响他的成绩，他坚决不干。我怕连累他，开始慢跑起来。后面的棒棒和宣利也赶上来，最后我们四个几乎一起冲线。

我知道他们是为了等我、让我出成绩才放慢脚步的，内心感动得流泪。这就是我们华南的兄弟！为了让我这个队长不被淘汰，他们宁可牺牲自己的成绩。

云鹏、棒棒、宣利，你们是我的好兄弟！

第一次当众落泪

到终点时我马上瘫软倒地，李恒川医生和厉伟大哥等一众人搀扶着我要我多走几步。我一步都不想走，一直跟他们说："让我躺下。"那时我只想找个地方躺下来。大家手忙脚乱地把我架到一处树荫下，给我喝葡萄糖水。我脸色苍白之极、目光呆滞、四肢冰冷，内心虽然清明，但气若游丝，第一次体会到什么叫"劈"、什么叫"崩溃"了。半小时后，我被架回到近在咫尺的酒店。盖上厚厚的被子捂了足足一小时后，我浑身因虚汗而湿透，精神才开始逐渐恢复。我侄子一直不离左右照顾我。直到连喝了10杯以上的热水，我才有点力气起身洗澡。

赛后，正在准备戈十的队友晖志给我致电说："如果跑步这么辛苦拼命，我还是放弃算了。"虽然我不断鼓励他，但我想那天他可能真被我的样子吓到了。晖志现在练得比我当初还勤奋，用他的话说：“要想比赛不劈，平时就应更艰苦地练。”

这一天，我跑了2小时06分，两天综合成绩排在第三名。

这次比赛中我第二天的表现，让组委会的领导开始担心我的持续作战能力。虽然我自己清楚原因不是我的体能不够，而是因为我对跑步过程中的能量补给一无所知。我第一天之所以没吃能量胶跑下来是因为体内还有之前储存的能量。而第二天在第一天透支的情况下再次透支，所以导致了最终的崩溃。但这种事无法解释，别人只会通过自己的感知来得出结论。我只能不断告诫自己不要再犯同样的错误，但我们真的无法避免错误。这不是能力问题，而是规律，甚至是运气。

回想自2013年6月开始跑步，至决赛共9个月以来，我不仅跑步从零开始，对跑步的各种相关知识也是从零开始。不管一个人多么聪明，知识的积累都需要时间和经验。我一直要求自己不犯同一种错误，但无法避免犯错误。我在光华团队中跑步历史算是最短的人之一，这不是值得骄傲的事，反而是自己最大的不足，所以付出的代价都比一般人大，甚至很惨痛！

12强产生了。入围者欢欣鼓舞，落选者神情落寞。在中午的总结颁奖大会上，当我端起酒杯走向与我朝夕相练的朝晖和阿端时，泪水顿时难以控制。我一句话都说不出来，只有不停地哽咽。我们华南队经过半年多的集结和训练，大家配合默契，感情深厚。骤然看到从此后队伍一分为二，心中怎不难过？这是我自准备戈九以来第一次当众落泪，即便是在伤痛缠身的东莞水濂湖选拔赛我那么痛苦地跑下来，即便是当天上午在双月湾决赛中因体能耗尽而崩溃，我都没有流过泪，但队友的分离对我来说却实在无法释怀。我的流泪导致我们华南队几乎所有队员都抱头痛哭。北京和华东等外地队员可能无法理解我们为何如此失控。没有经历一起的艰苦训练，没有经历一起的团结协作，没有经历一起的心路历程，怎么能在心灵的时空中集结成军？我想，这也许就是为何在全国12个准A队名单中仅华南队就占据了8个名额的原因吧。

回到深圳，我心里还是放不下。第二天中午，我把所有华南戈九的核心训练成员大约12人叫到一起吃饭。一方面安慰出局的兄弟姐妹，另一方面，经过这么长时间的训练，我们的感情已经难以割舍。我们聚在一起，回忆着、唠叨着，总有说不完的话。大家提议举起酒杯，为我们曾经一起奋斗过的日子干一杯，也为因此结下的兄弟姐妹情谊干一杯。直到现在我依然认为，戈九给我们的最大财富不是戈壁体验本身，而是让我们结识了这群好兄弟姐妹。

双月湾决赛落幕，也意味着光华全国准A队的成立，我作为华南训练组队长的使命应该告一段落了。我提议开一次华南范围的总结大会。一方面是感谢9个月来华南所有新老戈友的支持，另一方面也是对这段时间的工作进行一个总结。我要求这次的活动策划和安排全部由训练组成员完成，费用我们自己出。训练组的骨干们纷纷表示赞同，宝森兄弟自告奋勇负责策划和落实酒店。华南训练组的队友们非常热情，不到一天时间，赞助白酒、红酒、啤酒、泡酒等各种酒的数量已经远远超出本次活动所需。我提议棒棒和芳芳做男女主持人，他俩欣然接受。原以为只有30至40人的规模，最后报名都接近60人了。这就是华南同学的执行力和参与度！有一群这样愿意付出、热情参与的同学在一起，没有什么事情是做不成的。

本次会议的主题是：感谢有你！会上，我把本次Top 12决赛华南取得好成绩的原因作了分析，再次肯定团队精神和科学训练的作用。感谢兄弟姐妹的真心付出，感谢李季教练的专业指导，感谢组委会的兄弟对我们一直以来的帮助和支持。然后由纪律组组长阿端、后勤组组长宇清、财务组组长魏芳等挨个上台对自己的工作进行一次总结。这种方式非常好。一方面，可以让更多的人了解我们的运作模式，了解在成绩背后大家的付出；另一方面，对于付出者也是一次成果的展示，大家很有成就感。

总结过后就是狂欢。因为这是一次阶段性总结，我专门跟组委会的领导请示当晚让大家解禁喝酒，并承诺准A队的人不会喝多。没想到气氛太热烈，整个宴会厅成了狂欢的海洋。很多队友和组委会的兄弟都来祝贺我。我一杯一杯地喝着红酒，谈论着我们不同时期的训练故事。沉重和喜悦，悲壮和感慨，都在酒中。浓烈的甘醇，幽幽的芳香，都化成了深深的情谊，在体内荡气回肠。

李季教练自然成为当晚的主角，一个个队友举杯轮着和她干杯。晋级与淘汰对李季教练都是一番心理的撞击。我在不远处看着她一直泪流不止。我估计她教了这么多学生，可能很少碰到北大光华这样一群知性、感恩、团结、友爱的成功人士。这样的氛围，这样的场景，感情丰富的她想不醉都难。是啊，人生有多少成败事真可以做到一付笑谈中？那些过程中感人的点点滴滴，一幕幕动人的场景，又怎能轻易忘怀？

波波端着一杯酒慢慢走向我，眼神很怪，一言不发，我感觉很诧异。这是我近10年的兄弟，我们最早因高尔夫相识，他也是华南高尔夫协会最早的管理成员之一。后来他因大部分时间工作在外地而逐渐聚得少了。他是戈八B队队员，当时因为查出心脏有早期冠心病而一度被戈八组委会劝退。但他硬是一个人坚持完成戈壁的四天行程，感动了所有光华戈八的同学以及我们这些后来者。正因此，他在戈九一开始就参与训练，一方面锻炼身体，另一方面默默地为女生陪跑。他几乎在各次比赛和训练中陪跑过所有准备戈九的女队员，成为戈九所有女生最尊敬的男神，大家都尊称他为“波波兔”。

他把我拉到一边，依然一言不发，但眼睛里都是泪水，当胸轻轻地给了我一拳。我知道波波非常重感情，行事缜密，性格敏感。我赶忙先道歉，预感肯定有什么事考虑不周。

原来我在比赛回来后因为组建了一个新群，大家仓促退出了原先的Top 20微信群，但我忘了知会他。他以为大家就这么仓促散伙了。他责怪我不仗义，没有考虑其他队员的感受，不珍惜这么长时间建立起来的情谊。我想起他这半年多来为华南训练队员的付出，大家亲如一家人，他无法接受大家以这种方式突然散伙。我感到很自责，身为队长，我一直把这种亲情与拼搏精神灌输到整个团队。大家很自豪、很享受我们建立起来的这种氛围。但没想到由于我的考虑不周，不知不觉间伤了兄弟的心。

我把他拉到和他曾经陪伴过的兄弟姐妹队友一起，当着大家的面向波波真诚道歉，大家都热情邀请他一起举酒干杯。这一杯酒是对那些艰苦日子的总结，也是深情厚谊的继续。是友谊，更是亲情。

人生总苦短，孤影更路长。我们都是一群阅尽人间沧桑与奢华的中年男女，我们曾经自认为看透浮生事，心在空茫中。但在这几个月汗水与泪水的洗涤中，我们不知不觉地回归到人类初始的本性：真实、纯朴，甚至有点天真。我们为团队杀身成仁，为队友义薄云天。是跑步改变了我们？是戈壁改变了我们？还是我们改变了彼此？

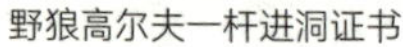

野狼高尔夫一杆进洞证书

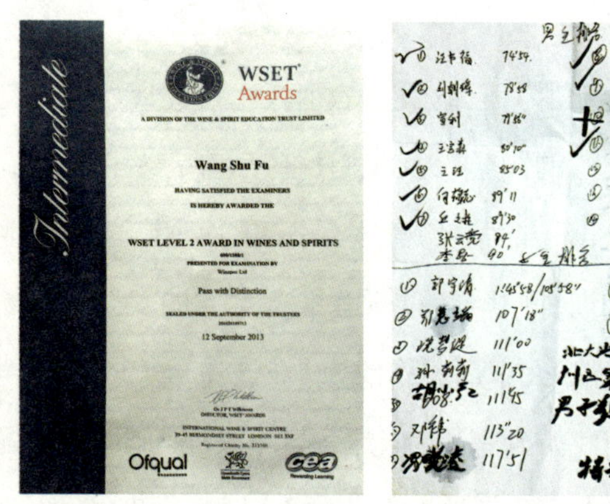

野狼 WSET 国际二级品酒师证书

Top 30 选拔赛华南区成绩单

野狼赴戈壁随带物件清单

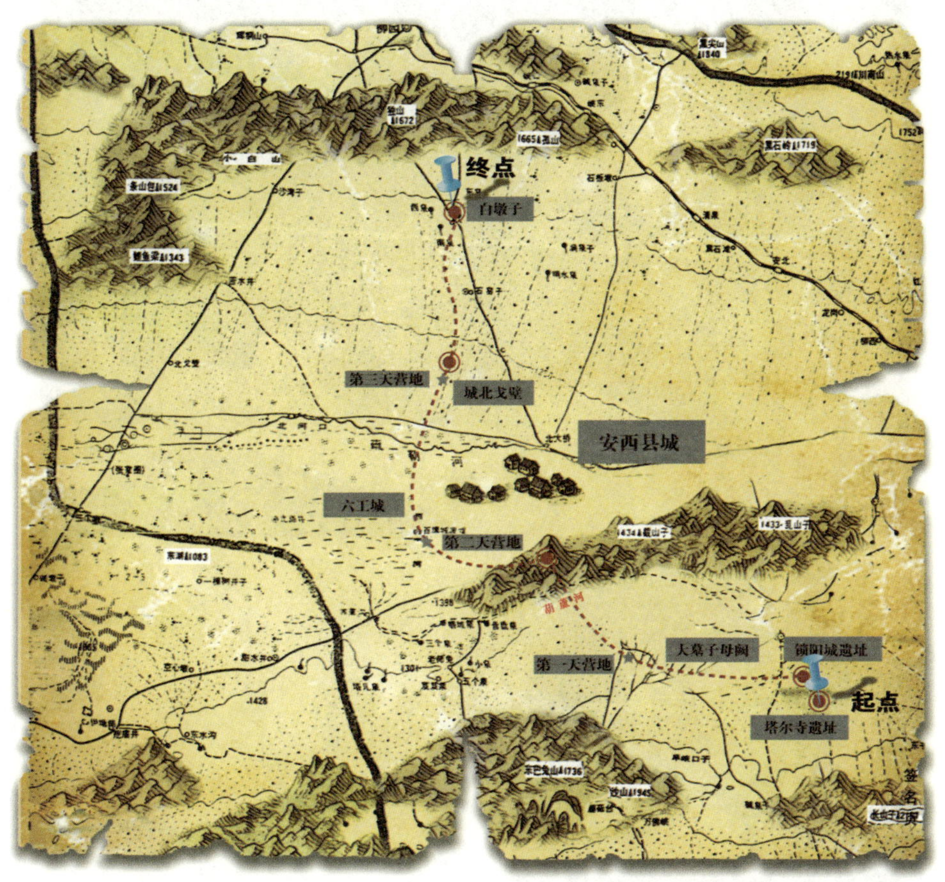

戈壁挑战赛路线图

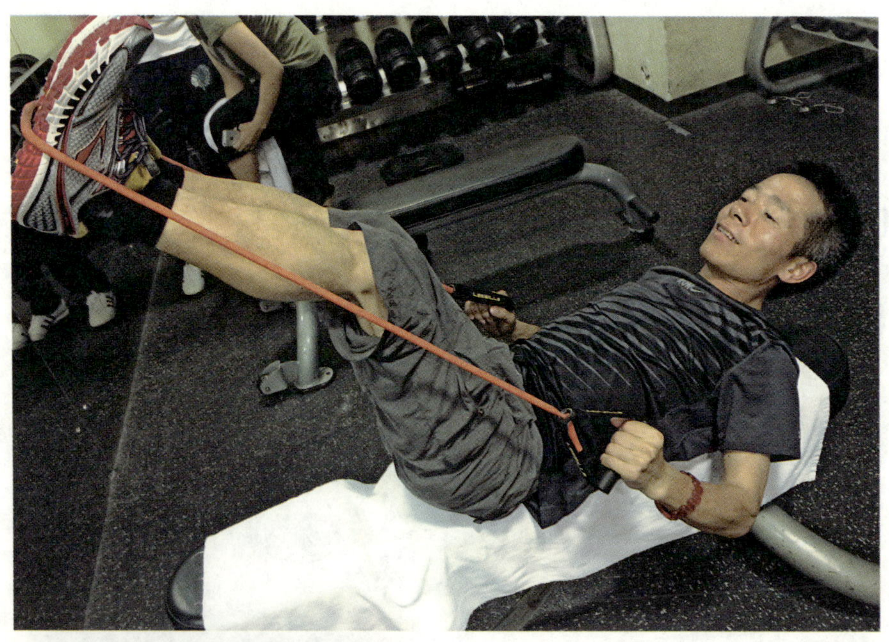

体能训练

Top 20 比赛时伤痛的腿

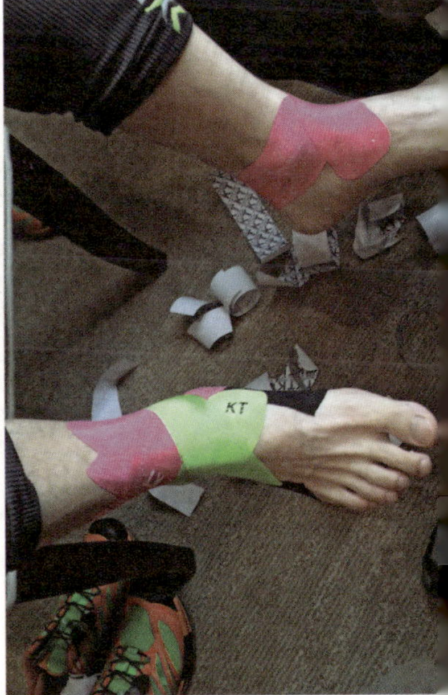

打肌贴

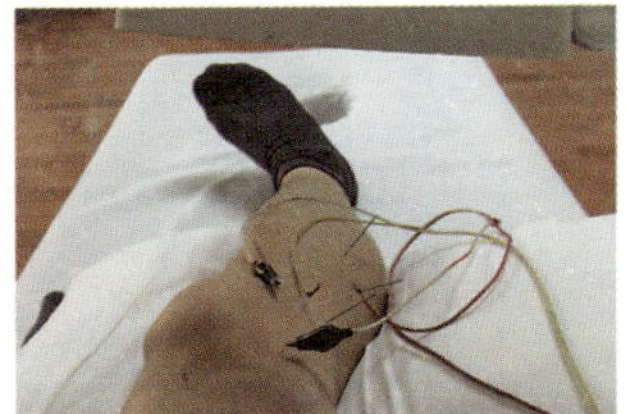

腿伤治疗中

成为A队队长

组委会给我们传来好消息，为了给我们A队队友打气，光华EMBA17班的鲍杰军同学，为我们每一个A队队员定制了一个由景德镇当代一级美术大师亲自设计制作的瓷瓶，上面会有每个人自拟的题字，要求大家尽快把各自的题字拟定报上去。大家听说此消息后异常兴奋，每个人都挖空心思琢磨能代表自己意境和心境的话语。顿时，微信圈内对联、诗词、打油诗、顺口溜充斥其间。大家互相挖苦，互相揭短，隔空对掌，彻夜不息。等到大家尘埃落定已经是一周以后了。

跑步的人就是这样，阳光见多了，阴暗面就少了。我们谈笑找乐、喜笑颜开，在我们眼中，世界是那么美好。当你心境如花，世界就是五颜六色的；当你心事重重，世界必定是阴雨绵绵的。六祖慧能说："日日都是好天气。"说的就是心境。

我们戈九的领队厉伟大哥又向我们宣布了一个让我们更加意外的消息：鉴于参加戈壁挑战赛的北大光华人越来越多，大家对戈壁精神的感悟越来越深刻，北大光华管理学院希望戈九组委会能够在文化和精神层面对戈壁精神进行提炼，并且融入北大光华的精神中去。经过几个月的思考和讨论，戈九组委会以"始自敢当，行至无我"为核心，准备在光华新大楼东面的雕塑园树立一个永久性的雕塑，起名为"无我"。与光华老楼西面的"敢当"巨石形成呼应。雕塑的造型是一个正在户外活动中艰难前进的行者。这个雕塑的结构不是一个真实的人的造型，而是由行者的帽子、衣服、鞋子等组成一个抽象的人，肉体部分全部镂空，只剩下穿戴。地上有这位行者行走的脚印，脚印里面将永久铭刻戈九前后各界北大光华戈友的名字，其中A队名单会更加醒目。

“始自敢当，行至无我”，这句话一下就打动了我们。因为我们有“敢当”的气魄，我们才背起行囊一路向西而去。当我们到了戈壁，发现自己并不能顶天立地，只有团队的大旗迎风猎猎，只有千万年垒起的戈壁永远屹立不倒，而我们则渺小如浮尘，卑微如蝼蚁。于是，我们开始放下自我，当我们以放下的心境继续行走大漠的时候，我们发现山宽水阔，大漠漫漫，世界如此宏伟，天地如此壮观。置身其中，顿然感悟：我在哪里呢？那些凡尘俗事奈我如何？我又能奈凡尘俗事如何？我们从肉体的“无我”渐入精神的“无我”。当我们渐入“无我”之境，内心顿然强大起来。大海之所以成其大，是因为它比所有的河流都低。当我们把自己放在卑微之境，必能凝集万物灵气，人神共聚，那时不仅有敢当的魄力，更有敢当的能量，以浩然之气，行道义之事。这就是“始自敢当，行至无我。因为无我，更加敢当”的精神实质。当这个“无我”雕塑树立在光华楼前，它将是戈壁精神与北大光华的精神融为一体的象征。每一个北大光华学子将在这样一种精神驱动和鞭策下成就自己，不仅仅在戈壁，更在人生路上。

这个额外的喜讯让大家更加欢欣鼓舞。能够代表北大参赛，这是我们以前想都不敢想的。能够把自己的名字永远刻在北大的雕塑上更让我们感觉万分荣光。

北大让人仰慕，不光因为它的名气，还因为它的文化影响力。百年沧桑历史所沉淀出的风华，犹如夜空中那一颗闪闪耀眼的巨星，光芒四射，却又深不可测。在那深邃的殿堂里，有多少仁人志士为国家的进步与发展建立了卓绝的功勋，打下了北大如今的千秋基业。作为北大光华的学子，我们既引以为豪，也有使命和责任为北大光华的荣誉而拼搏。戈九对于北大光华之队来说，已经赋予了更深刻的含义、更重要的使命，也注定会在光华参与戈壁挑战赛的历史上有着厚重的一笔。

随着光华全国Top 12准A队成队，训练开始进入全国性的系统化状态。我们的训练量也开始加强，除了原来的训练要求外，在体能训练上也加大了强度，并且每周增加了一天跑山训练。从训练计划的角度来看，我们已经成为标准的职业运动员了。

两周后，我们再次集结在双月湾拉练。这次除了拉练还有一个主题是选举队长。说实话，我对当领导一直没什么兴趣，虽然曾经担任过不少大大小小的职务，但很少有自己主动争取的，因为我对权力不感兴趣，对于某些领导趾高气扬的作风也很不认同。在华南做训练组组长是大家赶鸭子上架的结果。所以当有人提议我应该竞选A队队长时我坚决拒绝。由于准A入选名单中华南队队员相对比较多，大家都来游说我。当我听到其中一个队员讲到在Top 12决赛中因为相互之间不熟悉，受到过一些不公平对待和粗暴管理时，我开始意识到肩上的责任。虽然我即便竞选上队长也不会欺负外地队友，但我至少可以尽自己所能保护华南队友少受伤害。出于这种基本没有什么境界的想法，我同意参选。

在拉练中，教练要求一部分跑软沙，一部分跑硬沙。我看到一个令人捧腹的现象：小斌、基文是教练让跑软沙就跑软沙，让跑硬沙就跑硬沙；我和棒棒是小斌跑什么沙我们也跑什么沙；建华和云鹏是管你们跑什么沙，反正他们俩只跑硬沙。每次教练发现建华和云鹏违规都大声喝止，但一会儿他俩又依然如故。这种猫捉老鼠的现象一直贯穿了拉练始终。

晚饭后回酒店的路上，厉伟大哥刻意安排我、小斌和建华三个与他同车，我猜想这是要进入选队长程序了。因为我们三个是团队中跑得最快的，在跑步这种实力决定影响力的运动中，强者最有话语权。他先是对我们三个给予了高度的肯定，组委会认为我们三个应该分别担任队长、政委和技术总监这三个职务。并强调，虽然队长很重要，但作为一个团队，政委的地位某种程度上更高，技术总监当然也不可或缺。最后他提议由我们三个私下协商决定谁是队长。

建华首先表态应该由野狼来做队长，小斌做政委，他自己做技术总监。他阐述选野狼做队长的原因是三个：第一，野狼把华南队带得很好，说明有很强的组织能力；第二，野狼平时在深圳，与未来的总教练李季沟通方便；第三，准A队中华南人多，便于管理。建华认为小斌做政委的理由是：小斌有丰富的户外经验，个人能力也很强，在队友遇到困惑时，小斌的建议队友容易接受。

小斌坚持要做技术总监，而不是政委。而我说小斌是唯一三个职位都能胜任的人，可以由小斌先选。但建华态度坚决。我知道他认可我，几次拉练下来我俩相互之间惺惺相惜，友谊与日俱增。小斌当场表示同意建华的提议。当建华把我们三个协商的结果告知厉伟大哥后，厉伟大哥又提议由全体队员内部协商选举。我知道厉伟大哥有难处，他自己是深圳人，又是领队，在选队长的过程中但有不公平的地方，一定会被外地校友说闲话。

于是，组委会的领导和全体11名Top 12队员（棒棒因有事先回深圳而缺席）围坐一圈，厉伟大哥又一次解释队长、政委、技术总监设置的目的和意义，提醒大家珍惜自己的选票，慎重决定自己心目中各个职位的人选。讲完后，组委会的领导退场，由我们队员自行商议决定。

梦湜大姐首先开宗明义，明确表达提议野狼做队长，继而阐述她提议的理由，与建华说的几乎一致，我甚至怀疑他俩事前有商量。虽然事后他俩坚决否认。其实，我也知道，我做队长的优势就是那三点。大姐说完后所有人都纷纷表示同意大姐的意见。莫飞提议大家举手表决。就这样，我以全票当选上了队长。小斌也全票当选政委，建华任技术总监。

联想到白天拉练，我心里很欣赏小斌做事的严谨和自律，我认为他应该是队长的最合适人选。小斌确实天然有一种领袖风范和气场。但小斌因为太优秀，难免让人以为他孤傲，在队友中跟他熟悉的人就会少一些，再加上他远在无锡，跟大家的沟通多有不便。我想，这可能是他没有当选队长的主要原因吧。

这次选队长的过程中，氛围很融洽，大家也充分发表了意见，没有留下不好的隐患，为后面建立全队的团队文化打下了良好的基础。这是我一直所顾虑的。我对有一群这样心胸坦荡的队友感到由衷的欣慰，也对组委会在此事上的周全考虑表示衷心的感谢。

鉴于A队12个名额存在一定的风险，晓明和王薇建议组委会再增加两个名额，理由有两点：一方面在团队内部产生鲶鱼效应促进大家进步；另一方面避免出现一旦有队员受伤没有人能够顶上的现象。因为增加两个人会对现有的所有A队队员产生冲击，组委会领导决定由现有12个准A队队员投票决定是增加还是不增加。如果我们同意增加，将由教练指定入选名单。因此组委会领导充分向每个队员提示风险，并强调尊重大家的决定。

这是我在戈九的过程中，第一次真正参与决策，感受到民主和权利对大家的影响。我们采取不记名投票的方式，半数以上同意算通过。最终10票同意，2票弃权，提议通过。正因此，阿端和朝晖再次回到A

队行列，准A队增加到14个人。

我慎重地收拾了一下心情。一直以来，我的心都放在华南集训队里面，我以华南队友的进步为荣，为华南队友的挫折伤心。现在我当上了A队队长，我必须放眼全国，不能让外地的兄弟姐妹感觉我有偏心，我要为他们提供服务，为整个团队的成长努力。

心在哪个高度，境界就在哪个高度，不是因为我们有多么高尚，而是因为我们有这种责任。

突然跑得很轻盈

我延续华南集训队管理的经验，在A队内部进行明确分工，设装备组、探路组、后勤组、营养组、秘书监督组、训练组、医疗组等。后来证明这种分工非常必要。

梦湜大姐和小斌负责装备。A队队员提议要总结戈八以前的教训，输人不能输装备，并自发、自费统一着装。为此，他们俩从比赛日每天衣服的选型、颜色搭配，到最后的采购等全部在短短一个多月完成，工作量非常大。在戈壁比赛期间，光华A队每天的衣服都很统一靓丽，就是梦湜大姐和小斌辛苦付出的结果。

营养组由莫飞任组长，朝晖配合。莫飞在体能营养方面知识渊博，而且非常用心。在后面的训练和比赛中她不断为大家配置营养品和药品，在团队中起到了很大的作用。特别是对我们这些在体能上有痛苦经历的队友，莫飞很主动为大家寻找国家级营养师给我们对症下药，给我们在心理和身体上都起到了很好的保障作用。

医疗组是小红负责。每个人的平板体检都是她去联系医生。为所有A队成员排时间、取体检报告等工作，小红都很细致到位。

飞鱼和阿端负责纪律考勤。每天像基文大哥和小斌这样的劳模队员，一大早就开始打卡，我们看了都心惊肉跳，怀疑他们晚上是不是不睡觉。这种相互促进的效果都是纪律考勤组的功劳。

另外，通过分工，让团队中每个人都有事干，大家很有归属感和成就感。团队的氛围很快就变得很和谐积极，大家相互鼓励相互帮助。我倒是没有什么可做。碰到一群太能干的队友，队长是幸福的、幸运的。

以下为团队分工确认之后，我写给团队里各个兄弟姐妹的公开信：

各位光荣的戈九A队兄弟姐妹：

首先恭喜大家成为代表北大光华参加戈九挑战赛的准选手！经过组队后的第一次双月湾集训，我们队员对各自的优缺点认知更清楚了，大家的士气很高，同时组委会对我们戈九的战略目标也提高了。

时间对我们来说很紧迫，为了使得整个团队的成绩更好，一定要每一个人积极训练、积极投入、勇于奉献。经我和小斌、建华商量，决定对整个团队进行如下分工：

1. 装备和衣服组：邱小斌、沈梦湜。组长由小斌政委兼任（他俩的品位大家信任哈）。

2. 研究和探路组：施建华、张云鹏。组长由技术总监建华担任（两位悍将相信能不负众望）。

3. 秘书组：沈梦湜、李宁。秘书长由梦湜大姐担任。

4. 纪律组：陈蔚、郑意端。组长：陈蔚。

5. 营养组：莫飞、刘朝晖。组长：莫飞。

6. 医疗组：胡小红（组长）。

7. 后勤组：张云鹏、宣利。组长：张云鹏。

8. 香港购物机动：陈毓秀。

如对以上分工有异议请及时提出，所有队员务必对此信息回复意见！一天内不回复视同默认！全部确认后将正式行使组织职能，请大家务必全力以赴，把训练任务和组织任务完成，为团队取得佳绩贡献自己的力量！

同意以上分工接龙：汪书福，邱小斌，施建华，陈蔚，沈梦湜，李宁，邱小斌，刘朝晖，胡小红，王基文，郑意端，莫飞，陈毓秀，张云鹏，宣利。

以上提议全票通过。自即日起开始执行，谢谢各位支持和配合！

一个团队的领导者也许不一定有权力选择成员，但他可以选择管理模式，可以引领团队文化发展的方向。通过分工协作、知人善任、激励机制等使团队朝着自己设想的目标高效运行。通过引导舆论、掌控节奏，使团队的文化保持正能量，保证团队的氛围和谐正气。

我对A队文化重新进行了梳理。我认为A队文化的核心内容应该是两点：第一，自强不息的拼搏精神；第二，深厚的兄弟姐妹情谊。古人说“打仗亲兄弟，上阵父子兵”。在户外运动中讲究的是团队协作，有时是为了团队成绩，有时是为了帮助他人，甚至是挽救生命。所以当你在户外拼搏时一定要对身边的队友有坚定的信任感，要有生死以赴的兄弟，否则一点点不信任都可能会导致满盘皆输。这就是“无兄弟，不远征”的道理。所以，我非常重视在A队中培养超越于友谊的亲情和信任。而且A队的训练环境也有利于培养这种亲情和信任。当有人受伤时，有人力竭时，有人遇到危险时，有人生病时，有人掉队时，等等，这种时候一份帮助很容易感化一颗坚硬的心。

A队的人基本上都有好强的特点，也是有血性的人。大家认可真实、纯朴、自然的风格。在高兴时开怀大笑，在成功时痛快淋漓，在失败时坚忍不拔，在有求时奋不顾身。训练中累积的点点滴滴，化成浓浓的情谊，把A队的兄弟姐妹们黏合在一起。这对我们这些快年过半百的一群人来说真有点不可思议。

进入了A队，训练量越来越大。我在2月一次训练前打了一场高尔夫，训练中不能达到教练要求，被教练骂得狗血喷头，所以当时一冲动把高尔夫球包扔到办公室。一直到戈九比赛结束都未曾摸一次杆，全副身心都投入备赛中，工作也基本上只能挑重要的做。每天很多朋友约球、约酒都不得不婉拒。一个月下来，朋友邀约的电话也就少了。即便这样，好像时间还是不够。每天为了跑步要准备很多东西，看起来跑步只有两个小时，但前后花的时间总是大半天。

家里围绕着跑步的装备衣服越来越多。原本在家我的衣服一个柜子就够了。跑步后增加了两个还不够。老婆有整理强迫症，喜欢把所有衣服和物品都整理得妥妥帖帖、分门别类，不这样就无法身心愉悦。现在面对一堆跑步的装备和衣服，她每天只能愁眉苦脸。不是她不想整理，实在是看不懂怎么整理。她经常问我："这是啥？"我看了一眼，说："防沙套。"她一会儿又问我："这个呢？"我看了一眼，说："护腿。"几次下来她就崩溃了，因为太多她搞不清楚的东西了。

我对户外一直心存敬畏，不敢有丝毫大意，所以平时的拉练都力求认真完成。戈九的比赛规则中，4天距离将近120公里。第一天体验日徒步完成29公里，第二天比赛日跑步34公里，第三天比赛日跑步33公里，第四天比赛日跑步22公里。所有参赛队员必须是各商学院的EMBA正规学员，每个商学院由10个人组成A队代表学校竞赛，每天取第六名的成绩为该校成绩。其中女生每天可以在实际完成时间上进行减时，然后再与男生的实际完成时间比。一般来说只要找到能力强的女生，减时后基本上都比男生快。所以强队中的第六名往往都在跑得最快的几个男生中。按照我们几次拉练的测算结果，我成为光华第六的可能性很大，也就是说非常有可能取我的成绩作为光华的成绩。所以我的压力很大，不仅仅是要坚持跑完，而且还要尽可能跑得更快。但我从准备戈九以来，还没有连续四天作战过，没有这种持续作战的身体记忆和经验，心里没底。

特别是我有几次比赛都是第二天出现状况，给教练和队员的感觉是我的耐力不行。我的心里压力很大，虽然我知道那几次状况并非耐力的问题，但跑步是实力决定影响力，只有事实才能证明自己的能力。

我已经连续七年清明节都回老家扫墓，同时看望坚持要待在老家的父母。但这一年为了征战戈九，清明节只得留在深圳训练了。我制定了一个四天的拉练计划，基本上模拟戈壁的模式，第一天登山徒步20公里，第二天跑公园硬地30公里，第三天跑草地30公里，第四天跑操场20公里。

华南的兄弟非常仗义。第一天我和朝晖、宝森相约草地跑30公里。沿着深圳湾红树林绿道边的草地，从侨城东路一路往西南方向，跑到蛇口半岛城邦花园折返。在炎热的天气下，跑3个小时，虽然不是很累，但很耗人。

第二天在笔架山公园跑30公里硬地，除了我们A队队员外，秀焰、佟梅、莉莉姐都热情参与。这一天我看到秀焰很有潜力，心想也许戈十她能成为一颗新星。

第三天登山，朝晖、晖志、吱吱、佩锦兄等都是带领全家参加，总共有30人之多。

第四天，我在深大跑操场20公里。10多位华南的兄弟姐妹过来相陪，其中国强一直跟了我10公里，我基本上配速都在4分50以内。虽然他在10公里后就跑不动了，但作为戈十的预备队员，这样的实力，让我很欣慰。光华的戈十应该比戈九基础厚实多了。

四天来，这些兄弟姐妹孜孜不倦地给我支持，陪走、陪跑，都是为了给临战前的我们A队队友助威。我更加感觉到责任重大，感谢大家对我的支持。四天下来我身体感觉不错，这对我来说是一个非常重要的信号，说明我的自我判断是正确的：我有持续作战的能力！

耐力跑考验的是一个人的意志品质，但意志品质的基础是信心。如果一个运动员在起跑的时候就认为自己没有能力完赛，是不可能坚持到最后的。不管是个人还是团队，培养自己对比赛的信心，比培养比赛能力更重要。

由于最近跑量明显增加，我也比较用心琢磨，我感觉我在两个方面明显有了突破：第一个突破是与身体的对话。之前看的很多书上说跑步过程中要与身体对话，梦湜大姐也提示过我这点，但我一直有点懵懵懂懂，感觉不清晰，不知道与身体对话是个什么样的境界。但跑得多了，特别是跑的过程中心中安静的时候，能感受到身体给大脑传来的信号，心肺、肌肉、关节、协调、体能等。第二个突破是在跑姿上的进步。有一天我突然感觉自己跑得很轻盈，身体在着地和悬空之间有韵律节奏，在跑步中就像音符在钢琴琴键上的表现，有一种舒适、优美的感觉，很美妙、很享受。这两点进步都是突然的感悟，我有点欣喜。于是有一天在跑的过程中我叫李季教练陪我跑一段，我把我琢磨的几种跑姿变化着给她看，她跟了我1公里觉得我的速度确实有提升。她说没想到我突然跑这么快，而且很轻松。

我们很多人都想追求境界的提升，其实所谓境界的升华都是日积月累的结果。没有艰苦的过程，不可能获得精神品质的幡然感悟。而当我们真的上升一点时，才知道路其实很远，水很长，前面有无数个台阶，也有无数个级别的快乐。这就是人生的过程。

无锡马拉松拉练

4月13日的无锡马拉松对于所有准A队队员是个大坎。组委会要求利用无锡马拉松进行连续三天的拉练。按照组委会的规定，这次无锡拉练的成绩将和半个月后的敦煌实地拉练成绩综合在一起决定最终的10强名单。

从某种意义上来说这种学校内部的决赛比真正的戈九比赛还重要。因为学校内部的决赛是决定你是否有资格代表学校参赛，而戈壁比赛是在平时训练的基础上水到渠成的表演。有些人会对我的这种观点大惑不解，对于所有戈友来说难道戈壁挑战赛不是最重要的吗？参加过A队选拔赛的队友就会理解我的看法：学院内部的名额决赛是生与死的较量，是能不能上舞台的问题。而戈九的比赛是在舞台上表演得精彩还是乏味的问题。两者截然不同，孰重孰轻不言而喻。当然，我们知道每一个上了舞台的人都会尽可能展现自己最精彩的一面。

我感觉这段时间在训练过程中继续进步着，对身体的感知越来越好，对跑姿的感悟越来越深刻，状态很不错。当我们来到无锡时，我甚至有信心能跑进男子第一。

小斌作为无锡的东道主对我们提供了热忱的接待。他在整个光华都是明星级人物。一方面是他曾经登顶过8 000米以上的高山，并因此而放弃戈八，所以大家一致认为他是不可超越的强人。另一方面，小斌一表人才，眼睛里经常有傲视群雄的气势，与我这个潘长江式的外表形成鲜明的对比。我有时甚至认为上天就是安排我们这些人来做他的陪衬的。我们都很佩服他，这种佩服甚至到了景仰的程度。佩服不是因为他帅，而是因为他有典型的江浙人特有的自律。在A队14强中，教练的训练任务完全不打折扣完成的只有小斌和基文大哥。清明节期间他因为回程堵车，晚上九点半回到家还要出去把当天的训练任务补上。这种自律是我们所达不到的。

在无锡吃饱喝足后，当然主要的任务就是拉练。吃着清淡幽香、美轮美奂的淮扬菜，我认为跑步就是一种亵渎。倒是应该找一个静处，端一杯清茶，装着读书的样子，赏着外面青绿的太湖美景，这样才不枉了这一桌美食。可是事不由人，领队和教练眼神虎视眈眈，我们只得卸下休闲款款、光鲜亮丽的装扮，背起跑者的行囊，上路拉练。

本次拉练的计划是三天30+30+半马。

第一天，因为大家路不熟，小斌一路带着我们跑。他边跑边不时用对讲机告诉大家路况标记和景色。我有点吃惊，因为以我们当时的速度，已经均速4分50了，我已经上气不接下气，他还能轻松给大家指路。我跑步以来掌握了一个规律，当我能保持三步一呼三步一吸的呼吸节奏时，我能坚持很久。但一旦到两步一呼两步一吸，耐力就开始下降。到一步一呼一步一吸时基本上就是冲刺阶段了。我跑到3公里时咽喉炎开始发作，一直边作呕边跑至8公里左右才平息。这段时间我为了不掉队，呼吸比较紧促。跑到10公里左右我的咽喉炎才得以好转，呼吸回到正常状态，我开始以匀速状态跟着小斌。而一向在队中排名第一的建华好像状态不佳，在25公里处已经见不到他的人影。当我和小斌一路以4分40的速度冲刺到终点时，建华等其他兄弟已经被拉下3分钟以上。

有人担心建华的状态，因为在北大光华，建华一直是最棒的、打不败的兄弟。这次被小斌和我以长时间超越，大家有点莫名其妙。

经过10个多月的跑步经历总结，我认为临近大赛，重要的是要做到两个管理：体能管理和情绪管理。每个人不管男女都有生理周期。一个人不可能每天都保持好的状态，重要的是如何通过控制训练、饮食、营养、休息等把体能状态表现的高峰期调节到与比赛期一致。而情绪管理是能否实现体能管理的重要因素。我这么多年打高尔夫球之所以战绩不错，一方面自己很用心琢磨，另一方面是自我情绪控制能力比较强。每当比赛来临，控制情绪非常关键，小赛小控制，大赛大控制。比如临时几个人约球比赛，往往在打球前和过程中保持低调和克制的人能赢球。我们经常看到球技好的人被球技相对差的人打败，主要就是输在情绪管理上。而如果准备大赛，要提前一段时间进行情绪管理，通过静默，感知自己身体的变化，慢慢与自己的身体对话，储备能量，并且能把这些能量在比赛的过程中爆发出来。

建华显然正处在生理低潮期。离比赛还有一个半月，以我对他的了解，我相信他一定能调整过来。我和他同场竞技多次，对他的毅力和体能非常有信心。

下午小斌为我们提供了精致的按脚服务。江浙地区就是讲究，连按脚都是精细的。让你在暗暗的灯光、舒软的沙发、熟练得体的按摩中享受着轻松。各种鲜榨果汁的无限量供应透着大气。

唯一不和谐的是当技师握着基文大哥的双脚看到10个指甲有9个残破时的轻声尖叫。我们才知道从双月湾决赛时冒出来的黑马基文大哥原来付出了如此之多。这一年51岁的基文大哥在双月湾决赛中以一匹闪亮的黑马晋级Top 12。我们当时都认为他虽然有跑步天赋，但积累太少，随着跑量的增加，他一定会受伤。可是，一直以来我们从来没有得到任何关于他在跑步过程中的负面信息。今天，在按摩时听到他一直惨叫，才知道他这几个月来忍受了多少苦痛。他甚至对跑步中的很多常识都一无所知。他总是每天第一个积极打卡，向来都按质按量完成教练的要求，默默锻炼、从不多言。这样一位兄弟，这么大的年纪，能跑出这么好的水平，完全靠自己的天赋和没日没夜的勤奋。我不由得打心里佩服这位大哥。在戈壁的比赛中，正是这样一位老大哥以黄牛般的精神，拉着女生苦苦支撑三天，为团队的成绩作出了巨大的贡献。

大家对小斌为大家提供的周全安排很感谢。从吃饭、运动后的放松，到喝茶叙旧等，可以看出小斌都提前做了精心准备。我再一次对他的细心、严谨感到佩服。

我看到小斌状态很好。当我们跑后还在床上把腿抬高仰躺两个小时，以便尽快排出乳酸的时候，小斌的身影已经在酒店大堂、咖啡厅、接待处等各地飘逸。他是万人迷，很多人，特别是女士，都喜欢跟他套个近乎，一睹他的伟岸身姿。

从目前各校准备的戈九情况来看，北大不容乐观。以长江为首的第一梯队有衷存皇、康凯这类一等一的高手，马拉松在303（3小时03

分）左右的水平。女生则年轻貌美跑得快。在第二梯队中，上海交大、上高金、复旦等相互之间都是虎视眈眈，对北大形成强大的挑战。反观我们北大自己，平均年龄45岁，而且所有女生的年龄都在平均年龄之上，他们都是训练不到10个月的新手。男队中，基文大哥虽然年龄以51岁列最大，可在双月湾成为黑马以来他的跑步年龄却是最小。团队中年龄最小的云鹏，小腿肌肉受伤已经三月有余却不见好转。最能跑的三剑客中，除了小斌和建华有三年以上跑步积累能独当一面外，我因为还在菜鸟成长期，虽然进步很快，但毕竟跑了不到10个月，并且离比赛时日无多。在这种复杂、艰难的时局下，以厉伟大哥为首的北大人决定靠团队作战来突破成绩，用跑得慢一些的男队员拉女队员，确保女队员的成绩优于我们前队三剑客。为此，厉伟大哥亲自设计和制作拉绳，让我们非常感动。戈九后，"厉氏拉绳" 被我们每一个队员收藏，作为珍贵的纪念。

所以第二天的训练内容与第一天所有人撒丫子跑不一样，分成前后队。前队几个跑得快的男队员继续独立跑，后队一部分男队员用绳子拉着女队员跑。

因为路线与昨天一样，起跑后小斌就一马当先，我紧随其后，3公里处我的咽喉炎如期而至。我尽可能跟上小斌的速度，但感觉很吃力，5公里后我开始掉速，但其他的兄弟已经被我俩甩在后面。我一看表，小斌的速度比昨天还快，我觉得有点不可思议。虽然自双月湾决赛以来，小斌就开始扎扎实实地训练，目标就是要把被我和建华夺走的第一重新夺回来，但也就一个月的时间，他怎么进步如此神速？在25公里处，我前面已经看不到小斌身影，后面也看不到其他兄弟跟来，在爬过第五个山坡后，我开始懈怠。反正我追不上小斌，别人也追不上我。

人的天性是趋懒的，没有迫不得已的压力，很难有好的表现。因为好的表现需要坚强的毅力和强大的体能来支撑。到终点时我吃惊地看到我被小斌落了10分钟。总共只有30公里的距离，我拉开的时间如此之长，而我后面的兄弟都在我到达终点后的两分钟以后陆续到达。小斌今天用的是什么样的速度啊！

小斌的这次表现对我触动很大。我本来一直觉得自己最近状态不错，进步也很快。虽然我在无锡稳稳排第二，拉开第三名还不少，但小斌基本上是在谈笑间就以大比分把我打败，我甚至觉得这不是一个数量级的差距。

下午的分享会上，小斌自然成为主角。教练对小斌最近的训练和这一次的优异表现推崇备至，小斌也无私地跟大家分享在训练和比赛过程中的经验，包括每一公里的时间控制。我们听后觉得确实差距很大。

小红在这次分享会期间突然呕吐起来，大家既意外也担心。看来今天基文大哥一路拉她可能用力过猛，她是尽了全力了。我在同情小红身体柔弱的同时，对这样一位平时看起来弱不禁风的女子能够拼到如此程度而感到吃惊。小红自晋级Top 12以后，训练一直不连贯，她总是用很多理由来逃避训练，包括脚痛、腿酸、身体不适等等。我一直以为小红是那种懒惰型的，但今天看她在关键时刻能够顶得这么狠，内心对她佩服不已。这是一位内心相当有数的女英雄！

明白了些许戈壁真谛

第三天，按照要求我们是跑半马，我以1小时48分的成绩完赛。事后得知小斌跑全马，成绩也相当好，3小时30分，打破了朝晖上一年在深马创造的3小时46分的光华EMBA同学的马拉松纪录。330也是业余马拉松的一个大坎，似乎这是高手的分界线。许多同学都热烈祝贺小斌在家门口取得佳绩。我们甚至在中午为此临时开了一个分享会，主要是让大家有一个祝贺小斌的机会。

小斌的这次突出表现，给我和建华压力最大。因为从战术上，不管我们选择6男4女，还是7男3女，我们三剑客都是决定成绩的关键。如果小斌的成绩一枝独秀，不管是取两个男的成绩还是三个男的成绩，第六名肯定是我和建华其中之一。我心中有些郁闷，教练看出了我的心思，直接说我第二天的表现不好，没有主动去追赶小斌，她说我内心已经被小斌打败了。我听后虽然不承认，但她这句话还是说到了我的心坎上。我确实没有想到小斌最近进步这么快，对自己在未来的一个月能否迎头赶上心中没底。

正是对提升成绩有着强烈的渴望，我从无锡回来立刻做了两件事：一是把莫飞给我们配置的各种营养品、药品统统拿出来，坚持每天按要求服用；二是下载了飞鱼给我推荐的核心肌群训练软件，每天晚上都坚持在家做各种体能提升。

自从我在大学初恋找了一个细心能干的女同学并成功骗回家做了我的老婆，我的生活自理能力就逐渐萎缩了。老婆看到我每天晚上定时有规律地吃着各种药品和营养品，在瑜伽垫上做体能，从起初的吃惊到嘲笑，到最后的感慨：没想到一个连酱油瓶倒了都不扶一下的男人突然间变成了一个细心、生活有规律的人。

我开始认真梳理我去戈壁比赛所需的物件。分门别类，用一张A4纸列下来满满一页。做这一切都是为了从内心对戈九有敬畏之心。我几乎是光华之队唯一一个阅历很浅，但又被委以重任的跑手。一路磕磕磕碰碰地跑过来，面对的问题太多，无知的领域太多。过往的路血流满地，未来的路荆棘丛生。我默默地梳理着物件，梳理着自己的思绪，梳理着提升跑步的各种要素。我知道我并没有准备好，但时不我待，我必须在比赛前调整好自己。

梦湜大姐这段时间非常忙碌，因为按照A队Top 14成立后的分工，她负责装备。我们内部有一句话：在戈壁上输人不能输装备。为了让本次光华A队在戈壁上出彩，她和小斌精心策划我们每天的着装。我们日常看到的跑者穿着都很简单，短衣短裤，一双跑鞋就齐活。但在戈壁上跑步，要面临早上很冷、中午很热、紫外线很强、随时沙尘暴来袭、30多公里的跑程、各种不同的路况等艰苦的条件，正因此，一般的跑者都是把自己裹得严严实实。

戈壁上的跑步行头大致可分成以下两大类：

一、跑步过程中

头上：鬼子帽或狼头帽、墨镜、魔术头巾

上身：压缩上衣或速干短袖、袖套、手表、手套等

下身：运动内裤、压缩裤或速干短裤、绑腿

脚上：越野鞋、防沙鞋套、运动袜子

二、营地休息

休闲衣裤、冲锋衣裤、抓绒衣裤等等

每天这一套行头花样可不少。试想，如果我们没有统一着装，那我们的队伍一定会五花八门，难免会给人是一帮乌合之众的感觉。

所以梦湜大姐自从负责装备以来一直煞费苦心。她除了要准备很

多戈壁上所需的用品，比如能量胶、肌贴、药膏、盐丸、面膜等，还要准备如方便面、牛肉干等A队队员需要的应急食品。

面对着每天这么多的跑步行头，选什么品牌？什么颜色？如何搭配？每个人的尺码不一样，衣服要统计胸围，裤子要统计腰围，袖套要统计肘围，绑腿要统计小腿肚围。外地的要发货给大家所以要统计地址，本地的要约时间统一分发。由于我们这些衣服物品都是我们A队队员自费，衣服的大小决定了价格有差异，所以还要统计每一个人的花费，以便日后算账。其中的工作量可想而知。不要说身体力行，光是想一想头就很大。但梦湜大姐把这些事都办得妥妥帖帖，不但毫无怨言，而且很多东西还自己倒贴钱。

梦湜大姐是女生中年纪最大、跑得最快、成绩最稳定的，但实际上大家很敬重她的原因不是她的这种跑步水平，也不是两个月来大家所领略到的她的聪明才智，而是她对大家的无私付出。每当我们一个个在训练后从她的车上领回大包小包的衣服等物件时，那份感动难以言表。我甚至对自己当时在分工时让她管装备有点自责，因为这确实太辛苦了。但转念一想，如果换成其他人，我们在戈壁上能那么出彩吗？如此想来，心中又有点得意，我看人还是挺准的哈。

也许是对某些药品和营养品有点不适应，也许是吃的东西太多太杂，4月13日无锡拉练后，我经常拉肚子，浑身无力，精神一直振作不起来。我一直认为是因为我对这些营养品和药品需要一个适应的过程，所以还是坚持着吃。好在几天后我们就要进行比赛前唯一一次戈壁实地拉练，这几天的训练量并不大，所以还没感觉太吃力。

这段时间，各个商学院的队友对戈壁的向往已经开始溢于言表了。很多商学院已经发表了出征宣言，气氛越来越浓烈。受到大家这种热情的鼓舞，我回想自己一年来的戈九征程，感慨万千，便写下了《戈壁，我们来了》一文（见本节附录）。既是对自己心境的描写，也权且当作是我作为光华A队队长代表光华之队所作的出征宣言吧。

4月24日，我们来自全国A队Top 14的队友集结敦煌。一下飞机，大家就兴奋得不行。敦煌是我们这一年心中一直念叨的名字。在机场看到“敦煌”二字，虽然是第一次见到，我们却像见到老朋友一样亲切。大家在停机坪以“敦煌”招牌为背景争相合影留念。由于这次时间比较紧迫，所以我们要尽快赶到瓜州。未来三天，我们要做两件重要的事：探路和实地模拟拉练。

来到瓜州，已经能感受到组委会老戈友，也是我们的好兄弟兰晓明和徐星热情、周全的服务。晓明和徐星都是探路组的兄弟，他们已经提前一天过来给我们打前站了。

探路在戈壁挑战赛中是一个至关重要的环节。因为在整个戈赛的行程中，组委会只提供起点、打卡点、补给点、终点的位置，每天30公里左右的行程只有3～5个坐标点。对每个队的路径要求是：以每两个相连坐标点连线作为路径基准线，左右1公里范围内都是合理路径，超过就算违规。因为戈壁滩上有软沙地、硬沙地、骆驼刺、有水的河流、无水的河床、盐碱地、沙土路、公路、粉尘路、黑戈壁滩、白戈壁滩，所以路径的选择至关重要。选路的原则无非是两点：好跑（硬）和难跑（软），远和近。有时为了选择硬一些的路，可能要绕得远点。有时为了路近一些不得不选择软沙地或骆驼刺这种难跑的路径。而且同样跑软沙地或者骆驼刺，如果能找到车辙、有人走过的小路等，要硬很多，跑起来就轻松很多。但是如果在黑戈壁滩，反而是车辙的地方更软，无人走过的路更硬。这种区别，如果没有在戈壁滩跑过，根本想象不到。

所以探路组的兄弟为了选出又短又硬的路，就必须有很多人在不同的点进行尝试，把他们认为好跑的路让我们来测试。探路过程的艰辛可想而知。光华之队探路的兄弟有厉伟大哥、兰晓明、董狼、徐星、黄锋利、马顺等。他们每天清早出发，晚上摸黑而归。其中有一天晓明和董狼为了去探一条自认为可以节省500米的路径，车子陷进了泥淖，无法自行出来，只能等待其他车辆来拖曳。在茫茫戈壁中，在伸手不见五指的地方，只能靠手电来传递求救信号。天气寒冷，他们又怕车子的油不够，不敢发动车，只能裹上所有的衣服，坐在车里可怜巴巴地苦等。这种境况，传到我们队员的耳中，我们心中的感激之情难以言表。每天只要跟他们一起吃饭，就会端起茶集体向他们表达感谢之意。

探路的另一个重要目的是为了让队员熟悉戈壁的气候、环境和路况。这里的气候与中原地区，特别是南方地区截然不同，主要是温差大、干燥。即便是4月，夜里温度零下2摄氏度，白天最高气温却可以达到35摄氏度。干燥的气候常常让我们南方人嘴唇干裂、鼻腔出血，浑身不自在。更重要的是路况，不同的路面跑姿不一样，我们即便在南方找了沙滩、山路来模拟，与戈壁的实况也是迥然不同。有的地方看起来是硬的，一脚踏下去半个脚面都陷进去了。有的地方看起来很软，踩上去却如平路。对这种路况的把握，如果没有实地经验，根本无法理解。这就是读万卷书不如行万里路的道理吧。

我们稍做梳洗，就来到酒店二楼，享受组委会的兄弟们为我们准备的丰盛晚餐。厉伟大哥告知大家，为了迎接我们，特意准备了手抓全羊。我们一听更加兴奋，据说敦煌的羊肉好吃，我们早就垂涎欲滴了。

我品尝了一下桌上鲜嫩欲滴的西红柿，颜色透亮，味道非常甜美。上次吃到这么好吃的西红柿还是8年前在云南香格里拉松赞林寺门口的小摊上买的，我于是有点控制不住多吃了几个。可惜这些西红柿不知是因为太熟了，还是因为洗得不小心，几乎三分之一都裂开了，而且从每个西红柿上残留的枝叶可以看出，洗得也很随意。

羊肉有点姗姗来迟。只可惜即便来晚了也还是没有熟透。大家看着热腾腾、香喷喷的羊肉，一口下去基本上就定格了，因为咬不动。但如此美味的东西咬不动也要加油。所以席上不论男女，说话的声音没了，取而代之的是此起彼伏的由撕咬动作所引起的杯盘碰撞声。主人不断解释因为时间有点匆忙，熟得不够，但进而信誓旦旦说即便不太熟也不影响味道，因为这是一只地地道道的滩羊。我因为牙齿从小就不整齐，所以直到第二天早晨还在处理牙缝里的羊肉。我感觉自己真有点像野狼了。

按计划第二天早上6点半起床，7点半准时出发。我6点不到就不得不起床了，因为肚子不给力。吃完早餐，临要出门时，肚子却再次告急。我心里开始担心起来，可能是昨晚吃的羊肉或者西红柿有问题，抑或是水土不服？但愿不要影响今天比赛的正常发挥。

这次戈壁拉练后将确定最终的Top 10名单。这是真正的决赛，可想而知大家都会比着劲表现。为了使拉练更有效果，组委会要求完全模拟戈壁比赛，身上一应装备都要齐全。

早晨温度很低，应该在零下2摄氏度左右。我们穿着压缩衣裤，外套冲锋衣裤，仍然感觉寒冷。一下车，太阳已经出来，但依然寒风习习，我们稍作热身就开始计时开跑。这一天，我们跑的是正式比赛第二天的行程，从六工城出发途经疏勒河、盐碱地，到风车阵。因为是第一天拉练，大家都精力充沛，起跑速度很快。我因早上连拉两次肚子，身体有些不适，身上的力量明显不足，呼吸也不顺畅，感觉气短，一直无法做到一次完整通透的深呼吸。但我又不能掉队，必须一直紧跟着第一梯队。到达疏勒河时，我已经比前面的建华慢了一分多钟。天气越来越热，身体越来越虚。我咬着牙跟着云鹏和宣利，今天的咽喉炎比平时严重很多，一路上都在咳。云鹏很关心地问我今天怎么咳这么长时间。我无法回答，也无法告知他们我在拉肚子。因为在耐力跑中任何消极的话都有可能影响团队，这一次拉练决定谁进10强，我不能给任何兄弟留下遗憾，一定要让他们全力拼下来。

我咬紧牙关跟随着云鹏和宣利跑出盐碱地，进入风车阵，建华和教练已经在前方500米开外。我虽然把所带的能量胶都吃完了，但仍然觉得体力不支。在最后3公里处我开始掉速，甚至只能走一段跑一段。宣利在慢跑着等我，我知道今天他跑得不错，我俩可以保证第三名和第四名，因为我们还没看到后面兄弟们的身影，便没有催促他。

到终点后我基本上虚脱，瘫软在地，浑身抽筋，又想拉肚子，但又起不来。我坐在地上连喝了两瓶矿泉水，10分钟后终于能爬起来了。四面一张望，能找到一颗骆驼刺遮羞的地方最近都在100米开外。现在想来那100米对我的印象是如此深刻，我一面拖着散架的躯体，一面咬牙夹紧屁股防止提前爆发。心里很急，但走不快。那样的小心翼翼、屏气凝神、一步一歇，像个垂暮的老人，又像个滑稽的小丑。

附录：

戈壁，我们来了！

戈九出征宣言

光华“去做，让改变发生”的口号让我开始关注戈壁。因为接触的每一个戈友一旦谈起戈壁之体验时那种激情四射，那种能在瞬间点燃内心之火的精神气质，让我感到强烈好奇。一群阅尽人间沧桑与繁华的三五十岁的成功人士，为何对短短几天的戈壁经历以膜拜的心态肃然以对？戈壁到底是什么？我想戈壁一定有其特殊的魔力。但它是如此神秘，我无法想象它究竟用何种魔法做到让所有人凤凰涅槃。于是，我报名戈九了。

近一年来，为了实现戈九之旅，我和我的队友们忘记了烈日，忘记了暴雨，忘记了台风，忘记了风景，忘记了伤痛，忘记了舒适。我们只记得连绵不绝的山路，只记得没完没了的上坡，只记得每天还没完成的训练任务，只记得自己的排名，只记得教练的怒吼，只记得队友的祝福和呐喊，只记得家人无奈的支持！从仅能跑两公里，到轻松跑完全程马拉松；从1万米60分钟到45分钟。多少次枯燥的训练！多少次痛苦的拉练！多少次残酷的选拔！过五关超六将。今天，终于，我们即将踏上戈九征程。

蓦然回顾这一年自己身上的变化，恍如隔世，难以置信。曾经以为高尔夫、红酒才是优雅人生，现在一双跑鞋、一身短打、奔跑在途、目无四顾；曾经以为中年无欲，慵懒天日，志满尘埃，现在爱心无限，激情无边；曾经怨天雾霾多，怨人素质不够，怨政治家腐败，怨社会浮躁，现在赞美花鸟虫鱼，主动奉献，传递正能量。

我又想起一年前那个让我困惑的问题：戈壁到底是什么？虽然我还没有真正经过戈壁洗礼，但我似乎已明白了些许戈壁真谛：戈壁其实就是一种通过挑战自我，实现自我救赎并超越的精神！经过戈壁体验，我相信我们可以收获到对自然的敬畏、对生命的敬畏、对纯真友谊的珍惜、对团队协作能量的认知、对困难和艰苦的应对。最重要的是可以收获对自我的认知，并实现自我超越。当我们看到自己在变化、在成长、在升华时，对自己越来越清晰的认知使得我们越来越有自豪感，越来越感觉自己卑微渺小，大海因为比所有的河流都低所以成其大，我们因为深感卑微渺小而胸怀更加宽广，朋友更加众多，人生更加美好。这应该是戈壁给我们每一个人赠送的真正礼物吧？

戈壁，我们来了。我们对您心怀敬畏，我们为超越自我而来，为传承戈壁精神而来。我们相信戈九的队员在比赛时将不仅仅展示自己的竞技水平，而且也将展示自己的情怀，展示我们对自然的敬畏和对友谊的尊重。

戈壁，我们来了！

北大光华　汪书福

艰难相携而行

因为这一天我们不管男女队员都是独立跑，结果有点出乎意料。基文大哥在13公里之前都一路领先，但13公里后就开始掉速，路上过铁丝网时还摔了两跤，最终名列第五。其他人都有不同程度崩溃，朝晖、棒棒和飞鱼都因崩溃，最后比我们落后20多分钟完赛。女生更是惨不忍睹，算上减时后，只有莫飞一个女生刚刚排进前六。这一天的成绩让我们忧心忡忡，看来我们单个人的能力都相对较弱。大家都在关注那些女生和崩溃比较严重的男生，没有人注意到我的表现。

回到瓜州，大家聚在一家看起来不错的牛肉拉面馆。看着他们吃得狼吞虎咽，我却只吃了几口就难以下咽，只能喝汤。我心里郁闷，知道今天能完赛是侥幸，面对明天还有一个34公里，很茫然。

回到酒店房间，我翻了一下药品盒，没有看到治疗拉肚子的药，才想到我之前根本就没考虑到要带这种药。我喝了几杯开水，感觉好点了，按照我以前的经验，如果吃了不对劲的东西，拉肚子一天就会止住，肠胃排空就好了。按照这个经验，昨晚吃的东西应该都排光了。所以没太在意，把心思放在肌肉拉伸和恢复上。

晚饭还是胃口很差，我只能勉强下咽，吃下去的东西非常少。教练看我胃口不好，以为是跑得太累所致，她特意叫饭店上了一锅鸡汤，我只喝了两碗就没有什么胃口。心里很忧郁，希望明天会更好。

晚饭后的分享会上，我没有提自己拉肚子的事。一方面还是不想给大家传递负能量；另一方面，我们这次也是淘汰赛，我如果说自己拉肚子，容易让人误解我想搞特权，以队长的身份谋取免赛晋级。这对我们跑步圈子的人来说将是莫大的侮辱，宁可退赛也不能享受这种待遇。

按领队和教练的安排，明天将分成两组，一部分男生独立跑，一部分男生拉着女生跑。路线是戈壁比赛第一天的行程。

我从教练宣布的人员分工，推知晚饭后领队组和教练应该已经商议确定了晋级名单，其中朝晖和棒棒没有安排陪女生跑，而是安排跟随我和建华跑，显然以他俩当时的能力，他们不可能跟上我们，这就意味着他俩被淘汰了。阿端也没被要求第二天一定要完赛，结果可想而知。

朝晖自深马以来一直状态不佳。阿端自双月湾比赛以来也是一直伤痛缠身而无法正常训练，更谈不上比赛。我对他们一直不能恢复状态并最终进入Top 10而深感遗憾。

但棒棒应该在两可之间。虽然今天他没跑好，但按照在无锡拉练时给大家定下的规则，无锡占60%，敦煌拉练占40%，他还是可以争取的。我感觉在决定棒棒的进退过程中我没有尽到队长的责任，甚至都没法给他一个退出的理由，心里很愧疚。记得在无锡拉练，最后一天半程马拉松他全程跟着我，说明他有这个能力。他的淘汰是我做队长以来第二件让我深感遗憾的事，因为按照之前宣布的规则，我是有权参与决策最终晋级Top 10名单讨论和投票的。如果我参加讨论，最起码我可以做到两点：第一，我可以为他辩护；第二，我可以知道他被淘汰的具体原因。这样我可以跟他做思想工作，不会让他那么不受尊重。因为所有冲A的人都是努力奋斗过一年以上的，如果不能被选上，及时给一个明确的理由也是对他这么长时间一直努力的一种尊重。就像我们面对一个谈了一年的女友，如果不想继续下去，是否应该给个理由？谈一次心？然后说再见。而不是突然消失，让对方摸不着头脑吧？我认为这就叫责任。

棒棒非常聪明，身体条件也很好，所以一直进步很快。唯一不足的是工作限制太多，只要训练与工作日冲突，他就没办法参加。棒棒在团队内的分工是配合阿端做纪律考勤，经常在我们开分享会时负责秘书记录。他能用手指在手机上打字完整记录会议发言，全程直播，并且基本上没有时延。他是IT公司的，可能受过这方面的专业培训吧。总之，棒棒在训练组很得大家的赏识，是一个非常好的助理。我现在回想起来，感觉真的很幸运。在戈九中我不仅通过刻苦努力实现了自己的梦想，同时也遇到了一群身怀各种绝技的队友，组成了一支完美的团队。正因此，我们虽然个人能力不是那么强，但通过团队的能力，我们跻身于第一梯队。每当想到这一点，我想不自豪都有点难。

棒棒被淘汰一事在我心中形成的心结困扰了我很长时间。原因不是因为我无法接受他被淘汰，而是觉得在程序上不合理。既没有人事前跟我商量，也没有人给他本人一个交代。作为队长，我感觉窝囊，对不起兄弟。

一个月后的5月26日晚，戈九结束，我们在敦煌休整。那天晚上，我们几个戈九的好友聚在一起庆贺终于可以开酒戒了。为了戈九，我们戒酒已经半年了。席间我想起对棒棒的愧疚，终于难以控制泪水。借着一杯杯冰冷的啤酒，与满脸的泪水一起下咽，那时我有种解脱感。

是啊！我们身处大漠之中，经历过戈九生死四日挑战赛一役的人，在繁星满天、佳朋满座中追忆流年，这样的氛围下还有什么解不开的情怀？

那是我投身戈九以来第三次，也是最后一次当众落泪。此是后话。

第二天一早，我又拉了一次肚子，我对完成当天的比赛相当悲观。我在早餐时特意把棒棒叫过来，让他尽可能跟上我们，我当时想，如果我今天崩溃了，至少他还可能有机会。一路从酒店出发到起跑的路上，我和建华、云鹏坐在车子最后一排。大家依然欢声笑语，我却一言不发。云鹏看我的表情很奇怪，说今天的队长不太一样，很酷。他还特地给我拍了一张照片，目的是逗我开心。我心里忧郁，口里苦涩，不愿多言。

棒棒依言，起跑后紧跟我和建华，但看得出来他已经没有斗志，3公里他就掉速。自此全程我都没有再见到他。人就是很奇怪的动物，我们的动力不仅仅来自身体内部的体能，更多的是来自意识。如果主观愿望上放弃了，身体的体能即便完全能够支撑，也不会有好的表现，甚至难以坚持完赛。对棒棒这个头脑聪明的家伙来说就更加明显，既然已经于事无补，他就肯定不会全力以赴。精神上的打击从棒棒这一天的行为来看一览无余。我这一天在内心里不断地踹他，对他的表现很不满意，恨他不能在逆境中奋发图强。

棒棒在第三天也许是真想通了，跑得非常好，仅次于建华荣获第二名，领先我和小斌5分钟以上。说明他是非常有实力的。同时也说明他在前两天跑得差的根本原因是心态有问题。这是后话。

让我意外的是这一天朝晖的表现，他也是明确被淘汰的。但他表现很平静，既心平气和地接受现实，又倔强地不放弃挑战。他当天稳稳地以自己的速度跑完全程，只比我和建华慢了20多分钟。试想，炎炎烈日，在已经知道晋级无望的前提下，他一个人，茫茫大漠前后不见一个人影，像一只孤雁，长途跋涉，坚持跑完全程34公里，靠的是什么动力？中途万千个想放弃的念头又是靠何种意志来抑制？

棒棒后来亲口向大家描述了他俩在路上的一段对话。当朝晖在10公里处追上棒棒，继续往前跑时，棒棒跟朝晖说："反正咱俩没有希望了，我们慢慢走吧。"朝晖头也不回，回答说："我来戈壁跑步，不仅仅是为了晋级，更是为了自己，我一定要跑完全程，不会放弃，否则就对不起自己了。"

朝晖这一天的表现，让我们全队所有队员发自内心地深表敬意。一个人即便不能为组织效力，也要坚守"为自己而战"的底线，这才是真正的英雄，是戈壁精神真正的诠释者。我们固然应该为那些冲锋陷阵、披荆斩棘并最终成功的英雄喝彩；但更应该向那些挣扎在路途，靠着自己的勇气和信念艰难跋涉的勇士致敬。这些勇士虽然没有聚光灯的照耀，没有舞台给他们出彩，但在我们心灵的舞台上，他们永远在聚光灯下神采飞扬、光辉灿烂。

起跑5公里后，我就开始感觉体力不支。教练看我掉速，有点不明所以，又不便直接训斥我，所以在对讲机中不断拐着弯督促我。她可能以为我是不满入围名单而带有情绪，以为我懈怠。但我是真心跑不动了。于是她跑过来问我是不是有什么问题，我说没有，她说那你怎么不跟上建华，我倔强地说我在努力跟。10公里处，教练基本上对我的表现绝望，用对讲机喊前面200米的建华用绳子拉我。我也没有拒绝。那时我退赛的心都有，身体本来就不好，教练又不断催促，我难免心中有情绪，真想掉头走人。

我和建华身上都没带绳子，跑到10公里处铁丝网附近，组委会的人给了我们一根绳子。建华二话没说，一套上我就奋力前冲，我尽可能跟上他的节奏。但我后来才知道他原本计划今天要跑出一个好成绩，目标是跑到305以内。如果早知道我可能就不要他拉了。为此，我内心愧疚了很长时间。

过了羊圈不远，大概在比赛时红牛补给站的位置，建华已经精疲力竭，但他还一路鼓励我，一会儿给我唱着歌，一会儿又呻吟着前行。我一路无语，欲哭无泪，只想尽快结束这该死的拉练。

22公里处，我觉得实在愧对建华，便拼尽力气冲到他前面，拉着同样筋疲力尽的他前进，但只冲了不到1公里，我彻底崩溃，继续由建华拉着我。冲出截山庙的山沟，上到柏油马路，我俩就只有走路的力气了。教练一个人拽着我俩绳子的中间，拉着我俩跑，那一路4公里下来，我们三个基本上处在瘫痪状态，但又不能停下来，不得不佝偻前奔。看着外号“魔头”的李季教练以娇小之躯倔强地拉着我们两个大男人，我恨不能钻地缝。难道“英雄末路”时就只能靠吃软饭？但这时没有底子何来面子？想到此，顿时连悲哀自责的勇气都没有了。

厉伟大哥恰好在柏油马路上与我们相遇，见到我们三个的这种惨状，也很动容。他强忍住泪水，哽咽着跟教练说：“比赛中教练是不能拉队员的。”教练有气无力地回应说：“我知道，但比赛时他们是三剑客，他们三个可以这样互相帮助的，我扮演的是三个人中体力好的那个。”因为当天小斌还在从国外赶赴敦煌的途中，没有赶上跟我们一起拉练。

可叹的是教练一语成谶。一个月后的第一个比赛日，九级沙尘暴下，正是在这条柏油马路上，我和建华拉着小斌在狂风中艰难前行，那时我们三个相互拖曳、相依为命的样子与今日何其相似？

在转向沟渠的路口，也就是比赛时的打卡点，碰到我们组委会的兄弟，我开始感觉又要拉肚子，但又不好意思说，所以就硬撑着。也就跑了500米，我不得不停下来说我要拉肚子。教练看着我非常吃惊，说还有3公里就到了，我说我挺不过去。我说话时已经面无表情，因为已经没有任何力气做表情了。

唯一一次为自己落泪

我环顾了一下周围，路的左面是田地，比路低下去一米多，田地里空无一物。右边是水渠，有一米多高的堤坝，而这条路上则光秃秃无甚遮挡。以我当时的体能，我既无力下到田地，也无力爬上堤坝。我让他俩继续跑，我随后来追，教练此时大概知道我为何这两天状态这么差，有点愧疚不该冤枉我，就坚持要和建华等我。他们俩背对着我，让我尽快解决。我也等不及就在路边无法无天。这时我才发现连擦屁股的东西都没有，只得灵机一动，牺牲了一只白手套，又怕影响环境，不得不把手套折好塞在腰带里。然后继续由建华拉着前奔。

后来，厉伟大哥亲自开动宣传机器，表扬我两点：一是拉着肚子还坚忍不拔；二是艰难时刻仍不忘环保。自从入读北大十多年以来，公益、环保的理念就一直深入我们的心灵，光华人到处捡垃圾不是作秀，而是对环境发自内心的忧伤。厉伟大哥在戈八倡导的捡垃圾、刘芳菲倡导的“芳菲绿色手绢计划”无一不是因为这种理念的发心驱动。我在当时想都没想过要扔下白手套，因为我们是北大光华人，环保也是我们的发心。直到现在，光华内部还在流传着“白手套”的故事。看来我的这段糗事一时半会还难被遗忘了。

建华真是一条好汉！即便是到这个时候，他还想要一个好一点的成绩。离终点还有3公里，他希望15分钟完成，这对我们那种状态来说基本上不可能，就凭着这个目标，他竭尽全力拼到终点，而我已近恍惚之境。熬到终点时，我难以控制，抱着建华和教练三人哭作一团。这是我有生以来体会到的最极限、最艰难的一天。如果没有建华相助，我不可能完赛，我心中对建华非常感激，对他在困境中如此坚忍不拔赞叹不已。

厉伟大哥目睹了我们三个的惨状，也听说了我拉肚子的事，过来抱着痛哭的我，陪着流泪。我感觉一路跑过来，虽然只有3小时13分，但恍如一生，仿佛经历了生与死，那种如释重负的解脱，那种死后重生的感慨，催赶着我的眼泪，如滔滔江水，连绵不绝。

这一天也是我自投身戈九以来三次当众落泪的第二次，也是唯一一次为自己落泪。一方面我对自己能挺过今天这一关难以置信，虽然是被建华和教练拉着，但毕竟每一步都是自己在跑。另一方面，我对建华和李季教练一路的帮助发自内心地感谢。在那个场景，除了泪水，我已经找不到其他方式来表达我的感激之情了。

稍作休息，徐星给我推荐瓜州本地的特产——神仙瓜。我吃了一个，一会儿工夫，肚子再次告急。正好碰到戈九组委会在六工城扩展营地，我从一个工人那里拿了一把铁锹，走到不远处的田里，挖了一个小坑，一手杵着铁锹，四平八稳蹲在那里，恍若梦境。但见我头顶苍天、脚踏大地，身处黄沙曼舞、风浪滔天之境，目视前方万里，耳听乾坤挪移，心中不禁自豪起来：纵然三皇五帝，谁与我争得了这三寸方地？

中午还是去那家牛肉面馆，大家已经在传颂着我的白手套的故事。我还是无法下咽那美味的牛肉面，厉伟大哥特意让餐馆给我打了三碗面汤，这是我唯一可以补进去的营养了。回到房间，我几乎是奄奄一息，躺在床上回想这两天的遭遇，心里很失落，很无助。一会儿锋利敲门，专门送来厉伟大哥给的治疗拉肚子的药，我很感动，赶紧吃了一粒。刚躺下不久，厉伟大哥又亲自送来两盒药，他当天中午才知道我拉肚子，所以一直很着急，他怕从深圳带来的药不起作用，又专程去当地药店买。我看着厉伟大哥对我们关怀备至，感激之情难以表述，虽离家千里之外，亲情和温暖油然而生。

李季教练一改上午对我的严肃，一直夸我很坚强，称赞我是全队当之无愧的灵魂人物。我知道她心存愧疚。其实我根本不会计较，一方面半年来我了解她是一个很有使命感的人，她第一次带北大，肯定希望能出一个好成绩；另一方面她的性格很直爽，典型的东北人心直口快。我一直把她当妹妹看待。对我们这些老江湖来说，她对我的无心冒犯我早就一笑置之，抛之脑后了。

这次来到敦煌拉练，目睹组委会的兄弟们如厉伟、兰晓明、董狼、徐星、黄锋利、马顺、南振岐等，在探路、后勤上的艰苦和周全的工作。我们几乎每一顿饭都要端起一杯茶向他们表示感谢。一个队伍如果没有一帮不计得失的兄弟在后面支撑，是不可能成为强队的。因此，我向A队的全体队员提议我代表A队的兄弟姐妹请全体拉练人员吃饭，得到A队兄弟姐妹的一致支持。虽然这无法足够表达我们的敬意，但至少让我和我的队友能感到一点心安。我们一次又一次端起手中的茶杯，重复着感谢的话语，仿佛端一杯疏勒河的水，献给生命中尊贵的客人，因为有了你们的奉献和帮助，才可能有我们来日的辉煌。

感恩是团队良性氛围的关键要素之一。如果一个团队只有默默付出的人，却没有感恩的氛围，久而久之，付出的人也会越来越少了。每个人都希望得到尊重，哪怕是瞬间的一个大拇指，哪怕是一个肯定的眼神，哪怕是艰苦过程中的一个喝彩，都可能胜于济世救民的良药，在关键时刻能够支撑一颗摇摇欲坠的心灵。北大光华之队自成立伊始就不忘感恩，我们每天都在各种场合给别人点赞，为他人喝彩。哪怕你的滴水之恩，我们都愿意涌泉相报。

第三天从风车阵出发往白墩子方向，行程22公里。

因为大家都知道我拉肚子，所以李季教练安排刚刚从国外赶回来的小斌带我。小斌是本次拉练期间第二天中午才赶到敦煌的，所以大家都认为小斌的体力应该是当时全队中最好的。

厉伟大哥提供的药果然很有作用，我吃了两粒后基本上就控制住不拉肚子了，但食欲还是不佳，身体依然虚弱。

这一天风很大，一直是上坡，起跑后我只跑了2公里就体力不支，教练呼叫小斌过来拉我。

被绳子连在一起的我和小斌都跑不快。看得出来小斌最近在国外奔波，又有时差之苦，体力明显没有恢复过来，而我更是个垂死挣扎的人。除了对讲机不时传来队友和教练交流的声音，只听到我俩在软沙地上浑厚的脚步声。茫茫戈壁上，两个可怜人艰难前奔，我俩形影相吊，有种相依为命的感觉。

经过昨天一役，我已经处在没有斗志、没有幻想、没有欲望的状态，只是机械性地慢跑，不仅身体完全麻木，连精神都处于麻木状态。这种状态我从来没有经历过，我甚至觉得拉练是一个很无聊的游戏。难道这就是传说中人的极限时刻吗？

10公里后，我们进入了软沙地。我吃了一个能量胶，慢慢有了一点力气。我看着前面个子高大的小斌在软沙地上深一脚浅一脚拖着生不如死的我，我心中不停地痛骂自己：如果不参加戈九，或许我现在正在高尔夫球场挥杆驰骋，或许我正在茶室品茗读书，何苦要跑到这数千里之外的大漠，拖着病体残躯，不但自己丢人现眼，而且还要连累建华、小斌这些兄弟。想着小斌这十多天以来在国外舟车劳顿，刚回来还要受黄牛之苦拉我22公里。这笔账此生何时才可以还上？想到此，我心中再次泪流不止，不由得努力前奔，尽可能减少小斌的负累。

小斌是老户外，对看GPS手持设备很自信。但我俩经常偏离轨道，这种偏离不是一点点，本来全程只应该钻一次铁丝网的，我俩钻了四次，其中三次我是趴在地上才过去的。他比我要高大好多，所以看着他也趴在地上钻，我仿佛看到了邱少云，几次都忍俊不禁。我想如果戈壁比赛真是一个游戏该有多好，我可以在小斌钻网时使点坏，拖住他的脚让他前进不得，或者拍个照搞点笑什么的，可惜的是我们在玩一个严肃的游戏——淘汰赛。

等我俩跌跌撞撞跑到终点时，不但建华已在那儿等候多时，连棒棒都到了好一会儿。我连拥抱小斌的力气都没有了，纵然心里对小斌有万般感激，但我只能坐下来，默默看着队友冲线。我想小斌今天不但因为拖着我这样一个病号而使得他自己的成绩受到了影响，而且体力消耗也比往常大得多。我内心歉疚不已，但又无能为力。那种心境，岂可用悲凉二字形容？

等到三个女生组合陆陆续续赶到时，令人动容的一幕出现了。“墨鱼组合”中的男队友飞鱼到终点时拥抱着他的搭档莫飞号啕大哭，哭声惊天动地，令同在终点的长江领队陆宏达都为之动容。

我想飞鱼之所以痛哭，一方面是因为他觉得总算完成了这次艰难的淘汰赛，是如释重负后的喜极而泣；另一方面，飞鱼痛哭也应该是对训练过程中常人难以想象的寂寞、压力和艰辛的一种宣泄。自从晋级Top 12以后，飞鱼和莫飞因为同是北京市的两名队员，他们俩自然就结成了对子。两个月来，他们没有教练的亲临指导，没有队友的欢声笑语，只有两个人完全靠自觉、自律，不停地奔跑，不停地演练。他们俩相互鼓励，相互帮助，相互约束。永定河边的沙地上、各个公园的草坪上到处都有他们艰苦训练的身影。

莫飞是中医学和营养学专家。包括我在内的我们很多队员在营养和体能方面都得到过莫飞的帮助，所以在队里大家都很认可她。她的管理能力也很强，在北京训练组，大家都尊称她为“莫队”。她在女生中跑步水平与梦湜大姐不相上下，而且也很上进，所以成绩一直很稳定。她最终晋级Top 10应该没有任何问题。

但飞鱼在男生中与基文大哥、棒棒等水平相若。能否晋级就看谁更努力，谁的状态发挥更好。今天跑完全程，墨鱼组合的成绩也很不错，飞鱼晋级几无悬念了，他可以代表北大参赛戈九。这是他辛勤努力的结果，他完全有理由在戈壁上用泪水宣泄成功的喜悦。

记得在无锡拉练期间，最后一天我和棒棒跑完半马，在终点照相。飞鱼随后冲线，他太太目睹飞鱼三天拉练的艰苦，在飞鱼冲线时终于忍不住泪流满面。我安慰他太太说："你的眼光很好，找了一个这么靠谱的老公。这么好的眼光应该再找一个试试。"他太太听后破涕为笑。我当时真为这位兄弟有一个幸福的家庭而高兴。飞鱼能找到一个理解他、支持他的太太，不仅仅是他的运气好，也说明他的情商很高，有这种眼光和驾驭能力。

脚步声的交流

女生的成绩减时后，我以几乎垫底的成绩排名第六。即便是这样，按照我们三天下来的累计成绩，我们戈九A队的实地拉练总成绩已经超越了上一年戈八冠军长江的总成绩。看着手机上的计算结果，我们很意外，甚至重算了两次，结果还是一样。组委会的领导很高兴，按照我们原定的目标，戈九要保五争三，看来有点希望了。

我对这个测算结果更加意外。虽然这个测算不是每天都以我的成绩为依据，但我对团队的拖累因素不容忽视。在这种情况下，我们都能有这么好的成绩，如果我的状态好转，我们的成绩肯定还会有所提升。我和我的队友们对实现团队目标越来越有信心了。

这三天对我来说犹如人间炼狱，我平生从来没有经历过如此的无助和艰辛。我回到酒店，躺在床上回想这三天的一幕幕，不但没有悲伤自怜，反而还仰天大笑。因为，我认为我最倒霉的时刻已经过去了。人生不能犯同样的错误，有谁经历过在连拉三天肚子的情况下连续在极限中奔袭三天90公里？我经历了！这是我的宝贵财富。我相信我已经走出了低谷，并发誓一个月后我一定要在高潮中浴火重生！

这次我们几乎与长江同时、同场地进行拉练。我有幸第一次见到长江戈九领队陆宏达。他不像传说中的那么不近人情和遮遮掩掩，反而我看到他落落大方地指出我们在水袋方面的不足和手持GPS的改进办法。我看到他对我们这些后来者知无不言的态度，对长江多了几分好感。

那些心胸狭隘、嫉贤妒能的人，不管他在能力上多么出类拔萃，都逃脱不了很快被人超越的命运。可怕的是碰到一个在胸怀、境界上像他的能力一样超凡脱俗的强者。他将持续站在舞台的顶峰，难以逾越。因为他对内能反躬自省、克己自律补其亏；对外能惩强扶弱、号令天下增其势。碰到这样的强者，你要么俯首称臣，要么慨叹既生瑜何生亮。

长江给我的感觉气势如虹：有冠军的自信、冠军的胸怀、冠军的气魄。在戈九，长江将一定会是一个值得尊敬的强者！

回深圳的路上，西安机场转机期间，厉伟大哥跟我说让我做一下毓秀的工作，了解一下她对进A队的态度。因为在整个拉练期间，他感觉毓秀不像其他队友那么拼命。毓秀的底子很好，有跑步的习惯，甚至是爱好。但她因为有信仰，凡事坚持以上帝或者自己的内心为中心。在戈壁每天拉练的后半程，每个人都到了极限，必须靠拼命才能坚持。往往这个时候毓秀的动力就明显感觉不足。我们每一个人都知道她有这个能力，但不知道她是否有这个动力。厉伟大哥已经看出端倪，让我不要勉强她，尊重她自己的意愿。

到了深圳机场后，我把她送到皇岗口岸。路上，我说："毓秀，你每次在身体出现极限时都给人一种犹豫的感觉，是否与信仰有关？"毓秀很惊讶地看着我说："你怎么知道我有信仰？"我说："我听说过。"

她一下变得激动起来，从她帮人报名香港百公里徒步，最后没想到自己中了签开始说起。到后来在东莞水濂湖原本是来为我喝彩，没想到跑成了女子第二。这些她都认为是上帝的旨意，她愿意听从上帝的安排。但从无锡拉练开始一直到敦煌拉练，她觉得训练量太大、强度太大，已经超出了自己身体的承受能力。她说："你们在内地接受教育，有组织使命感，愿意为组织牺牲自己。但我在香港长大，我们只知道首先要对自己负责，自己喜欢才愿意去努力。所以每次拉练到极限时，我找不到坚持的理由，我只能对自己说因为那些为我们服务的前辈太辛苦了，为了他们我也要坚持下去。但这个理由毕竟难以持续。没有发心的驱动，不可能全力以赴。"

我跟她说："毓秀，我今天跟你谈，既代表了同班同学，也代表戈九A队队长。我非常理解和尊重你的意见，而且非常欣赏你有自己能够坚持的信仰。戈壁挑战赛的条件肯定比平时拉练还要艰苦，从组织的角度确实也需要所有队员全力以赴。所以，我同意你退出，只要你自己不后悔。你也可以选择再锻炼一年，明年再参赛。或者你再考虑一下，过几天回复我也行。"毓秀马上严肃起来，态度坚决地说："我已经决定了。但我很遗憾不能与你这么好的队长一起拼搏。我会参加B队，与你们一起上戈壁，为你们加油喝彩。"

我真的很敬佩毓秀在信仰下对原则坚持的态度，羡慕她活得很真实。一个人不为名利所累，坚持从心出发，头顶苍天神灵不失敬，脚踏大地山川不造孽，身在江湖处世不逾矩，这样的人心灵是自由自在的，是随心所欲的，是淡定从容的，也是内心强大的。这难道不就是真正的"无我"吗？厉伟大哥之前让我们尊重、理解毓秀的决定，她的退出虽然对光华之队来说有影响，但北大精神就是自由、包容的精神。只要她是

“从心”开始，我们就会给予足够的尊重！

毓秀，一路走好！

回到深圳，组委会马上建了一个新群，起名“光华冲锋队”。Top 10诞生了。我一看7男3女。朝晖、阿端、棒棒和毓秀四人遗憾落选。我们Top 10的队员私下达成一致，虽然上阵的只有我们10人，但我们将永远把Top 14队员视同A队队员。

回来后的第三天，华南的同学举行Top 10晋级庆功宴。虽然最终Top 10名单中，华南晋级了6个队员，但在这次聚会上，没有任何喜庆的气氛，大家都为被淘汰的三个队友棒棒、朝晖和阿端惋惜，我们苦劝他们三个留下来备战戈十。但他们三个态度坚决，一定要进入戈九B队，理由只有一个：我们要与戈九A队的队友们携手共同体验第九期戈壁挑战赛。

我在想，团队过于亲密和融洽有时也不是好事。如果大家不是这么团结，也许朝晖、棒棒和阿端会选择留在戈十，光华在戈十又多了几个有经验、有竞争力的人才。可是这些人过于重情义。对他们来说，参赛固然重要，情义更值得珍惜。即便我们孜孜不倦地动之于情、晓之以理，也于事无补。最后厉伟大哥只好跟他们说：“你们听从心的召唤。只要是发心所想，就不要勉强。”大家就不再多言，继续回到觥筹交错、推杯换盏的喝酒俗套上来。虽然场面貌似热烈、笑语连连，依然掩盖不了内心悲伤的实质。笑脸上的泪水，如刀一样，刻在脸上，剐着席间每一个人的心。

经过这次戈壁拉练，一个我意料之中的后遗症悄然在组委会和A

队中蔓延：大家基本上一致怀疑我在戈壁持续奔跑的能力。确实，东莞水濂湖 Top 20 我带着伤痛勉强完赛，双月湾决赛第二天突然崩盘，敦煌戈壁实地拉练连拉三天肚子。只有无锡拉练发挥正常，30 公里却被小斌超越了 10 分钟。由于我有这些惨痛的历史，所以换作任何人都会有疑问。戈壁比赛是团队比赛，不管哪个人出状况都意味着整个团队会受到影响。特别是我们三剑客，我们是尖刀军，我们出状况也就意味着团队的成绩将受到致命性的影响。而我偏偏又是队长，一旦在戈壁上出现状况该如何应对？

我知道队友对我的疑问，也听说有人提议考虑如果我被迫退出要有换队长的预案。其实大家知道我肯定不会主动退出，但一个跑步能力不够的人能否胜任队长呢？在跑步这个领域，实力决定影响力。即便你的管理能力再强，没有跑步能力的支撑，队友是很难服你的。这些小道消息，以及我从身边人的眼神中感受到的疑问，让我常常有种呼吸困难的窒息感。因为没有人明说，我就没有解释的机会。即便有人明说，我又能解释什么？誓言在流言中只会显得更加苍白，行动才是最好的证言。可那是在未来的某一天，而我今天何以度过？

每天，当我想着那些充满疑问的眼神、那些欲言又止的面孔，心中的烦恼就陡然而生。我想把一切烦恼抛之脑后，可它们总如空气般悄无声息地到来。于是我几乎天天到深圳湾海边跑道的草地上去跑，这是我开始跑步以来最频繁的训练。当我踩着松软的草地，或在树林中穿梭，或在上下起伏的山坡跳跃时，心中就想呐喊，跑完后的酣畅淋漓可以暂时驱离烦恼的侵袭。

这段时间我感觉进步神速，在草地上和树林间跑步有利于在跑步过程中集中精力。因为路面凹凸不平，地上有时有隐形浇水装置，稍有不慎就会崴脚，甚至会撞树。我一边跑一边思考跑姿、感受身体的反应，与自己内心进行着对话，这种感觉很美妙，感觉与世隔绝，对其他的事情视若无睹。

教练在这周的例行训练课上明显感觉到了我的进步。我无论在耐力、心肺、速度等各个方面已经在华南一枝独秀。她有一次对我说我的速度已经进了41分钟。但是，即便如此，我还是能感觉到几乎令我窒息的那种眼神、那种面孔，它们环绕在我的周围、盯在我的脑后。

这期间，华南的兄弟像宝森、波波、晖志、文杰、朝晖等都抽空来陪我训练。训练中大家都没有什么交流，只有脚步声的交错。这种到了用脚步声交流的境界，一切的言语都似乎很多余，情谊随着脚步声慢慢升华了。我突然意识到其实跑步中也有江湖，那些是是非非和流言蜚语，在跑步中如影随形。只有我们这些朝夕相处的兄弟，不管人家怎么评价，依然在关键时刻挺着你，相信你，温暖着你。

我内心好像有一把火，想燃烧一切，但又找不到点火的地方。我知道这种状态很好，是跑前的最佳状态。

我小心翼翼地封存着这份能量，就像抱着一个刚出生的婴儿，细心呵护着。对于一个跑者来说，这种境界会让自己信心十足，源源不断地产生动力，无坚不摧。

准 A 队双月湾拉练合影

清明节期间自行拉练第 1 天，深圳湾红树林草地跑

拉练第 2 天，笔架山公园跑脚合影

拉练第 4 天，深大操场大头合影

深圳训练（左起：宣利、野狼、李季）

敦煌拉练第 2 天，建华拉野狼

敦煌拉练第 1 天队伍合影

敦煌拉练第 3 天

第3章　敦煌戈壁挑战赛

出　征

5月9日，光华在北大本部开戈九出征仪式。大家在这次活动中领取各种戈壁用品。利用这次出征仪式，组委会还安排了两件事：A、B队云蒙山跑山拉练；全体体验一次户外帐篷生活，提升大家的户外生存能力。这是一次真正的大派对，学校也非常重视。以晓明兄为代表的北京组委会做了精心的准备。外地同学一出机场，每个人都意外地收到了一束由美女送出的鲜花，顿时让人对北京同学的此次会议组织感觉耳目一新。看得出来这应该是一次高大上的派对。

光华楼会议室里的背景板布置得很越野、很壮观。由北大的于书记和光华管理学院的冒大卫书记致辞，央视著名当家主持人胡蝶亲自主持。可惜我飞机晚点，等我赶到会场时，暖场的皮肤衣已被领取一空，领导的讲话也已经过半。我端着一盒饭在会场外狼吞虎咽。厉伟大哥要求我把饭盒端进去吃，说A队就缺我了。我说这太不雅观了吧？但大哥一再催促，让我不要拘于小节，我只得遵命。坐在第一排，前面是领导致辞，我猫下身子在桌子底下吃着快餐。这种不雅的进餐模式，有点身在北大、心在戈壁的味道。

按照梦湜大姐和小斌事前的策划，A队的男生将穿着蜘蛛侠服集体亮相。这身打扮确实引起全场热烈反响，大家看到A队男人腹肌若隐若现，给人以信心和力量。三分相貌七分打扮，本来看起来不咋地的我，打扮起来真有点英姿飒爽的味道了。

给我们订制的瓷瓶也在舞台前被一字排开。看着这些书写着每个人的名字和艺术大师龙飞凤舞的墨迹烧制成的精美瓷瓶，身为其中一员我确实有很强的自豪感。

近一年来，我一直在为戈九参赛资格而奋斗，没有细想过戈壁是什么。今天，当我终于获得了这个资格，看着背景板上不显眼的地方清晰印着的“玄奘之路”四个字，我有点搞不清自己到底是应该感到荣耀还是悲哀。1 400年前，玄奘想去西天取经，背起行囊就走，他踏上戈壁的时候是想来就来，一路向西。而我们就为了获得一个去戈壁的资格，一年以来征战不休，肉体的痛苦纵然可以轻描淡写，但心灵的煎熬却刻骨铭心。想起那些中途倒下的勇士，想起那些悲伤流泪的面容，想起那些苦苦支撑的艰难时刻，我不禁扪心自问：这个资格真的那么值得我们去争取吗？

看着我的队友一个个洋溢着幸福的笑容，我才稍微释怀了一些。没有风雨的煎熬，怎么有见到彩虹的欣喜？没有沧桑的历程，怎么有铭心的记忆？戈九让我们的人生丰满精彩，让我们的内心更加感恩谦卑。我突然顿悟：戈九的结果只是一个象征，过程才是我们所应该追求的本质。自古以来，人们津津乐道的是玄奘在取经过程中的九九八十一难，而对他在西天取得的真经到底是什么则鲜有人关心。

我在台上代表A队发言。我说：“优秀和卓越的区别是：优秀是你平时总是做得比别人更好。卓越是指在特殊的氛围下，在关键时刻，你能发挥出你平时的最好水平。一年来的训练证明，光华A队是一支优秀的队伍，我们不断挑战自我，不断超越自我。所以，今天我们站在这里信心满满。但我更相信我们是一支卓越的队伍，我们要全力以赴，保证在比赛中发挥出我们平时训练时的最佳水平。”

会议结束后，大家争相与我们A队的“蝙蝠侠”合影留念。我们145班的马燕平大姐、佟颖大姐、菊华美女等也拉着我合影，并不断地祝福我。这是同学们一份份满满的托付，把戈壁争光的愿望托付给我们，我们感受到的是一份份满满的责任。就是因为这样的精神洗涤，我们这些勇士们在戈壁上才有拼死争光的斗志。

领取驮包时我着实被吓了一大跳，没想到有这么多东西！帐篷、睡袋、抓绒衣等一应俱全，几十种物件在库房堆积如山。波波和几个工作人员悉心分拣。我对波波和晓明兄一年来负责装备这份工作由衷敬佩，真心不易。光华这次的A队、B队、C队人数加起来居各商学院最多，这得有多大的工作量啊！

晚饭时教练让我通知大家，她要跟每个人进行3分钟谈话，人员先后顺序都有交代，我是最后一个，目的是对马上要上战场的我们进行心态摸底。这就是光华之队戈九A队内部广为流传的“北京3分钟”。

我在房间边整理东西边等着教练。直到一个半小时后她才过来。显然，她和每个人的谈话都超过了3分钟。

一进门，不等她说话，我就抢着说：“你不要说话，我猜测所有人都担心我。”教练有点意外，问：“你是怎么知道的？”从教练的神情，我已经证实了我的猜测。我故作镇定，坏笑着说：“从大家的眼神中。”但此时，我的内心有些慌乱，有点悲伤。半个多月来我一直想着那些疑虑的眼神，那些欲言又止的面孔，但我内心多么希望是我误解了，是我多疑了。虽然这早已是我意料之中的事，但真正证实后我心中又那么的苍凉无措。冰雪聪明的教练显然看出了我眼神中的慌乱与失望，她承认每个人都提到对我的担心，但不断重复说她自己对我信心十足，说她看好我在大赛中会有惊人的表现。

我知道教练一直很器重我，于是神情有些和缓下来，说："我现在不想跟你承诺什么，我只告诉你我最艰苦的时期已经过去，我相信我在戈壁上不会拖大家后腿。"我接着说："我私下把戈壁比赛做了多次沙盘推演，按照我们现在队员的身体状况和能力水平，如果我们要发挥出我们的最佳水平，比赛三天我和小斌、建华三剑客只能全力冲刺三天，任何人都没有休息的可能，因为目前队中没有人能顶替我们。所以我会尽可能做好冲三天的身体和心理准备。"因为我们曾经讨论过我跑两天休一天的方案，现在看来根本没有可能。教练听后颇受鼓舞，她本来想来给我打气的，现在她反而有些手足无措了。

我已经完全平静下来，继续说："教练，你认识我有8个多月了，我跑步的历史也就不到11个月。确实，我在过程中出了不少状况。但是，我问你两点：一，我是不是全队中进步最快的？二，我是不是没有犯过同样的错误？我认为我本不应该成长这么快，但因为我有教练在身边指导的优势，加上不断思考和琢磨，所以在技术上提升很快。但身体的进步显然没有跟上技术认知的进步，所以伤病百出。我只用了不到一年的时间就品尝了一个同等水平的人几年的痛苦啊！"教练似乎有点接受我的解释，从她的讲话和眼神可以知道，她比刚进房间时对我更有信心、更有底气。我希望教练尽可能消除对我持续奔跑能力的疑虑，因为教练对我的信心，是我未来参赛中能否有良好表现最重要的因素之一。

是啊！当你一次次出现状况时，即便是你最亲密的战友，都难免不对你心存疑虑。我只能竭尽全力，用实际行动来证明他们的疑虑是多余的。

第二天一早，也就是5月10日。我们开拔云蒙山，因为一到目的地我们就要开始进行24公里的山地拉练，所以所有的A队队员都把水袋、对讲机等所有装备准备好。路上我正在大巴上小憩，坐在我旁边的厉伟大哥对我说："野狼，你看小斌现在在吃能量棒了，你要多学学什么时候应该补充能量。"我一看坐在我前排的小斌正在啃着能量棒，他说应该在比赛前40分钟左右吃最好。我对厉伟大哥洞察秋毫很钦佩，他对小斌一直赞赏有加。一方面小斌是运动达人，声名显赫；另一方面小斌是我们戈九A队的大佬，跑步水平很高。这两点使得厉伟大哥一直非常器重小斌。我对小斌也很崇拜。他在户外和跑步的很多经验是我所不具备的，我之所以出那么多状况，主要就是因为无知造成的。所以自此后，我每次都会在大赛前40分钟吃一个能量棒，戈壁的三天比赛我日日如此。

从厉伟大哥的这句话我也能明显听出他对我的担心。在我一次又一次地出状况后，厉伟大哥以及其他不少人也在帮我寻找我出状况背后的原因。我内心很感动，大家这么关注我、帮助我，对我既是压力，也是动力。

云蒙山位于北京北郊密云与怀柔交界，这里昼夜温差较大。来到山脚，但见山峦起伏，山脚下一条由砂石铺就的土路凹凸不平。我一看这个路面，就暗暗提醒自己要小心崴脚。

因为临近戈壁比赛，所以拉练的距离和强度都有所缩减。今天的任务是上山下山来回跑24公里。因为我们都没在这里跑过，所以第一圈由徐星兄弟带队领跑，这是我第一次见到徐星兄弟跑。我知道上次在戈壁探路，很多路程都是他跑出来的，这位来自云南的兄弟是光华戈八A队的一等高手，现在还能矫健地领着我们一路跑上山，可见水平不一般。徐星给我们的感觉是行胜于言，这位踏踏实实为我们提供服务、从不抱怨的戈八前辈，颇获我们戈九兄弟姐妹们的好感。

我和小斌、建华、云鹏四个兄弟起跑就并驾齐驱。3公里开始建华和云鹏开始掉队，我和小斌继续领跑。6公里折返后，我们就能陆陆续续看到光华B队队员杵着手杖往山上徒步，更让我们感动的是他们三三两两领着一群特殊的孩子紧张前行。这些孩子是融爱融乐基金会推荐的"乐憨儿"（基金会为参加沙漠行走的心智障碍儿童起的昵称），他们将在戈九体验日与北大光华的队友一道体验29公里的沙漠行走。我一边跑一边想着，对这些孩子来说，那将是多大的挑战啊？他们完全没有自理能力，意识的不健全导致他们行为无措，不要说对他们自己，就是对陪伴他们走完全程的北大光华B队、C队队员，也都是非常大的挑战。我不禁感慨起来，我们这些A队队员自以为代表北大在戈壁驰骋疆场很骄傲，我们的B队、C队队员却已经把自己的身体和灵魂融入北大精神了。

跑到21公里处，我看只剩下3公里的上坡，就跟小斌说我要留下来拉一下建华，让他先走。然后我就停下来，让在打卡点服务的王薇帮我从背包里拿出拉绳。小斌把我的意图用对讲机告知教练，教练听后强烈反对，命令我继续全力跑。因为今天建华状态依然不佳，我想拉着他，陪着他一起跑到终点。每当想起他在戈壁拉练时那么辛苦地拉我20公里，我就情不自禁心怀感激。但我拉他并不是为了感谢他，而是看到他处于逆境时发自内心地想援手一把。这种战场上结成的深厚友谊，岂是一朝一夕的感恩与回报所能表述的？

我知道教练担心我会让别人以为我是自己跑不动而寻找借口，所以让我全力跑。既然这样，我就再次起跑追赶小斌。最后的3公里上坡对我和小斌来说都是挑战，因为我们都要展示自己的实力，所以我俩以5分左右的速度奔袭上冲。

上坡的跑姿、下坡的跑姿和平地的跑姿是有区别的。我在此之前对跑姿研究了很多，而且在平时训练时也做过尝试，所以即便上坡，我的速度也并没有多大的下降。有些人在上坡时选择以S型跑步路径来减缓坡度，我尝试后觉得不是最佳的方法，因为这样虽然坡度减少，但路线长了很多。更好的办法是身体稍微前倾、降低重心、减少步幅、加快频率。这种方法基本上能保持平地的配速，而且不会很辛苦。最忌的跑姿是用大步幅爬升，这种跑姿会造成体力消耗过大，难以为继。

临近终点30米，小斌伸出右手向我示意，我伸出左手回应，我俩手拉着手，以1小时48分的成绩完成24公里跑山，携手冲线。

这是我认识小斌以来，他第一次主动与我携手。之前，在我的眼里，他一直是那么傲气。他崇尚强者，虽然他在平时很谦和，与大家能够打成一片，但在比赛的时候他的态度绝对认真、执着，不管是对自己还是队友都有点近乎苛刻的严谨。但今天，在赛场上，我看到了一个不一样的小斌。

我心里很高兴，经过无锡拉练和敦煌实地拉练，小斌应该走出了在双月湾比赛期间被我们超越的阴影。他近两个月来通过自己的刻苦训练，在跑步的能力上大幅度超越了我们。更令人欣慰的是他在内心里接纳了这个团队，接纳了我们这帮兄弟姐妹。对于他这样一个中坚力量，他对团队的融入和认可是至关重要的。“无兄弟，不远征”，如果一个团队里面每一个成员都很欣赏、认可、接纳团队中的其他成员，这样的团队一定能在关键时刻有超乎寻常的表现。

今天，对于戈九光华A队来说，是一个值得纪念的日子，虽然这一天的重要性也许只有我一个人知道！

迫不及待一试戈壁

按规定，这一天我们所有A队和B队的队员都要体验露营。扎营地在六公里终点处农庄对面的山脚下。那是一块约2 000平方米的平地，平地一面紧邻陡峭的山崖，另一面是小溪。从扎营的角度看，这既是一块生地，也是一块死地。所谓生地，是指营地紧挨着小溪，水是人类生存的基础。三国时期诸葛亮出祁山战魏国，马谡因忽视水的重要性在山顶扎营，被魏军围而不攻，蜀军因失水而导致军心涣散，最终大败失了重镇街亭，逼迫诸葛亮靠空城计才能逃脱。所谓死地，是因为扎营地紧挨山脚，没有任何缓冲地带，一旦下雨导致泥石流，就可能会有灭顶之灾。好在这座山主要是由岩石构成，从营地往上看峭壁悬立，给人一种壁立千仞的厚实刚强感。这种山型和结构，发生泥石流的可能性很小。

小溪宽若30米，小溪里面乱石嶙峋，水流湍急。我们必须要从一个个大石头连成的石径上跳跃着一步步跨过小溪才能来到对面的农庄。每块石头之间是清澈而湍急的流水。用手探上去，冰凉刺骨。我们刚刚跑完山时都把大腿以下包含膝盖的部分整只脚浸泡在这冰凉的水里，只要两三分钟，把脚抬上来，被水浸过的部分就都通红通红，仿佛不是被冰过，而是被烫过一般。与这样的山水为邻，心中顿时也变得清澈、简单起来。每次越过小溪，我们都小心翼翼着，生怕丢下半点垃圾掉进小溪里。

为了使得模拟具有真实性，组委会规定所有队员晚上都不能洗脸、洗澡，除了可以到小溪对面的农庄打开水和上厕所外。我向宣利和云鹏学着如何搭帐篷，一点一滴地用心学着。

自从无锡拉练后，我就开始重新审视自己的自理能力。以前我经常丢三落四，一会儿找梦湜大姐要盐丸，一会儿找文杰要能量胶。在无锡，我听到云鹏兄弟说：户外活动以不麻烦别人为基本原则。我觉得很有道理。衣食住行等方方面面，大家千里迢迢背到戈壁上的东西都极其珍贵，如果我们不能自己管自己，就会给别人带来极大的负担。所以我回到深圳后，在组委会提供的戈壁拟带物件清单的基础上，结合我们A队的需求，自己做了一份清单，分门别类，满满一张A4纸，共130多种。在敦煌拉练后，我又郑重地增加了一样东西——保温壶。本来我们每人都发了一个600毫升的保温杯，但我嫌容量不够大，另外买了一个1.5升的。因为曾在敦煌拉过肚子，我对一切饮食都小心翼翼，每天都尽可能喝热水。后来，我听教练说，厉伟大哥看到我的帐篷门口摆着一堆营养品和一个巨大的保温瓶，他觉得我真正开始重视起体能和营养了。我想，厉伟大哥对我们这些A队队员都很用心观察，某种程度上我们几乎成了他的宝贝。

晚餐很丰盛，在农庄里面摆满十来桌，一桌桌紧挨着。羊肉飘香，鸡肉鲜嫩，我们象征性地喝着啤酒，那种氛围仿佛在兵营里过年一般。每一桌异口同声地喊着口号，或赞扬组委会的辛苦，或调侃着一些跟大家平时热络的兄弟。比如：“董狼董狼，戈壁色狼”“梦湜大姐我爱你，就像老鼠爱大米”“厉伟厉伟，居功至伟”之类的口号声此起彼伏。基本上每个人都会被调侃到。虽然有些搞笑，但对于很快认识队友、对于快速培养大家的感情确实非常有效。大家笑得眼泪横飞，被赞美者、被调侃者连连作揖，或致谢，或求饶。很友爱，很亲情！

云蒙山的温差确实很大，白天还热得只穿短袖，太阳一下山，马上就寒意渐浓。晚餐后，我们在临时搭建的大屏幕前看着戈九的宣传片，听着戈八戈九队员的分享，脚底下越来越感觉冰冷。大家都躲进帐篷取暖。

我第一次感受这么多人在户外扎营。有序的帐篷、混乱的场景、鼾声与呓语交错、夜风在山谷横行。半夜下起了大雨，打在帐篷上，很响，感觉就在耳边，很真实。半梦半醒间，感觉自己像深山隐士，端半壶酒，掌一本书，坐在凉亭内，听着雨打残叶，醉了！又像将士征战千里，号角联营、笛声幽幽，一壶浊酒，英雄悲歌。古来征战几人回？那么的大义凛然，傲视强敌。夜半惊醒，使命感油然而生。

一夜豪雨过后，组委会担心雨天跑步会导致受伤。临近比赛，因为名单已经报上去了，A队队员不能出现任何意外，所以第二天的拉练临时取消。我本来还想通过这一天的拉练让大家感受一下我的连续作战能力，可惜没机会了。看来，我要想真正证明自己，只有一次机会——戈壁挑战赛。

我第一次有一种强烈的愿望：期待戈九挑战赛尽快到来。

从云蒙山回北京的路上，我坐的是博元大哥的车。博元大哥显然很高兴。他是老戈友，几乎从戈三开始他每年都会去戈壁。他也是戈友基金会的发起人之一，对光华各届戈友的比赛情况了如指掌。他说从这次云蒙山拉练过程中，可以看出A队有两点他非常满意：一是整体的竞技水平比戈八有了大幅度提升；二是整个A队非常团结。他觉得北大之前在团队协作方面做得很不够。但这次拉练，他目睹我们前队三剑客之间的互助、后队男女队员之间的协作。我们每一个队员冲刺时全体队员在终点热情迎接的气氛，我们在比赛时那种玩命的拼搏精神，都与往届大不相同。

戈壁挑战赛有两条重要规则：第一，取每个学院A队10名队员中的第六名成绩，而不是前六名的平均成绩；第二，允许A队10名队员之间相互帮助。这两个规则基本上最大限度地限制了个人英雄主义，把团队协作放在了最重要、最关键的位置。这就是戈壁挑战赛的最大魅力之一。

通过科学训练、建立内部成员之间的感情、促进相互之间的进步等都是我一贯的理念。这个理念让华南队在光华内部Top 10之前的比赛中一枝独秀，取得了前所未有的成功。当我晋升为整个光华的A队队长后，我仍然用这种理念来打造团队。所以，博元大哥的评价让我很高兴。同时，我也能感受到光华戈九A队目前的团队氛围、个人能力、协作水平、竞赛意识等都处在戈九光华A队形成以来的最好水平。

光华戈九A队已经显露出锋芒：我们要成为戈壁上一支让人不敢轻视的队伍！

5月11日，我回到深圳后，天气变得湿热起来，不要说跑步，就是出去走一遭也是大汗淋漓。我依然对跑姿和体能有点着迷，我每天尽可能跑5公里，目的除了保持心肺功能不下降，更重要的是感受着跑姿的变化对速度的影响，感受着身体对食物、营养的反应。

近一年来，我为跑步看了不少相关的书和视频。其中有一本书谈到为何人类在耐力跑的能力上超越于动物，让我印象深刻。书中的观点认为：人类从四脚走路到站立起来用双脚行走，是人类主宰世界的关键点，因为人类的这次进化使得人类成为世界上最能跑的动物，在狩猎中占尽优势。原因是所有动物在跑步中的呼吸靠的是内脏前后移动作为胸腔中的活塞，排出浊气，吸入氧气。但这种呼吸方法最大的缺点是只能一步一呼吸。而人类因为站立起来了，在呼吸时不依赖于内脏的“活塞”运动，可以做到在跑步过程中三步一呼，三步一吸。这样在体能的消耗上，人类要大大小于动物。所以，我们的祖先在直立行走后主要靠耐力跑来狩猎。我们现在经常看到东非的农民靠耐力跑，不费一枪一弹就能俘虏狮子、猎豹，就是印证古人类生存能力的活化石。

另有一个对跑姿有重要影响的知识。运动学家研究了世界上所有跑得快的动物，如老虎、狮子、猎豹等，这些动物都有一个共同的特点：后腿都是弯曲的。他们在奔跑的过程中通过后腿的弯曲来保持奔跑过程中身体既能够做到快速平稳前移，就像汽车的轮子一样，让汽车在同一个重心水平上惯性前奔，又能减缓落地时身体对地的冲击，避免受伤。进而研究那些跑得好的人的跑姿，发现他们在跑的过程中，任何时候腿部都保持弯曲的状态，因为腿部弯曲的时候，身体的惯性能够推动身体保持最少能耗上的前行，而且能减缓膝关节的压力，避免受伤。而如果腿是直立的，身体的惯性就会被自身的重力所抵消。要检查自己在奔跑过程中腿部是否弯曲，一个关键点就是当你的前脚完全着地的那一刻，脚尖是否不超越于膝盖对地的垂直投影点。

影响耐力跑最重要的三个因素是：心肺功能、肌肉耐受力、能量补给。如果把这些关键因素搞清楚了，对改善自己的跑姿，并提升跑步能力非常关键。我自开始跑步11个月以来，一直就是通过这些知识来指导自己，提升自己。

原计划我是5月18日的飞机去敦煌，但我感觉时间很漫长，心里有些煎熬。于是我把去程的时间改成了5月17日。因为我上次去敦煌水土不服，我想提前去适应一下。不能再犯同样的错误，这是我的原则。

我和锋利及李季教练在机场候机时，太太刚刚接到了上完培训课的女儿。我跟她已经整整一个星期未见面。太太打来电话，传来了女儿的声音。一句“爸爸，加油！”顿时令我备受鼓舞。同时，我的脑海中便又浮现出我离开家门时儿子那句“老爸，祝你跑出好成绩！”心中莫名地兴奋起来了！

这段时间的飞机基本上完全不靠谱。我和锋利、教练三人本来应该晚上11点到兰州的，直到第二天凌晨3点才到，在机场酒店睡了不到3小时就起来转机敦煌。虽然是第二次来敦煌，但是一到敦煌机场我依然很兴奋。上次来我是第一次到敦煌，那时有一种朝圣的感觉，一年的念叨突然就真实地出现在眼前，那是一种追星般的兴奋。而这次我看到敦煌的兴奋是我终于有机会咸鱼翻身了，我为即将迎来的决赛而兴奋。因此，虽然等我们到达瓜州已经是中午了，但我还是有种马上就想去戈壁试试感觉的强烈愿望，就像正等着看期待已久的高考成绩，那么的迫不及待！

集体伤病

我来到上回拉练时我们经常光顾的牛肉面馆。还是一碗牛肉面，上回来了三次没有一次能吃完一碗面，今天我吃了个碗朝天。我终于知道原来这里的牛肉面确实好吃。我把面碗的照片发到A群，告诉我的队友，我终于干了一碗牛肉面了。A队队友想起往事，又开始调侃我的“白手套”故事。我就是想告诉大家：野狼恢复元气了！

下午，我和教练、锋利、基文、飞鱼、莫飞几个早到的队友开始探路和训练，我们跑的是最后一天的路程。与上回拉练的路径完全不同。我跑在戈壁滩上，测试着我的跑姿，感受着体能。我的均速都在5分以内，跑了12公里，教练让我停下来，我还觉得不过瘾。教练很高兴，她看到我眼里的欲望，我内心充满的斗志和蕴含的力量不断在放着光芒。她是职业选手，她能读懂一个临赛前的运动员眼中的东西。

晚上我们所有A队队员都到齐了。大家聚在一起吃饭，我能感受到队友们看到我状态后的那种眼前一亮的反应。我也毫不掩饰自己的自信，但自信归自信，毕竟不是最后的成功，我不愿信誓旦旦地豪言壮语，也不想让大家感觉好像是小人得志般的浅薄轻浮，所以依然是静默的姿态。我们一会儿谈论着比赛的路径，一会儿谈论着天南海北。大家都显得很放松，但我能感受到云鹏有些忧郁。

云鹏是玩户外的，经常一个人骑行一个月穿越戈壁、沙漠、雪山、高原。正因此，他一直对跑步有点不屑一顾。他真正开始上心是自双月湾比赛晋级Top 14后，从上百人一轮轮的淘汰赛后晋级14强，对他来说似乎有些意外，因为他除了在跑步上有天赋和年轻外，实在谈不上认真。而进了14强后，他的排名仅次于我们三剑客，此时他已经不仅仅是代表个人，他的组织使命感也油然而生了。

他之前因工作忙碌和对跑步认知的原因，在训练上完全不成体系。为了弥补，他选择用跑量提升跑能的方法，每天不是跑步就是骑自行车，而且是量大的那种，却没想到在不知不觉之间他的小腿肌肉被拉伤了。离比赛越来越近，时间不等人，他已经无法顾及自己的伤痛，只能跟着我们进行大运动量的训练和拉练。如此反复，他的小腿拉伤已经到了非常严重的地步。

自那以后，云鹏的跑姿都变了，右腿总是直的，跑起来像个残疾人。看着他那么难看又痛苦的跑姿，我们都想流泪，真难为他了。上次在敦煌拉练，他在敦煌机场还有点诚惶诚恐，没想到一下戈壁，他像是打了鸡血一般，第一天跑了第二，连续三天都表现不错，最后成功晋级。我们大家都以为他的腿伤好了，没想到回到深圳依然如故，这一个多月来他在训练上严重受到影响。

云鹏是一个非常有责任感的男人，正是这种责任感，才使他处于非常纠结的状态。一方面他非常希望自己能够像三剑客一样独当一面，另一方面他的伤痛又严重制约着他。虽然他在我们A队中年龄是最小的，但在"拼搏"两字面前，他可是一点都不含糊。赛后他告诉我们，在临上戈壁前，为了抑制伤痛，他偷偷找医生打了封闭。为了团队的荣誉，他真的是豁出去了。在光华内部，大家都把他与建华和基文大哥三个人并列为"光华硬汉"。

我猜想，他之所以忧郁，是因为他即便做出了如此大的努力，仍然没有达到自己理想的状态，他心里没底，担心因为自己而拖了团队的后腿。但此时，我也不知道如何帮他，我冀望明天他在戈壁拉练时能像上回那样，突然康复了。

另一个让我担心的是梦湜大姐，看得出来她的脸色也很不好，我知道她最近一直在感冒。但当我问她时，她轻描淡写，说基本上没事了。大姐就是这种人，从不给别人传递负能量。

感冒和拉肚子是跑者最忌惮的两种不适。所以，这次她在大赛前持续感冒，我相信她内心应该很紧张，凭着我对大姐的了解，我相信她应该也采取了一些应对之策。但我还是暗暗担心和着急。

光华戈九 A 队就是由这样一批队员组成。不管是谁，只要有伤病，他们首先想到的不是如何保全自己，而是如何不影响团队的成绩。为了团队，他们真的在所不辞，而把自己置之度外。

记得我曾经和小斌讨论过跑步与登山的区别。他说最大的区别是登山可以选择时间，等身体条件、环境条件等各方面具备了才出发。而跑步比赛有固定时间，不管你是否已经准备好，比赛时间一到，大家就得同场竞技。在戈壁比赛的时候，各个商学院的很多队友都不一定准备好了，但大家别无选择，只能按时参赛，所以状况百出。正是有这种不确定性，才使得这项赛事那么有魅力。

恰在此时，我们收到棒棒和宝森发来的天气预报，预计 5 月 22—25 日敦煌要降温。这个消息对我们真的有点意外，我们所有的人都狂笑不已。笑的原因不是我们有多么天真幼稚，而是实在有点离奇。自从我们参加戈九以来，每一次比赛我们几乎都是遇到这样的天气模式：比赛日前一天还高温炎热，比赛日则或台风，或下雨，或降温，无一例外。以至于我们还开玩笑说我们中肯定有人是水神，水神一出，风雨大作。为此，我们还一直很忧虑，担心平时没有碰到高温天气，比赛时肯定难以适应戈壁的高温酷热。如果这次敦煌比赛又是降温，我想我们不会再认为我们中有水神，而一定会认为我们中有天神。因为只有天兵天将才有如此强的呼风唤雨能力。

5 月 19 日，我们选了几段路试跑，天气越来越热，大家知道只是来适应场地而已，所以很兴奋。建华看到一群骆驼更是兴奋不已，追着骆驼拍照。在布满一丛丛骆驼刺的戈壁滩上，前面一群骆驼狂奔，后面建华拿着手机边跑边拍紧随。我坐在车里，看到建华童心未泯，队友们欢呼打闹，不禁感叹起来。水之所以纯净，是因为它能沉淀万物。而黄沙万里的戈壁更伟大的是能沉淀人的心灵。

茫茫戈壁中，没有灿烂如花，没有茂密如林，只有点缀般的一株株低矮的骆驼刺顽强生存着。在这里，生命是如此渺小，如此珍贵，如此坚强。当人类置身其中，那些得与失、成与败、多与空、脑中的纷繁、心中的纠结，都变得那么苍白，那么虚无。感觉一下子拨云见日，清晰明朗起来。难怪千百年来，那么多人不远万里到这里来膜拜它，他们怀着各种不同的心态而来，但一定带着同样的感恩而去。

在比赛第二日4公里处的那个小镇，我们找了一家能容纳我们十来人的小面馆吃午饭，本想午休一下，但也就在地上和凳子上坐了一个小时，天气实在太热，又没有地方午睡，所以大家建议早点跑完回去休息。于是我们顶着烈日在雷墩子跑了一段。我们刚到雷墩子，对讲机中有人说梦湜大姐出现了中暑反应。我知道是因为她的感冒还未痊愈，身体虚弱所致。厉伟大哥闻讯后发足力朝梦湜大姐狂奔而去，那样子简直可以用"弃履失态"来形容。厉伟大哥对每个队员都如此关心，这是让人内心深深感动的地方。他回来后不断用水浇灌我们的头顶，说这样可以降温，我看着这炎炎烈日下的戈壁，心想，比赛时一定要跑快点，否则到中午近40摄氏度的高温，对人来说就是炼狱了，何况我们还要在这样的温度下奔袭。

我们在雷墩子摆着各种姿势和造型照相。此时，我忽然看到了一群不一样的队友，他们内心对美的追求、对自然的热爱、对友谊的尊重、对生活的情怀等等，在戈壁荒芜的土地上如花绽放。我内心充满着感动。这些队友一年来都是戎装素裹，为了训练放弃了美丽，放弃了舒适，假如给他们一点机会、一刻光阴，他们就能风姿绰约、光彩迷人起来。北大光华没有包装的基因，我们没有跟随的摄影记者，没有成体系的宣传机制，所以无人捕捉训练和比赛中美的瞬间，即便是在戈九比赛完毕后的今天，我们在视频制作上依然不够精彩。这也是光华人在戈十以后要补上的重要一课。

这一天，我们在戈壁上体验着不同路面上奔跑的差异，仔细分析是软地近路，还是硬地远路更省力、更省时。训练后照例要分享，让大家都把各自的感受说出来。这个是自从我做华南队长以来一直延续的分享惯例，对促进队员相互之间的技能提升、相互之间的了解、团队文化的建设等都起到了非常关键的作用。

5 月 19 日晚，在分享会上，组委会几位领导宣布了我们的战术安排和每天的策略。看得出来，组委会对我们这次比赛有所期待，对我们队员的水平和状态信心满满。我作为队长，感受到这种信任背后的压力，特别是在战术上我们相对比较激进的部署让我心中不安。

锋利提出要做一些安全上的考虑，如果比赛中出现意外情况是否有应对之策。我对锋利的发言心生感激。作为戈八的 A 队主力，锋利适时地提醒注意安全，证明了他是一位有经验的老戈友。

对户外运动来说，意外几乎是户外的一部分，而且几乎所有的意外都是源于麻痹、无知、自负。所以，有经验的老户外们，一方面心怀敬畏，尽可能把所有的事情考虑周全。另一方面则是对所有可能出现的意外做出应对部署，只有这样当我们面对意外时才能沉着应对，减少伤害。

组委会领导一时无法接受锋利的提议，认为我们经过近一年的训练，应该已经强大到不会出现比赛中受伤、比赛中崩溃等现象，认为我们应该能够应对一切挑战，并最终取得我们平时训练时的最佳成绩。

领导们有这种信心并不意外，我们在一年来的各种比赛和拉练中，虽然经历了不少伤痛和意外，但大家都凭着坚强的意志，凭着团结协作，最终渡过了难关，并保持了相对不错的好成绩。所以与其说组委会领导们相信我们跑步能力的强大，不如说他们是相信我们意志品质和团队精神的强大。

这种期待和要求，给每个队员都增加了不少压力，我们没有人可以替补，一旦我们受伤，我们必须坚持，并且不能出现大的成绩滑坡，否则，整个团队会因为某一个人或者某一个组合的意外而全盘崩溃。从另外一个角度来说，如果一个人真出现了意外而导致成绩受到影响，他（或者她）或许将成为光华戈九的罪人。显然，对于临赛前的队员来说，如此大的压力对大家并不一定是好事。而压力相对更大的是我们前队的三剑客，因为后队都是两人一组，起码还有照应，实在不行还有人替补，而我们三剑客一旦出现特别情况，对光华戈九A队来说几乎就是灭顶之灾，意味着光华之队满盘皆输。我心里着急，也知道队员们跟我的心情一样。但今天的会议有点像战前动员会，不便当众直接表达意见，免得伤了团队的士气，破坏了领导的秩序。在这种大会上，维护组织的权威很关键，有意见可以私下提，但在大会上公开与领导唱反调不但结果会适得其反，反而会让很多参会者无所适从。所以，我想等有机会再私下与组委会领导讨论。

在轮到每个A队队员表态时，大家都表现出了非常高的政治觉悟和责任心，每个人都宣誓会尽全力应战。这就是光华的戈九A队，一群血性健儿！我心中有一股更强的责任感，我必须对这帮兄弟姐妹负责，既要把我们的信心、动力和拼搏转换成戈壁挑战的好成绩和好结局，又要把他们的顾虑及时向上反馈，真正让他们没有后顾之忧。

三　剑　客

从云鹏的表态中，我再次感受到云鹏内心的焦虑。教练显然也感觉到了，会后她找到我，谈到对云鹏状态的担忧。我笑着对教练说："只要让云鹏与梦湜大姐组合，就能解决云鹏心态的问题。"我进一步跟教练分析："云鹏是一个有责任感的男人。我们现在是7男3女，如果云鹏状态好，以他的水平应该排在男子第四。按照战术，他基本上是要与三剑客并肩跑，并作为替补的角色。但他现在小腿肌肉拉伤，他应该是对承担这个使命心中没底，怕到时因为他的伤病而耽误了团队的成绩。正好现在宣利状态不错，如果让云鹏与宣利调换，由云鹏与梦湜大姐组合，让宣利来承担替补角色，一定能解开他的心结。因为以梦湜大姐的实力，由云鹏与她搭档，减时后她的成绩一定会排在光华A队数一数二，云鹏的压力顿时就可以化解了。"教练是个聪明人，我一语就点醒了她。

第二天，也就是5月20日，早上教练宣布人员安排。后队三个组合分别是：云鹏与梦湜大姐组成"云梦组合"，飞鱼和莫飞组成"墨鱼组合"，小红和基文大哥组成"小基组合"。前队三剑客突破，中路宣利六路接应。云鹏听后很意外，但看得出来他非常高兴，马上神采飞扬起来。我和教练心照不宣地相视一笑。

团队中每个人保持积极的心态对比赛中取得好成绩至关重要。同时，每个人的状态都会因时而异，在比赛中尽可能把每一个人安排在合适的位置，让他能发挥出当时能力的最佳水准，才是最好的安排。事实证明，我们的这个调整对比赛过程中充分发挥每一个人的能力、特长、积极性等都起到了非常关键的作用。

中午我们回到敦煌，与光华B队、C队队员汇合。光华来了近两百人，酒店大堂内熙熙攘攘，到处都是红白相间的光华戈九队服，到处都是拥抱。自从参加戈九以来，大家几乎已经把拥抱作为戈友打招呼的唯一招牌动作了。我又一次感觉戈壁挑战赛就是一个大派对，每个人脸上都洋溢着过节的气氛。相比之下，我们A队队员则压抑很多。因为我们有任务在身，无法开怀享受这种如痴如醉的氛围。

在大堂又一次领取了不少衣服和食品，有些甚至是专门给A队队员定向赠送的。我的房间到处充斥着这些同学赠送的东西，在这些同学眼中，我们既是英雄也是骄子。我突然有一种被娇惯的感觉，真的有点骄傲，走路时都不知不觉地把脖子昂起来了。

20日的晚宴由戈八A队队员集体赞助。在阳光沙洲大酒店偌大的宴会厅里，近200个光华人济济一堂。大家争相在舞台的背景板前进行合影，以班级的名义，以戈七、戈八、戈九的名义，以区域的名义，以队伍的名义等等。通过这些活动，彻底打破了班级的概念，这正是很多商学院成立各种协会想达到的目标，但显然做得最好的还是戈壁挑战赛。

我感觉有点轻微感冒，不断打喷嚏。感冒对赛前的跑步运动员来说很致命。因此，饭后，我约了宣利一起在酒店附近的大街上找药店买感冒药。回酒店的路上，我接到建华的电话，他说他正和小斌在酒店等我，让我回去有事情商量。

我预感事情应该不小，就急忙赶回酒店。小斌已经在建华房间等我一会儿了。看得出来会议是由建华召集的，建华显然已经做了充分的准备。他一改平时说话时的腼腆，以非常流畅的措辞阐述了我们三个对此次比赛的重要性，分析在未来的四天比赛可能会遇到很多困难，我们三个一定要在比赛中团结一致，形影不离。最后他提议：我们三个应结拜为兄弟。我又惊又喜，惊的是没想到建华如此煞费苦心。难道他的状态还没有调整过来，想让我俩帮他吗？喜的是这二位兄弟是我认可的男子汉，如果能结拜为兄弟，那真是我的福分。

我看了看小斌，他不置可否，但对于在比赛中要团结一致的观点非常赞同。建华对结拜兄弟的事态度很积极，我则热烈响应。我说："在A队中建立兄弟姐妹情谊是我一直所推崇的。上次在敦煌实地拉练时你们俩都舍命帮助了我，我内心非常感激。如果能够与你们俩结拜为兄弟，我会非常荣幸，一定会珍惜这种生死情谊！"

于是，我们各自报了年龄。我和小斌同年，但我出生的月份更大。建华比我们小两岁。结果我是老大，小斌老二，建华老三。建华强烈建议我们要改口彼此称呼对方为"大哥""二哥""二弟""三弟"。看得出来小斌还在犹豫。但他承诺在比赛时如有需要，他一定会全力以赴提供帮助。

就这样，我们三个正式结拜，就差一个歃血为盟的仪式了。

比赛结束后，6月29日组委会在上海的戈九回归日期间，晚会结束后的当天晚上，小斌拉我和建华出去喝酒。我们聊得很欢，喝了不少啤酒。回到房间已经是半夜两点，他还要拉我们到房间去聊，感觉有聊不完的话题。他坏笑着说："大哥，当初三弟要我叫你大哥，我内心很排斥。我长得比你高，人比你帅，怎么能叫你大哥呢？但后来你的所作所为，确实让我认可，我心悦诚服认你这个大哥。"

那一晚，我和小斌、建华都非常开心。

这就是男人！胸怀坦荡，有自己的原则，但也有一颗感恩之心。我为自己有这样两位优秀的兄弟而感到由衷的自豪。

结拜兄弟后，我们就开始闲聊，自然就谈到了这次组委会领导给我们制定的战术。我们三个都一致表达了担忧。小斌说不考虑意外的户外就不是真正的户外。这个观点我们都一致赞同。我们提出一个解决方案，让宣利做保障组队员，每天不能以帮助别人为主，一定要全力跑，可以容忍他每天的成绩比我们三剑客多10分钟。我对宣利的能力比较清楚，这个时间要求对他来说是可以完成的。如果宣利每天能做到这一点，那么即使我们有其中一组或一个人出现意外，我们也能保证成绩不会掉太多，同时也给出现意外的组或个人有心理保障，不会留下遗憾。

达成一致后，我就开始找教练谈我们的方案。教练一开始很不理解，她认为我们三剑客有畏难情绪，可能是要给自己留后路。并当即让我打电话把小斌和建华叫过来谈。因为小斌外出，只有我和建华在场。教练很激动，认为我们不相信组委会在考虑方案时是有安全考量的。她还是坚持认为以我们这么长时间的艰苦训练，是不会出现意外的。我当即便向教练阐明两点：

一，户外运动要谨慎，不能碰运气。我们今天的决策将改变光华戈九A队的历史。在保证安全的情况下全力冲刺，还是在不顾个人安危的情况下放手一搏，我们要在这两种策略上做出选择。

二，要对团队中的每一个人在信任的基础上给予基本的人性关怀。我们每一个人都准备了一年以上，我们都想全力以赴。但不能让我们的队员在自己出现意外时只有拼死一搏，没有任何退路。而且即便队员拼残了，团队成绩还是完蛋，这是否是我们想要的？如果因队员受伤导致团队整体成绩大幅下滑，是不是不尊重整个团队这一年的辛苦努力？到时由谁来承担责任？

也许是因为教练激动了，所以我在阐述以上理由时出奇地镇静。

建华用一张纸把我们的设想列出来。按照我们的推理，即便比赛期间其中一天有一组队员出现问题，我们的成绩也最多在8小时50分钟，理想情况下我们的成绩应该在8小时30分钟。如果正常发挥的话，我们会跑到8小时40分钟。事实证明，当天我们的预测和推演非常准确，在第一天遇到9级沙尘暴的情况下，我们最终的成绩是8小时43分钟。

教练非常聪明，冷静下来后，她马上意识到我们的想法是对的。她诚恳地向我俩道歉，承认她对队员的自觉性信任不够，她担心一旦设了保障组后队员就不会全力拼搏了。

教练做事一向雷厉风行。她站起身说她马上要去组织会议，力劝组委会领导们修改比赛策略。虽然当时已经是晚上11点半了。

教练就住在我的隔壁房间，我能感觉到组委会领导们与教练之间的争论。我作为队长，已经尽了我的责任和努力。我们三剑客的这个努力，既是为了自己，也是为了团队。正因为我们内心清澈如水，所以敢于引吭高歌。我也相信教练有这个能力去说服组委会。

这一晚我睡得很踏实。

第二天即5月21日，早8点，我们按原计划在酒店旁边热身跑5公里。教练抽空告诉我，组委会已经接受了我们的建议。这是我意料之中的事。沟通这些事，对教练来说小菜一碟而已。我建议教练当着队员的面，就说是组委会领导们临时从大家的安全考量而改变了计划。

加强全体队员对领导的认同是我这个队长应尽的责任和义务，不是为了拍领导马屁，而是为了让全体队员能发自内心对领导者认同，从而愿意为团队努力。这就是古语说的“士为知己者死”的道理吧。

虽然是早上8点，阳光已经堪称娇艳了。我们在阳光沙洲酒店旁边的河堤上跑，一路上偶尔有晨练的当地人，但更多的是清理打扫的工人。他们看到我们这些外地来的人穿着靓丽的运动服，成群结队来这里跑步，从他们的眼中可以明显看出有惊奇的感觉。跑道上大部分都没有阳光照射，在没有阳光照射的地方还能感受到晨露的凉意，但一到阳光下，却已经有微微的灼热感了。我有点担心明天开始连续四天的天气情况。虽然天气预报说会降温，但从现在阳光明媚的样子，看不出天气会有什么变化。虽然我们已经制定了应对天气炎热的预案，比如喝十滴水、吃藿香正气丸等。

教练经常跟我们讲的一句话是：你没有练到位。跑步这项运动虽然有很多的技术要点，但实践才是检验真理的唯一标准。每一个设想必须经过充分的演练才能印证，来不得半点含糊和侥幸。我们曾经几次选择在炎热天气下训练，但深圳的湿度太大，天气炎热时对心肺功能的考验远远强于戈壁这种干燥的地方，所以在深圳不敢按戈壁比赛的强度来要求队员训练。而在敦煌拉练和无锡拉练期间都没有碰上非常炎热的天气。正是在这样的情况下，无论是教练还是我们队员自己，都对在炎热的天气下比赛可能会出现什么状况、应对策略是否有效等等这些问题心中没底。

最狠的是玄奘大师

上午11点，我正在房间休整看书。我们的队医李恒川医生敲我房门，说厉伟大哥通知我俩去开会。我看过组委会的日程表，知道今天上午应该是领队、A队队长和队医开会。但自当上队长以来，我从来没有参加过队长会议，在后来的戈壁比赛期间也没有参加过每天晚上的例会。我想厉伟大哥为了让我们专心跑步，什么事都扛下来了。所以，李医生叫我去开会时我很意外。我俩打的士到敦煌山庄，发现那里比想象中的大很多。

门口的工人们正紧锣密鼓地搭台，为晚上的点将台做准备。进到大堂，我看到来自组委会、媒体、志愿团和各校的人员，要么三三两两地交流着，要么行色匆匆地忙碌着。我和李医生则忙着到处找组委会开会的地方。正在彷徨无计之时，恰好碰见博元大哥，他是本届戈九的志愿者。在这里碰见本校的志愿者自然是一件意外而开心的事。博元大哥热情地带我们走过长长的九曲回廊，越过几个庭院才到达会议室。没想到在敦煌这样的地方有一个如此气派的山庄！

会议已经接近尾声，讲的好像是比赛时要注意的安全事项。厉伟大哥和晓明兄已经开会多时。讲台上是曲向东先生说这一年有两架直升机提供救援服务，以及营地比往年都扩建了不少，戈壁之眼的用途和注意事项等事宜。看来曲总的这项事业如日中天，连航空航天技术都用上了。李宏图医生一再强调要注意比赛安全。我坐在后排，看着前面黑压压满屋子的人，大家争相提问，场面热烈。这是我第一次与外校这么多人同堂开会，为了同一个缘由——戈九。

我到后才10分钟左右，会议就结束了。我和厉伟大哥在门口等李恒川医生，恰好碰到上高金A队队长李树华，这应该是我在偌大的会议室里仅能认识的三五个人中的一个。树华询问我们光华男女人员结构，我告诉他是7男3女。我说我很羡慕他能找到5个能跑的女生。树华明显对这次的成绩信心满满，我想有这么多能跑的女生，想没信心都难。我和厉伟大哥则相对比较谨慎，看到树华他们良好的竞技状态，我们还是倍感压力。

在敦煌山庄门口广场上，工人们正在抓紧搭建晚上点将台用的舞台。曲向东先生正在视察工地。我赶紧找准机会申请与曲总在硕大的戈九标志柱前合了一张影。曲总可是戈赛的老板，我想我有这张照片为证，我从此在戈赛上就是有后台的人了，希望在未来几天的比赛中，曲总能给我多行方便。没想到的是比赛期间我们都裹得严严实实，曲总认不出我来，阴谋没有得逞哈。

按活动程序，下午一点半所有A队、B队、C队队员都要到敦煌山庄接受培训。意味着我们中午吃饭的时间非常紧张了。厉伟大哥和晓明准备以啃面包当午饭，我则因为马上要比赛，这时候一定要充分补够碳水化合物。于是我一个人匆忙打车回到酒店附近，寻找面馆。看到一群身穿光华制服的队友往一个牛肉面馆蜂拥而去，我心中窃喜。因为上午走得匆忙，身无分文，只能找机会蹭饭了，所以也赶紧奔进这家小面馆。恰遇菲菲和炜东，心中顿时石头落地，有老朋友在，可以明目张胆蹭饭了。菲菲热情地跟大家介绍我是A队队长，我一看确实有不少陌生的面孔，大家为我鼓掌，祝愿我取得好成绩。我吃着牛肉面，揣着一堆祝福和期望，心中顿时暖意连连。大赛之前这么多同学的热情支持和鼓励，对一个运动员意味着的不是压力，而是力量。

看着整个小店里面挤满了穿着光华队服的校友，我突然想，在这种大型的团体赛中，个体其实已经被淹没了。当你碰到一个陌生戈友时，你关心的只有两个问题：他是哪个学校的？他是什么角色（A队、B队还是C队）？没有人关心他叫什么名字。我们A队队员一路走来虽然艰苦，但也是星光闪耀，在学院内部声名显赫。但现在，我们要重新调整心态：我们只是北大光华的一员。

下午的培训主要是讲比赛规则和安全。这些规则对我们A队的队员来说早已耳熟能详，所以我听得有些心不在焉。我环顾左右，又一次看到光华的同学带着融爱融乐公益组织的那些“乐憨儿”，真难想象他们是怎么让这些孩子那么安静地坐在那里听宣讲的。明天是体验日，这些孩子将与我们的B队、C队队员一起度过艰难而有意义的一天。而对于B队和C队队员来说，则是责任重大的一天。看着这些懵懂的孩子，想到明天艰难的行程，我对光华这些同学的尊敬之情油然而生。

晚上我们戈九A队所有14位队员共同出资，宴请当晚所有200名北大光华的校友，名义是感谢各位校友一年来的支持和帮助。晚宴将由央视著名主持人刘芳菲主持。我们A队队员将在晚宴上集体亮相。一方面要对A队队员作简单介绍，包括配对、分工、比赛职责等，以便增强队员的使命感，也能让光华同学对这些英雄有一个更加真切的认知；另一方面我们要集体向台下的200位校友一年来对我们A队队员的帮助表示感谢。

因为介绍分工时会涉及我们在比赛策略上的调整，所以我们临时开了一个碰头会。李季教练简单向大家介绍了组委会领导们的决定：为了保障大家在比赛时的安全，组委会领导们要求全体队员在万不得已时宁可放弃比赛也不能硬拼。同时在战术上进行了相应调整，增加宣利为保障组，要求宣利每天与三剑客一起跑，但每天可以允许宣利的成绩与三剑客的成绩差距在10分钟以内。此调整的目的是考虑如果有队员受伤确保有宣利的成绩作保障，避免在比赛中一旦有人出现状况而使得整个光华团队满盘皆输。

看得出来大家听到这个决定后心中的一块石头终于落地，脸上的忧郁一扫而光。

我跟宣利说：“兄弟，你要辛苦一下了。原来让你做六路接应，谁出问题你帮谁。现在你是六路保障，你每天要一个人孤单地跑，一定要给大家出一个保障成绩。责任不小啊！”宣利非常配合，明确表示会坚决完成任务。

宣利就是这样一位汉子！永远给人很踏实、很放心的感觉。给他的任务他一定会想尽办法完成。

晚宴中刘芳菲一出场全场便顿时轰动。这是央视的当家美女，许多人都想一睹芳容。我们A队队员作为戈九即将出征的英雄，坐在舞台前最中心的主桌，本来是最佳的位置，现在却四面都被芳菲的粉丝包围着对着台上照相。

我对芳菲一直心怀敬意，不是因为她长得漂亮。我曾经有偶然的机会在一次赴希腊的旅行中与她有几天近距离接触。那是一次40多人的聚会，我从她的言行中感受到她有深厚的文化底蕴，有强烈的爱国情怀和对社会发展高度的责任感。对一个女人来说这是了不起的境界。她所倡导的“芳菲绿色手绢”计划，从理念到实施都被很多人所认同和采纳，是一个实实在在可以由每一个人实行，为子孙后代造福的好事。玄奘之路所倡导的“理想、行动、坚持”理念，芳菲正以另外一种方式默默地进行着诠释。她的这些行为，注定将让她成为一个令人尊敬的人。

当芳菲宣布A队全体队员上台时，预示着另一个高潮即将开始。我一一介绍所有的A队成员。他们分别是：

三剑客之一，戈九A队政委，运动达人，万人迷邱小斌；

三剑客之一，戈九A队技术总监，跑不死、压不垮的铁人施建华；

三剑客之一，戈九A队队长，快乐野狼汪书福；

六路保障使，来自华南的白无常宣利；

云梦组合：来自华南的黑无常张云鹏，来自华南的戈九一姐沈梦湜；

墨鱼组合：来自北京的浪里白条飞鱼陈蔚，来自北京的京城第一快腿女将莫飞；

小基组合：来自山东的老黄牛王基文，来自深圳、外表娇小、内心坚强、人送外号“扈三娘”的胡小红；

总教练：人送外号“魔头”的小美女李季。

另外还有戈九A队四名保障队员，他们分别是：刘朝晖、郑意端（阿端）、棒棒、陈毓秀。我说：“这四名队员虽然没能代表光华戈九A队出征，但他们在A队队员成长的路上一路追赶，一路相陪，一路帮助。他们不一定是我们强大的原因，但肯定是我们进步的动力。所以至今我们都把他们四人当成我们A队的一员，他们当之无愧。”

Top 14 A队队员悉数上台，全场掌声雷鸣，喝彩声、加油声不断。A队队员们每个人都要讲一句出征宣言。建华说的话让我印象深刻，他说：“我今天为感恩而来，我身上很多东西都是这两天从同学那里化缘过来的，比如墨镜、手表等。我感谢在我需要的时候总是有那么多同学及时伸出援助之手。我将把这份感恩化作比赛的动力，争取未来的四天有好的表现。”我看平时建华少言寡语的，但讲话很富哲理，原因无他，因为陷得深，所以感悟透。

轮到李季教练发言。这个教练不简单，思路清晰、口才很好。她说：“很多人叫我魔头教练，原因是我在训练中对大家要求严格。但来到戈壁后，我发现最狠的不是我们这些教练，而是1 400年前的玄奘大师，他才是最大的魔头。1 400年前玄奘大师对自己很虐，让我们佩服。

1 400年后他还能让我们这么多人来戈壁自虐，所以他才是最大的魔头。”她的话引起了全场大笑，“最狠的是玄奘大师”这句话一直以来在光华内部广为流传。

所有A队队员感言完毕，我们手挽着手集体给大家鞠躬致谢，也向台下所有的光华人表决心一定全力以赴。

宣利代表大家唱了一首《热情的沙漠》。他下午花了不少时间，把歌词全部改成戈赛模式，所以台下观众听后响应很热烈，有共鸣。大家都没想到宣利这么有才。飞鱼大概也是因为激动的原因，突然冲上台，主动为宣利伴舞。他兴奋地把上衣脱掉，露出明显的六块腹肌，人鱼线若隐若现。宣利的歌唱得投入，神情专注。飞鱼的舞跳得热烈，动作夸张。我看着这两位平时不太言语的兄弟，心想，想不到在他们平静的外表下都有一颗如此狂放的内心。

戈壁又让我多了一分感动。它千百年来都是这么神奇吗？

我感受了一下我内心的力量，想到明天开始我将奋战沙场，不禁跃跃欲试，非常期待！

点　将

从明天开始，我们将在沙漠里住三天帐篷。按组委会的要求，我们每一个人只能带一个驮包，里面既包括帐篷、床垫、睡袋等硬货，也包括衣服、药品、营养品、生活必需品等软货。其他这三天不用的东西须另外装箱寄存酒店，所以当天利用空隙时间大家又是一番忙乱，在清理衣物时算计着每一天的穿着和各种所需。但我们没有在戈壁露宿过，多少还是有一些神秘感，不知戈前辈们所描述的号角联营、旌旗招展是个什么样的场景。

没想到这个场景不需要等到明天，当天晚上就可以一睹为快。按组委会时间安排，5 月 21 日晚七点开始在敦煌山庄举行“点将台”仪式。

我们匆匆吃完晚饭，集体乘车来到敦煌山庄。一下车，这里早已经是人山人海、锣鼓喧天、人声鼎沸。各个学校依次排队进场。光华近 200 人穿着统一的红白相间队服，在那个接近黄昏的时刻，格外的醒目。

晓明拿出早已经准备好的鲜红色宽幅队旗，足有 10 米宽，30 米长，旗上赫然印着“光华管理学院，戈九光华之队”字样，覆盖在光华之队部分队员的头上，每个角落有专人牵拉。前排是一排旗手，由小斌、芳菲、冯坤等一众身材靓俊、形象高大亮丽的帅哥美女手举旗杆式队旗领路。我们 A 队的队员本来就排在第一排，我也手握着一杆队旗在前排行走。看着厉伟大哥在前面导引大家，不断让我后面个子高的旗手往前，我马上意识到，这种时刻不是要英雄，而是要帅哥美女，只有他们才配这个浩浩荡荡、声势浩大的队伍，不能因为我的矮小瘦弱之躯而降了整个团队的品位。我马上把大旗交给他人，自觉地站在前队后面。建华拼命把我往前拉，我跟他说，这不是争名分的时候，团队形象更加重要。

当我们走上舞台，光华人几乎挤满了台上台下，宽幅队旗舒展在台前，左右围着光华的队友，后面是黑压压的队友高低排列着，台下是上千个兄弟院校的队友在观看我们一展雄姿。“北大光华，光耀中华”的口号声不绝于耳，气势磅礴。身在其中，我很震撼，很自豪。

检阅完毕，我和建华来到光华之队座位区，正好坐在一位美女的旁边。她看起来阳光极了！在大漠之地、黄昏时刻、英雄群聚的场景下，有这样一位绝色美女坐在旁边，我心中的英雄气概陡然而生。我趁机向她得寸进尺，提出当我们A队队员在最后一天冲刺时，她一定要在终点迎接我们，并与我们所有勇士们合影留念。这位美女落落大方，欣然应诺。我推推身边的建华，告诉他一定不要辜负美女的期望，好好表现。看到建华见到这位美女惊为天人的样子，我心中大笑，自古英雄爱美人，才演绎出人类不断续写的一部叱咤风云、乾坤倒转的史诗。建华这次有了美人回眸一笑的动力，一定会有惊人表现吧？

点将台活动正式开始。首先由戈九总裁判长陈文达对本次参赛队员进行分析并宣布规则。在陈文达的PPT中我看到，本次参赛队员共1 370人，其中A队队员237名。A队队员的年龄结构为：56%的人在40—50岁，39%的人在30—40岁，1%的人小于30岁，4%的人大于50岁。我仔细盘算了一下光华戈九A队的平均年龄，我们的平均年龄是45岁，也即是以我的年龄为平均年龄。我们有1个50岁以上，7个在40—50岁，2个不到40岁，其中三个女生全部大于47岁。在年龄上，光华已经输了一大截了。看到这一组数据，我在拉练中、在训练中累积的信心开始动摇了。我在想是不是我们有些坐井观天了。以戈八的成绩作为主要参考标准，我们自认为自己在进步。但从今天组委会公布的年龄结构来看，哪个学校不是精心准备？哪个学校不是摩拳擦掌？哪个学校不是信心满满？而我们在年龄上存在巨大的劣势；在个人能力上我们三剑客没有马拉松的经验，与外校的队员没有比较标准，虽然小斌在无锡马拉松跑了330，但我们听说外校325以内水平的人已经不少了。

按照组委会宣布的戈九比赛规则，比赛日第一天女生减时50分钟，比赛日第二天女生减时55分钟，比赛日第三天女生减时30分钟。从历届比赛的情况来看，女生减时后一般都快于男生。所以女生人数多的队伍相对有优势。我们虽然有三位女生，但女生的年龄比外校女生的年龄大了不少。综合来看,我们的优势到底来自哪里呢?

这些疑虑只有在我心里起点涟漪,我无法跟任何人去分享。我必须给团队传递正能量,我必须告诉大家我们是最好的。但,我心里真的很焦虑、很担忧。

记得在赛后,6月29日组委会在上海举办的戈九回归日期间,我和长江的宋明选大哥(他和我同年,我比他还大几个月。但他资历老,所以尊称他为大哥)聊到戈九光华A队队员的年龄时,他有点吃惊。他没想到我们都是一群这么大年纪的人来参赛,更没想到我们仅有的三个女生中年龄最小的都有47岁。当他得知我们的年龄结构后,对我们能最终取得第四名的成绩举手称赞。

台上开始播放各个学校倾力打造的两分钟宣传视频。我们A队的队员已经无心欣赏了。一是我们这几天都没有好好休息,有些疲惫;另一方面,因为我们A队有几个人还没有整理好驼包,明天是体验日,不能休息太晚。所以我们提前退场了。好在光华的人多,座位也不够,我们几个走后座位马上就被填满,没有对组委会的仪式产生影响。但很遗憾没有看到本次活动的最佳宣传片——来自人大的《妹子》。我在很多场合都听说这个片子不错,但我始终没有勇气向人大的兄弟姐妹们要这部宣传片的录像或网址,因为我提前退场本身就是对大家的不尊重。

这就是A队队员的代价。当我们沉浸在竞争的漩涡中,我们没有欣赏到身边那些美丽的风景,没有观察到生活中那些动人的瞬间。我们欣喜于上帝给我们打开了一扇窗,不知不觉间却在我们的心中关上了许多门。我们回来看到很多B队队友发来的照片,有九级沙尘暴下的雄姿,有冲锋中的特写,有铁路上的“跨越世纪”,有疏勒河上的搔首弄姿。而我们这些A队队员，只有向前，向前，向前！冲刺，冲刺，冲刺！从某种程度来说，我们在戈壁上展示的境界远远低于B队的队友。仿佛当他们漫步人生路、过着慢生活时，我们还在苦逼似地挣扎求存。

按照比赛规定，明天是体验日，行程29公里。A队、B队、C队同场竞技，不计成绩，只要求完赛即可。为了早点回去休息、准备后天（5月23日）开始的计时跑，我们A队队友约定男女一起跑，计划完赛时间是5小时以内。

5月22日，我们凌晨5点起床。早饭毕，大家集中在酒店门口准备乘车前往第一天的出发地——塔尔寺。酒店门口是一片忙碌的景象。光华之队近200号人在酒店内外穿梭，到处都是驼包，到处都是穿着光华队服的身影。我忙着召唤A队队员集合上车，却一直见不到建华人影。回到酒店大堂，碰到神色匆匆的他，问其故，他说找不到号码布了。按照组委会规定，每个A队队员必须要带齐六样东西：水、对讲机、GPS、戈壁之眼、号码衣布、名牌。缺少其中任何一项，当天的成绩都将被取消。所以没有找到号码布关乎光华之队A队的当天成绩。我开始着急起来，心中忍不住责怪建华：马上就要出发了，怎么还在找东西呢？但临近比赛，我不能当大家的面责怪他。于是我们分头行动，建华找到已经打包好准备起运的驼包，在驼包里面找。我则回他的房间，在他的房间里面找。教练等一群人干着急，恨不能把建华揍一顿。好在建华在驼包里找到了自己的号码布。联想到建华这几天不是忘了带手表，就是忘了戴墨镜，用他自己的话说："这些都是从其他队友那里化缘来的。"从这些事件上，我可以看出建华最近有点心不在焉，在比赛前最忌精力不集中，很容易导致受伤或者出现失误。我心里有一种不祥的征兆。回想自认识建华以来的点点滴滴，他的拼搏精神和毅力都是首屈一指的，所以我不担心他的成绩，但我担心他的安全。他是我的兄弟！

我们A队的每个男生都套上了一条颜色各异的塑料彩裙，据说是光华戈九组委会领导们为了给今天的体验日增加一点笑料和喜庆气氛。在去出发点塔尔寺的路上，基本上都是戈九组委会统一安排的大巴在行驶，浩浩荡荡。

今天的天气与昨天艳阳高照明显不同，昨天还云开万里，今天则天色苍茫。看来天气预报很准确，开始降温了。我心里为我们又一次在比赛中遭遇降温而乐不可支，也觉得冥冥之中的事很神奇，怎么会一而再、再而三地让我们光华戈九A队碰上这么巧的事呢？

我们坐在车里，静默着。因为大赛在即，压抑住兴奋、保存能量是必要的措施。人在兴奋时、在谈话时，即使是坐在那里，消耗的能量也很大，有时损失的不仅仅是体能，还有气血。气血不足，会导致精气神疲弱，相当于神经中枢出现疲劳，即便身体有能量也调动不起来了。两个小时的车程，闭目养神完全难以压抑内心的兴奋。我看着窗外灰蒙蒙的天空下，大地仿佛病体奄奄，暮沉沉没有一丝生气，没有树木，没有流水，只有在偶尔闪过标记地名和导引的公路铭牌时才感觉这是在戈壁滩上行驶。人在这样的氛围下，很容易情绪悲观起来，幸亏我们是去比赛，我们没有心思矫情。

随车的本地志愿者提醒我们还有半小时就到出发点了，再次强调让大家务必带好必须带的六样东西，以免被取消资格。我仔细地检查了一遍水袋包，像个小学生一样认真地从一数到六。然后我便开始吃今天的第一根能量棒，比赛前40分钟吃能量棒，这是从北京出征仪式上向小斌兄弟学的招数。可惜没想到虽然到了出发点，但离出发时间还有很久，能量棒白吃了。这也是因为没有经验的原因哈。

到了第一天的出发点，老远就能看到旌旗招展。大家排队下车，跟着队旗，军容浩荡。我们A队的男同胞因为穿着彩裙，所以非常醒目，一路上引来围观和嬉笑。宣利和飞鱼不时来一段扭屁股舞，博得大家哄堂大笑，我想应该已经达到光华戈九组委会安排我们穿这个彩裙的目的了吧。

出发点已经是熙熙攘攘、人声鼎沸了。我们排着队在写有“玄奘之路”的一块大石前合影留念。每个人都很兴奋，都想在这块石头前多照几张。但这个愿望谈何容易！个人独照和三五个人合影的想法都是奢求，即便是团队的合影也要争分夺秒，因为人太多，队伍太多，时间太少。

能够自由照相的地点是在自己院校的大旗下。我们各自寻找自己的好友、队友，站在迎风猎猎的大旗下，背景是全副武装、穿戴颜色各异、熙熙攘攘的人群。这才是真正大派对的感觉！是运动派对，时尚、健康、威武。

今天的出发顺序是按照院校名称的拼音字母排序。北大光华有幸是第一个出发。我们排在整个方阵队列的最右侧，前面一排是各校的大旗，大旗下面是各校队员组成的纵队。大家七嘴八舌的，前排20米开外临时设立的主席台上虽然锣鼓喧天，相比方阵中人的嘈杂声还是相形见绌，我们几乎听不到锣鼓声，只有耳边不断传来的搞笑、吹牛、呼名唤姓、打闹耍猴。乍一看，这哪像一群社会精英、成功人士在集结，分明是一群幼儿园的儿童在玩闹。

运动使人变得简单，这是大家公认的事实。因为一旦你开始关注自己的身体，关注自然界的变化时，你对人与人之间的江湖要不就是没有兴趣，要不就是没有时间有兴趣。

戈壁上整齐的营地（交大 EMBA 郭文涛供图）

清晨的戈壁（郭文涛供图）

戈壁滩上奔跑的戈九勇士（郭文涛供图）

戈壁滩上的六工城（郭文涛供图）

塔尔寺体验日

厉伟大哥过来拉着我合影，看得出来他很高兴。是啊，折腾快一年了，总算上了战场。我想他此刻与我合影，既有对戈九即将解脱的快意，也有对我们A队奋勇拼搏的寄托吧。

偶然看到郦红在队伍外向我招手，她是我上一年希腊之行的团友，也是这次戈九的亲友团团长，她是来为我们送行的。虽然我们昨晚还在一起吃饭，但在今天这样的场合，看到她这么热情地来为我们送行，我感动不已，自然是一番合影留念、祝福保重之类亲切的交流。郦红一直笑话着我的草裙，觉得我们是一帮洒脱的男人，收放自如。她说没想到上一年4月底我们在希腊时我还不知道跑步是怎么回事，一年后我已经是光华戈九A队的队长了，真是“你的能量超乎你想象”啊！我说：“我因为一个承诺而参与戈九，因为要符合自己‘要做就做自己能力范围内的最好’的行事风格而进步。直到这一年3月，当我能够开始与自己的身体进行对话时，我才觉得跑步是很有乐趣的事情。能跑成今天这个样子，确实是我自己没有想到的。虽然很艰辛，但真的很骄傲。”我俩自然又是一番感慨。

这一天的风很大，估计有4级以上的西风。旌旗被吹得猎猎作响，不时会看到戈友在狂追着被风吹得到处乱飞的各式帽子。原计划10点半开始第一批出发，因为要在开赛前例行发言的当地领导没到而无时限延迟。这些领导也不容易，这么大的风，还要赶过来为我们说一句话，真的令人感动。虽然后来他们讲了什么我们都没听到，我们每一个人当然都是真心想听的，但实在是太吵了，真不能怪我们没有诚意。

等得久了，自然各种事都来了。第一件大事就是“唱山歌”。男队员“唱山歌”还好说，女队员就比较遭罪。好在大家都是有身份的人，所以就形成了默契，队列的左边是男的“山歌”战场，右边是女的。

如果有航拍，场面一定很壮观。主席台上是领导在讲话；队列左边是一群衣冠不整、带着各种不同颜色、不同款式鬼子帽的人，站在4级大风中摇摇晃晃地端着自己随身携带的武器随风飘洒，队列右边是一群三三两两埋伏在戈壁起伏地貌下、戴着各种不同颜色、不同款式鬼子帽的人神出鬼没，匍匐而行。而主席台正前方虽然旗帜飘扬、威风凛凛，但是没有队列，没有秩序，没有肃静，只有嘈杂、混乱、嬉笑怒骂。像是菜市场上大妈在砍价，又像是古老的交易所大厅内奸商们为唱价而唾沫横飞。我再一次同情起那位在台上讲话的领导来。

最热闹的是那些融爱融乐组织的孩子们。他们可能很少见到这样一个庞大而乱糟糟的场面，我们每个人穿得五花八门、男女不分的样子让他们既好奇又兴奋，他们不停地过来打招呼，跟我们合影，大声说着话。我想这些孩子比我们还要接地气，他们对自然的热爱和感受是直接的，而我们所谓健全的人则是拐弯的，我们离自然更远，离快乐更远。

领导的讲话总算结束，曲向东先生宣布第九届戈壁挑战赛正式开始，北大光华第一个出发了。

因为我们光华A队约定今天一起结伴跑，所以速度主要是以女生的为准。刚出发不到1公里就是塔尔寺古迹。但见前方不远处一座土墙围成的一个灵塔一样的建筑，四周有若干残破不全的土质建筑。一看就是历经千年风吹日晒，无人经营管理，虽然残破，却能隐约可见当初的宏伟辉煌场景。在戈壁这种地方，花草树木难得一见，人烟房屋更是难求，何况这么古老的建筑！因为没那么赶时间，所以大家都不由得放慢了脚步。我们走近这些建筑，发现每座建筑前面立有石牌，石牌上刻的中英文文字对这些文物进行了简单的描述。每个文物外都设有围栏，以象征性地阻止游客进入。因为我们先出发占了一点先机，又是初出发浑身都是劲，所以大家优哉游哉地在围栏外摆着各种姿势，或合影，或独照，尽情留念。

我们且走且拍着。地形地貌越来越复杂，起伏很大，沟壑很多。一看就知道这是典型的雅丹地貌。路况已经复杂到了女生上下坡都必须要让我们男队员扶着才放心的程度。毕竟我们还要赶时间，所以定下心来，小心看着路面，悉心攀爬，不敢大意。好在这一天我们不需要看GPS，每隔一段路就会有红旗地标指引。志愿者服务周全，在大坝处、沟壑地，都有人帮一把手。每当被拉一下，被扶一把，看着那些裹得完全看不清谁是谁、穿得几乎完全一样的志愿者，让人感觉这才是真正的雷锋，他们不为名利而来，完全是凭着对戈壁的爱，凭着对我们这些跑者的敬意而无私奉献。

摄影师也非常敬业。在4级大风吹得人眼睛都睁不开的地方，要把照片照好确实不容易。我们沿途看到摄影师像一颗钢钉插在地上，纹丝不动，岂是“感动”二字能够言表？

偶见地上有一个红色像男根一样的东西。我正奇怪时，户外经验丰富的云鹏过来跟我说这就是传说中的锁阳，是这里的特产。据说古代打仗时有一支军队被围困于戈壁滩，弹尽粮绝之际，有士兵发现地上长的“锁阳”，食之力量大增。于是全军遍寻锁阳为食。食后士兵兴奋不可耐，杀破重围，得以生存。后来发现这种植物有壮阳效果，所以取名“锁阳”。

赛后我在敦煌到处看到都有售卖锁阳的，或在街边小店，或在酒店大堂。这种东西不管是否有用，一旦成为商家的利益载体，它就在劫难逃。我心里对锁阳大为同情起来：它曾经在有人面临生死困境时，帮助了他们。但这种帮助给它带来的不是感恩，而是杀戮。联想到我们此行来到戈壁，我不禁扪心自问：我们到底是为什么而来戈壁？好奇？征服？膜拜？因为玄奘大师的感召，我们来到戈壁修身养性。当我们为了各种不同的目的而来的时候，我们给戈壁带来了什么？是呵护，还是破坏？是顶礼膜拜，还是肆意践踏？

我真的有些茫然了。

13公里后，我们走出了雅丹地貌区，进入了一望无际的黑戈壁地带。虽然地势很平坦，但地面松软，对体力消耗也越来越大。我已经能感觉到女生进入了疲劳状态，掉速，少言。我用对讲机提醒照顾女生的男生及时提供帮助，并安排小斌和建华在前面开路，我和宣利断后收队。看得出来，墨鱼组合状态最好，一路欢声笑语的。基文大哥则稳稳地护着小红紧紧跟随。梦湜大姐因为感冒初愈，云鹏、宣利、建华都陪伴左右。一路上随时可见北大光华团队的乐观和友爱。

15公里处，我们经过今天唯一的一个补给点。由于今天是体验日，时间上没有那么赶，我们便走进补给点进行短暂休整。迎面碰上光华的队医李医生，他热情地跟我们打招呼。我想今天的风这么大，路这么险，A队的队员虽然没什么问题，但后面的B队队员估计不会轻松，后面他有得忙了。所以我跟李医生说大家都没事，不必担心。

恰好乌舒扬和董狼兄等光华的志愿者也在补给点为大家服务。他俩热情地为大家拿黄瓜，拿西红柿，倒水，给大家拍照留念。我是第一次进补给点，也是整个戈九比赛中唯一的一次。坐在大帐中的矮凳上，吃着黄瓜，听着外面呼呼的风声，我与队友谈笑风生，真的很惬意。一旦坐下来还是能感受到臀大肌和小腿肌肉的酸胀，我真想躺下来睡一觉。但这显然是奢望。5分钟后，我恋恋不舍地站起来，催促着队友继续赶路。虽然我知道我的队友有120个不乐意，但我没有办法，为了明天的战斗，我们今天必须早点回去休息。

20公里处，对讲机里已经传来小斌兄弟的声音，提醒我们前方有村庄，村庄前面有铁丝网。他详细告诉我们怎么找到铁丝网的缺口，避免趴在地上钻网。我这时才注意到小斌兄弟已经不见了踪影。我回想好像在补给点就没见他，当时还没在意。不知为何他突然脱离了大部队，一个人先走了。我在对讲机中提醒小斌注意安全，因为他一人独行，我心里不是很放心，并让小斌在村里等我们到后一起走。

一会儿小斌兄弟又用对讲机告诉我们过了村庄后还有一道铁丝网，他已经找到一个缺口，并详细告诉我们缺口的位置。我顿时大笑起来，告诉大家，小斌肯定是因为上次我们敦煌拉练时，我俩走错了路，钻了四次铁丝网，所以他心里有阴影，每次遇到铁丝网一定要找到缺口，以便能让他那高大的身躯从容越过。大家也哈哈大笑，开始调侃那次拉练时的诸多往事，气氛顿时轻松了起来，进入了笑语喧哗的时刻，本来已经进入疲劳状态的我们又开始活泼舒展了。

前方果然有农舍林立、树木葱茏，高高的杨树一排排站立在村落两旁。我们依着小斌的提醒进村，经过打卡点。村头有一个水渠，水渠宽若两米，渠里激流奔放，水深足有一米以上，临近时甚至能听到流水穿过路基下的水管发出的隆隆声。在戈壁这个极度缺水的地方，能看到这样的流水，给人无比的亲切感。真想跳下去洗个澡！可是一想到这里水的珍贵，即便我们不是一身戎装，我们也不忍心做出半点污染的事情来。

本来想让小斌在村里等我们的。等我们经过村庄后，小斌已经远去，甚至对讲机的声音都已经若隐若现。这时离终点还有5公里之多。

我一看手表已经过了三个半小时。虽然我们是A队队员，我们有相对好的体力，但今天在4级逆风的天气下小跑3个半小时对体力的消耗也不小。我用对讲机提醒大家少说话，注意保持体力。临近终点3公里左右，小斌用对讲机告诉我们他已经到终点了，我心里觉得小斌今天有些异常，不知何故要脱离大家一个人先跑，但在对讲机中又无法求证，只好作罢。

风越来越大，我们走路都必须做俯冲状前行。云鹏和建华两个人一人一边几乎架着梦湜大姐小跑，墨鱼组合也相携着前进，基文大哥最贴心，手拉着手拽着小红跑。我看到队员之间经过多次拉练和比赛，感情深厚、配合默契，已经不需要用语言来提醒帮助，只需一个眼神、一个动作就能获得队友的关注，我心中很是欣慰。联想到昨晚我和小斌、建华结拜兄弟一事，感觉光华戈九A队的兄弟姐妹们这一遭真是值了。

这一天最艰苦的是光华之队的C队队员，他们要带着8个融爱融乐的“乐憨儿”一起穿越戈壁滩到达当日的终点。这些孩子很多都无法正常沟通，但他们又都是成年人。面对这么恶劣的环境，要想达成目标何其艰难！常常是几个人围着一个孩子，或用手臂，或用绳子，连哄带骗，让这些孩子一点点地往前移。这种艰苦不仅仅是体力的，更多的是心理的。如果不是有足够的爱心，谁能有这样的毅力，在戈壁上用10多个小时，拉拽着这群孩子行走30公里！光华之队的C队队友们本来是来体验戈壁，为下一年戈十做准备的，没想到他们来到戈壁，上的第一堂课不是体验戈壁环境的恶劣，而是在戈壁上用坚韧和爱心净化心灵。

戈九光华C队的队友们，你们是一群当之无愧的英雄！

到终点时，除小斌外，我们9个人手挽着手，排成一排冲刺。因为我们所有的男生都是穿着草裙，很显眼。终点的人们给予了热烈的掌声和欢呼声。由于我们是第一批出发，所以到终点时迎接的人很少，但这丝毫不影响他们的热情，虽然他们基本上都不是北大的，但在戈壁上，已经不分彼此，大家都愿意为他人喝彩，为英雄加油。“走过茫茫戈壁，都是姐妹兄弟”。第一天体验日下来，我已经有这种真切的感受，特别是在终点被大家欢呼的场景，至今记忆犹新。

小斌已经在终点等候多时。他一见我就说：“我在13公里左右，看到后面有人超过我们，所以我就开始跑起来了，我们是第一组出发，一定要保证第一个到达。可惜在最后100米时我看到一个人超过我，我当时以为他是工作人员，所以没在意。还是没有第一个冲线，惭愧！”我吃惊地看着我这个刚刚结拜的二弟，没想到他一个人跑得没影的原因原来是为了一个美丽的荣誉，之所以说它是一个“美丽的荣誉”，是因为这一天是体验日，是不算成绩的。但即便这样，小斌也要维护光华的荣誉，为此奔袭16公里。我心里更加敬佩这个二弟。好胜是A队男人基本的性格，但如果一个人的好胜是为了团队，而不是自己，就不是简单的好胜心，而是强烈的团队荣誉感了。

小斌是北大光华戈九A队的政委。云蒙山拉练那天，他在终点冲刺时向我伸出手邀请我携手冲线，那是他融入团队的标志。今天他的行为是他甘愿为团队勇于拼搏的证明。我心中很高兴，不仅仅为小斌自豪。而且我能感知到小斌无论是作为兄弟、作为政委，还是作为光华戈九的中流砥柱，他都已经准备好了。

从明天开始，未来三天的正式比赛非常值得期待！

戈壁上的骆驼（厉伟供图）

探路组兄弟艰辛——兰晓明、马顺（左起）

探路组兄弟艰辛——董狼

孤独的塔尔寺

敬业的摄影师（金恂华供图）

志愿者（金恂华供图）

体验日小斌一人独自前冲

沙尘暴下光华之队 B 队队友熊学梅（海洋供图）

沙尘暴中独立跑的宣利（海洋供图）

建华、小斌（左起）（海洋供图）

建华、野狼（左起）

大战前夜

在光华大帐，厉伟大哥和教练也已经到达。教练询问了一下每个人的身体感受，没有人感到不适。我们稍作拉伸，便出来搭帐篷。

此时的风势未减，沙尘漫天。云鹏主动为梦湜大姐搭帐篷。他是老户外，做得轻车熟路。我和宣利一起协作，费了九牛二虎之力才把我俩的帐篷搭好。我们带了电泵气筒，可惜组委会的线路还没有拉好，只得用脚踩的打气筒给床垫和枕头充气，自然又是一番费力费时。有的队员半开玩笑、半抱怨说以为进了A队后会有人为我们提供搭帐篷服务，没想到还是要靠自己。我想这应该是我们没有向B队队员提出这样的要求。因为据我所知，在光华B队中的朝晖和棒棒就曾经多次说要快点跑到终点为我们A队服务。但到这个时候说这些也无用。我一直坚持一个理念：尽量不给组委会的领导添麻烦。我知道组委会的领导们协调这么多人的团队已经很不容易，能想到的我相信他们都会做，没有做到的肯定是有困难。所以在比赛日我们在营地生活三天，帐篷基本上都是我们自己搭的。只有第三天朝晖和棒棒按捺不住了，主动冲刺到营地来要给我们搭帐篷。他们到的时候我们刚把帐篷搭好，于是他们就给我们的床垫充气。他们的这份心意让我们非常感动。这是后话。

梦湜大姐的气色一直不太好，云鹏默默地烧水煮面。我一开始看到云鹏在烧水，还去蹭了一杯。后来我看到云鹏已经很疲劳，还要照顾大姐饮食，心里便自责起来。就主动和宣利一起搭炉子烧水。我不会搭炉子开火，就只能做打水的下手活了。我看到云鹏用塑料袋装水，开始感觉很怪，后来一想，在户外生存，就得不拘一格，云鹏的户外生存能力从这些细节中就可见一斑了。

时间尚早。我坐在帐篷里，把第二天要穿的比赛服整理完毕。因为梦湜大姐和小斌已经给我们每人发了通知，告诉我们每天从头到脚的穿戴要求，颜色、款式、搭配等都有讲究。于是，在敦煌的酒店，我们就已经按照比赛日的顺序，把同一天要穿的衣服放在一个袋子里面，三个比赛日的衣服分别放在三个不同的袋子里。在营地要穿的时候拿出来就是，很方便。

我依照每天的营养补给习惯，冲了一杯运动奶粉喝下，又吃了红景天等药丸，便躺着看书。外面的风很大，穿过营地，发出啸啸的叫声。即便是把帐篷的拉链门都关上，不多久，帐篷里面还是积上了厚厚的一层尘土。这些尘土无孔不入，躲进驮包里，钻进手机里，飘进水壶里，藏到鞋子里，甚至冲进我的书缝里。那么的调皮，仿佛这是它们的世界，不允许我们侵占它们的任何一处领地。起初我还尝试着拍打一下，但一会儿就又尘满如初。我无奈地笑了笑，不再作任何把它们赶出去的尝试，我们便在一起和谐共处了起来。

看着帐篷内摆满的衣服、营养品和药品、充电设备等，看着手中的书，听着外面萧瑟的风声，帐篷外偶尔传来的脚步声和交流声，我心里很安静。帐篷外原始、狂野，像一匹怪兽在怒吼。帐篷内富足、从容，满是书香的气息。我很快就融入书里的情节中，对周围的世界充耳不闻了。

不知过了多久，外面开始热闹起来。我们的一部分B队和C队队员回来了，其中两个体力不错的融爱融乐的孩子也回来了。听得出来他们特别开心，他们的声音毫不掩饰他们对当天走完全程的那种成就感。我被外面的热情所诱惑，便捺不住从帐篷里爬了出来。其中一个孩子马上就把头探进我的帐篷，很羡慕的样子。我问他："你想进去坐坐吗？"他回头看了我一眼，又看了一下帐篷，摇摇头就退出来了。我想他不愿进我的帐篷可能是因为看到我帐篷里面东西太多的缘故吧。看来这些孩子很有教养，为此，他们的父母付出了多少努力啊！他转头又揭开我旁边建华的帐篷，忍不住钻进去享受了一下，在里面大叫着。我看着这些孩子脸上洋溢着幸福和满足，心中很感谢厉伟大哥他们为这些孩子做了一件好事。在这个衣食富足的时代，对这些孩子，与其赐其衣物，不如富其心灵。对他们来说，获得社会的认同和爱是多么不容易啊！

这时，光华一位美女悄然出现在我们的帐篷区，站在我和建华的帐篷之间向整个帐篷区打量着。她是C队的，今天体验完后就要回到敦煌的酒店去住。她说她是被我们漂亮的帐篷吸引过来的，看得出来她挺羡慕我们住帐篷的。光华的帐篷是一色的天蓝，在沙漠中特别抢眼。这位美女在帐篷外一站，真是倾国倾城、国色天香！建华的眼睛顿时亮起来，我看到后心中窃笑不止。大家争相与这位美女合影。此时风已经小了很多，天已彻底蔚蓝，空气中没有了沙尘味，清爽宜人，太阳裹着余威在天边挣扎，残阳下人的影子长长的，任何人都能被照出玉树临风的飘逸感。这个时候的光线很适合摄影。可这位美女更感兴趣的是帐篷，于是她便让站在她附近，神情发呆的建华给她以帐篷为背景照了一些各种不同姿态的照片，然后才依依不舍地离开了我们的帐篷区。我看着建华乐不可支的样子，偷笑着想：说不定建华明天要跑残，因为他今晚兴奋得不一定能睡得着觉。

我这时才注意到整个帐篷区已经密密麻麻堆起了五颜六色的各种帐篷，有蓝色的、橘色的、红色的、黑色的，还有灰色的。抬头一望，整个视野内军营浩荡、蔚为壮观。每个学院都有一顶大帐，坐落在帐篷区的最南端，由南往北是这个学院每个队员的小帐篷，排成两列。隔壁其他院校的帐篷也是如此依次排开，大帐小帐错落有致，每个大帐前是各院校的旗帜迎风招展。迎接队员到终点的锣鼓声不断从旗门处传来，广播里一直重复着汪峰的《怒放的生命》。整个环境无论是视觉还是听觉，无处不充斥着英雄的气息。身处其中，内心怎么也控制不住飘然起来，胸中充斥着豪情，感觉自己就是征战沙场的英雄，号角连营仿佛专门为我而设。

夕阳下，远处的帐篷顶端似乎有一层层的光圈环绕，帐篷间人影憧憧，很唯美，很震撼！这是运动之美还是战场之美？是怒放生命之天地，还是刀剑搏杀之疆场？

我开始虚幻起来，有种穿越的感觉。

6点是晚饭的时刻。天气越来越冷，我赶紧把冲锋衣裤穿上，拿出组委会发的仅有的餐具——一双筷子，拎着我那高大上的保温壶，走向营地的西北角——营地食堂。

食堂门口已经排上了长长的队伍，很多人脸上甚至还有厚厚的灰尘，但一个个乐呵呵的样子，看起来每个人都有点傻里傻气。这些戈友基本上都已经具备了乐观主义精神，对苦中作乐已经娴熟于心。从聊天的内容来看基本上是本校的熟人之间沟通较多。讲方言的基本上都是电子科大的。成都人讲着软软的川语，听着很享受，但川军在比赛中绝对作风硬朗。我看着他们很团结、很轻松，我想明天他们应该能取得好成绩。

晚饭给人的感觉是简单而丰盛，羊肉、花卷、西红柿鸡蛋、米饭，最吸引人的自然是那滚烫的羊肉汤。我一般跑后的食欲都不太好，就着羊肉汤把花卷吃完，羊肉已经不是很热。我因为在敦煌拉练时有过惨痛的经历，所以对这种羊肉比较谨慎，每次吃一点我都要慢慢感受它在食道和胃里的反应，确保在肚子里面不会存在太大的不适。

吃饭时碰到的应该是同济的兄弟，他们上一年还是观摩院校，这一年正式参赛，感觉是一帮硬汉，一个个身形壮硕的样子。我们围在一张长方形的桌子上有一句没一句地聊着，不需要通报姓名，只会问两句话：哪个学校的？ A队还是B队？在戈壁上处处感觉人的渺小，不仅仅是在奔跑过程中面对广袤的戈壁有这种感觉。每天出发前在自己的队旗下，在营地里，除了本校的陌生队友会询问姓名，碰到外校的队友，人家对你姓甚名谁漠不关心。每个人只关心你站在哪一杆旗帜下面，那面旗帜才是我们自己的家。第一次感觉自己那么的不重要。这就是团体赛的特点，个人只是淹没在旗帜下的一粒微尘而已。

吃完饭后，我在食堂门口把水袋灌满淡水，往前面的两个水壶倒进宝矿力粉，然后用淡水充满。回到帐篷，第一件事就是吃保济丸。

自从上次敦煌实地拉练因水土不服拉肚子后，我一方面对吃东西很谨慎。特别是来到敦煌，我更是小心翼翼，每吃一种食物都要认真感受这种食物在身体里面的反应。这种谨慎已经到了草木皆兵的程度。另一方面是吃保济丸，在敦煌每天必须吃两小瓶，如果对吃的东西有担心，我会马上再加一小瓶。不知是心理原因，还是保济丸真的很管用，还是因为没有吃到过敏性的食物，总之，这次在敦煌10多天的时间，我没有拉过一次肚子。我想，其中保济丸的作用应该功不可没吧。

我把必须带的“六大件”又仔细核查了一下。整理完毕，我便把安眠药找出来。每天晚上8点开始吃安眠药，这是我们从敦煌拉练以来慢慢摸索出来的规律。要想跑步发挥好，必须要保持良好的睡眠。但在戈壁上，多多少少都会有一点点高原反应，晚上睡觉会有一些影响。由于我们每天在戈壁上睡的是帐篷，人声嘈杂，风声大作。如果没有安眠药的作用，很难保证充足的睡眠。所以在戈壁比赛期间，吃安眠药几乎成了标配。但安眠药有副作用，如果吃得晚了，早上起来药性未过，不但人没有精神，而且走路时头重脚轻，很容易摔跤。经过多次尝试，我认为每次吃半粒安眠药，晚上8点左右吃，能保证第二天早上6点左右起床，8点跑步能彻底清醒，不至于出现摔跤这样的现象。

睡觉前自然要上洗手间，戈壁上的洗手间叫厕所更加合适。在营地的四个角落，离营地30米开外，坐落着一排用钢板临时搭建的简易厕所。厕所由钢板分隔成5个单间，四面由钢板围成，扭开钢板门，地面上是两块钢板踏脚，两块钢板踏脚之间是一个类似马桶形状的圆孔，圆孔下面用铁锹象征性地挖了一个坑。蹲在厕所里，抬头可以看到蔚蓝的天空，下面是堆满的排泄物，气味可想而知。隔壁的钢板门经常被风吹得犹如被人猛地拉开，撞击着另一块钢板门，发出“咣当”的声音，震耳欲聋。要在城市里，会被吓一大跳，但在戈壁，这种声音反而让人踏实，因为长距离跑后人多少会有些不适，轻微的虚脱会让人产生恍惚感，这种巨大的声响，会把人拉回到现实，证明自己还活着。虽然苍凉，但很真切。

本来准备睡觉的，厉伟大哥要召集大家开会，我才想起之前说好每天晚上要开战前会议的。今天的会议简单，无非是再次重申之前定好的策略。厉伟大哥特别交代每个人要带好必带的东西。我们的两个摄影师李季教练和马顺可以以随队摄影的名义陪着我们跑，其中李季跟随三剑客，并且担任总指挥。马顺陪同女生，但因马顺的体能无法保证全程跟随，只能有选择性地陪伴。

随便一折腾，睡下来已经十点了。半夜听到隔壁徐星在说话，原来厉伟大哥和晓明开完会，确保B队的人全部到齐后，才开始安排自己休息。晓明的帐篷要临时搭建，一会儿要锤子，一会儿要充气。我虽然吃了安眠药，睡得一点都不踏实。第二天早上徐星还跟我说听到我一夜翻来覆去的，肯定没睡好。我也感觉自己半梦半醒的样子，也许是因为真正的比赛明天即将来临，内心兴奋所致吧。

九级沙尘暴

第二天（也即5月23日）早晨五点多，锋利和徐星在说着话，我又被吵醒了。反正也睡不着，我打开头灯，开始打肌贴。

“打肌贴”是一个实实在在的技术活。要想打好肌贴，必须对运动医学有一些了解，对身体受伤的部位如何保护，没受伤时对关节如何稳固等等，都有不少学问。在无锡拉练之前，我每次比赛或者大的拉练都是让李季教练帮我打肌贴。但在无锡拉练时，随着训练量的增大，队员受伤越来越多，每天早上排队找李季教练打肌贴的人也越来越多。所以我便开始尝试自己打肌贴，但因为不熟练，效果并不好。直到敦煌拉练的时候，我已经对打肌贴驾轻就熟了。每次都是早晨起床后，坐在床上，在左右膝盖的外侧，小腿腓肠肌与大腿股四头肌之间打两条肌贴。一方面支撑膝盖，防止膝盖错位；另一方面是预防髂胫束综合征的发生。膝盖打好后，就是脚踝。我因为2月在深大训练时右脚踝受伤一直未愈，所以首先在左右两个脚踝处从跟腱往脚趾方向，各打一个8字形肌贴以固定踝关节。然后在右脚脚踝的腓骨头上下打一个肌贴防止脚踝关节错位，预防伤痛加剧。

在敦煌比赛期间，我看到一些队友因为自己不会打肌贴，不得不让队医李医生在头天晚上把肌贴打好，晚上睡觉还要小心肌贴，防止翻身时肌贴被被子蹭开脱落，导致失效。可想而知很麻烦。所以在户外，多学一些东西对自己很有用，不但少麻烦别人，而且如果需要，还可以帮助他人。

肌贴全部打好后，每每看着腿上和脚上横着、竖着的肌贴彩带，形成各种不同的图案，很有成就感，我会得意地欣赏一番。之后，我才穿上当天的比赛服：压缩衣裤、绑腿、袜子、防沙套等。我原来设想比赛时的鞋两天穿所罗门，两天穿小脚丫。昨天穿了一天所罗门，感觉很轻便，所以今天准备再穿一天。因为所罗门是来敦煌前两天专程去香港买的，还没有磨合好，所以总有点提心吊胆，不敢大意。但这双鞋确实很轻，在戈壁这种软地上跑起来很舒适，比上次敦煌拉练时穿的泰尼卡要轻便许多。所以我愿意冒这个险。

6点钟，天已大亮。天边有一朵朵灰色的云彩挂在那里一动不动。云彩的空隙处是乳白色的天空。太阳还没有出来，晨风徐徐，寒冷刺骨。我看着天，想象着今天的天气，应该是晴天吧？我想风既然已经停下来了，阳光应该不远了。但愿今天不要太热，我心里祈祷着。

大家都已经起床。有的人正紧锣密鼓地收帐，有的人去排队吃早餐。早餐主要是小米粥、馒头、鸡蛋和咸菜。馒头一切两半，大部分已经被风吹得干而硬，难以下咽。我因为吃了安眠药的原因，胃口不好。所以只是象征性地吃了一块馒头，喝了一碗粥，就算完成了早餐。我用保温壶的热水泡了一杯莫飞早前给我提供的营养粉。据莫飞说这种营养粉本来是给身体虚弱的病人吃的，很容易被吸收。

我和莫飞本来不是很熟，因为她平时在北京。在我成为A队队长前，我跟她就没见过几次。我对她仅有的了解莫过于她对人很热情，精通中医学，她能通过看人的脸色和舌头诊断出肾虚还是肾旺之类。因为我对中医排斥，觉得中医不像西医那样严谨科学，所以与莫飞接触不多。但自从双月湾比赛我第二天崩溃后，她经常跟我说我身体里缺这个，缺那个的。按我当队长时制定的人员分工，她那时是A队的营养组长，我又有点心急乱投医，所以经常与她电话沟通。她告诉我如何吃营养品，如何吃药等等。我也不惜拿自己的身体做试验，感受着哪些药对身体有不良反应，哪些药对身体反应很好。最后我觉得她推荐的最好的就是这款营养粉了。

从莫飞做营养组长后一直那么勤勉于责，就能想象出她在训练中会多么刻苦。戈九光华之队在北京的训练基础并不好，队员少，教练资源不足，训练气氛不如华南热烈。在这样的氛围下，她能一枝独秀，说明她是一位有目标、很用心、能吃苦的女生。记得每次在分享时莫飞经常会说在拉练或比赛过程中她会不停看表，生怕没有按照教练要求的速度完成任务。正是她这种对结果的严苛，才使得墨鱼组合每次的成绩都不错。在身体一直不太好的情况下，每次比赛她都能与梦湜大姐并驾齐驱。戈九光华之队最终取得好成绩，莫飞功不可没。她是当之无愧的光华之队女英雄！

我这段时间听从莫飞的建议，早上冲上一杯营养粉喝。又听从梦湜大姐的建议，每天晚上冲一杯奶粉喝。感觉确实不错。这就是团队的好处，每个人都有不同的心得，我们只要认真鉴别、果断吸收，一定会有意想不到的收获。

我的帐篷在光华帐篷区的前列，靠近大帐，离厕所相对较近。看到从帐篷区来往厕所的人川流不息，厕所门口已经排成长长的队伍，很有秩序。钢板门依然咣当作响，不是被风吹的，而是被人拉的。每响一次意味着一个人使用结束，再响一次意味着另一个人开始使用，很有节奏。

我们的隔壁是中欧之队，他们显然训练有素。一些人在帮着A队队员收帐篷，而A队队员已经在热身了。我们赶紧跟着学。我赶忙在水袋包里塞了两粒盐丸，除了能量胶以外加了两根能量棒，一应齐备后，我戴上鬼子帽，背起水袋加入热身的队伍中。

此时，阳光已经穿透云彩照进了帐篷区。我们在帐篷区的边沿慢跑着。因为天气还很冷，考虑到白天可能会很热，又可能风沙很大，所以大家都不得不裹得严严实实，根本看不清谁是谁，我只能从衣服穿戴上看出哪些是光华的队员。

一切看起来都有条不紊。可我们做梦都没有想到，这个看起来平常的一天，却让我们经历了平生以来最艰难的历程，体验了九死一生的困境。

第一天比赛的出发顺序是按照戈八的成绩排名。从八点开始第一组出发，每隔一分钟出发一个队伍。光华之队在戈八时排名第八，所以我们的出发时间是8点零8分。导航设备显示我们当天的行程是34公里。按照组委会宣布的比赛规则，当天女生减时50分钟。大家依次排队检录进入比赛出发区，这里面只有A队队员能够进入。用绳子拉起的隔离线外是各校送行的人群。大家各自为本校的队伍加油，口号声此起彼伏。光华之队基本上没有人来送行，只有厉伟大哥和锋利、徐星几个老一点的戈友，他们是自发来到出发台给大家打气的。从这点来看，我们光华的戈赛组织经验还有待提升。我们光华的队伍是本次参赛队伍中最庞大的，但在出发点的造势上我们却不是最好的。

马上就到8点了，大家摩拳擦掌、严阵以待。此时却听到广播中传来曲向东先生用比较严肃的口吻提醒大家看左前方的天空，他告诉大家今天可能有很大的沙尘暴。从曲总的语气中我能感受到一丝颤抖，虽然不经意，但很明显。我被他的声音猛然警醒。我惊恐地环顾了一下左右，这才发现我们一直在忙着看近处的检录、旌旗，忙着照相、喊口号，而没想到我们不知不觉间已经置身于危险之中了。

不知何时开始，我们的比赛区已经看不到阳光。我抬头一看，左前方的天际是厚沉沉的昏黄。离我们头顶越近的地方颜色越浅，离远处地平线越近的地方颜色越深，与大地相接处已经接近褐色，像一块一头着地的巨大水泥板压在我们头顶，感觉这块水泥板似的天幕正慢慢倒下，即将要砸下来把我们压得粉碎。而此时风平浪静，除了我们的讲话声，一切都悄无声息，世界好像凝固了一般。我回头看了一眼，在我们后面的天际却是阳光照射下的万道光芒，从我们头顶的“水泥天幕”上面倾泻下去，越发凸显出我们这里的黑暗和压抑。此时，如果不是我们有上千人为伍，我不知道如何克服心中的恐惧。那种大厦欲倾、乾坤将崩的时刻，每一种置身其中的生物都即将面临灭顶之灾。这种恐惧不是抽象的，是具体的；不是思想上的，而是本能上的；不是未来的，而是此时此刻的。

我甚至认为比赛可能会随时终止，因为我不知道往前跑到那块“水泥板”里面会不会撞墙而倒？人会变成什么样呢？

没想到曲总不但自己不要命，连我们的命也不想要了，看来这次保险买得足啊。8点一到，第一组准时出发。我看着长江的兄弟姐妹们如离弦的弓箭，又像脱缰的野马，一瞬间已经不见人影.我眨了一下眼，心想是他们跑得太快，还是我前面的能见度太低？

按照之前的经验，我头天晚上如果吃过安眠药，不管是晚上8点吃的还是10点吃的，第二天早上8点半以前我都是迷迷糊糊的状态。虽然不一定会摔跤，但精神兴奋不起来，无精打采。今天可能是被这种天气吓着了，我感觉精神紧张，一副严阵以待的样子。

我下意识地紧了一下我的鬼子帽。因为上次拉练时，我们戴了鬼子帽后，帽子两边的垂耳随着风的吹动，经常会挡在鼻子前面影响呼吸，所以我就把两边的垂耳翻向头顶，在头顶上用扣子扣住。这样虽然两边的耳朵会有一部分露在外面，但呼吸就完全不受影响了。

按道理在这样的天气下，一定要戴防风眼镜的。但我们这些冲锋陷阵的A队队员只能戴墨镜。因为在跑步时会有大量的汗液，一旦用防风镜，眼镜里面很快会有雾气，而且这么沉重的眼镜卡在鼻子上，跑步时一颤一抖的，影响很大。所以我们都买了轻便墨镜，像昨天的天气，虽然是四级顶风，但戴墨镜的感觉还是很好的。

马上轮到我们出发了。厉伟大哥站在线外，叫着我们的名字，和我们一一拥抱。他用手轻拍着我们每个人的背，重复着说："兄弟加油！"我能感觉厉伟大哥对我们的期望，但更感受到他被我们摩拳擦掌、跃跃欲试的精神面貌所感动。在他拥抱我时，我坚定地说了一句："大哥放心！"便继续做着热身活动。我心里清楚：今天将会是一场恶战，是我们从来没有经历过的恶战。但我相信有兄弟姐妹在，我们一定能攻克这道难关。

工作人员开始为光华之队倒数着出发令："10，9，8……"我们十个人排成一排，男女配对组合的，已经绳索相连。我们三剑客和宣利兄弟都以起跑的姿势站立。看得出来大家的内心都无比兴奋，表情虽然严肃，但内心的火焰已经把眼球燃烧得精光四射、神采奕奕。"……3，2，1，出发。"我把手放在手表的开始键上，出发的同时按下了开始键，戈九的计时比赛正式开始了。

1公里后，宣利开始掉速。我们三剑客并驾齐驱，摄影师李季教练紧随其后。空气依然凝固，大地依然死寂。前方是黑压压一片，犹如黑洞。除了脚步踩在黑戈壁上发出软软的嗞嗞声，四周一片静寂。我心怀恐惧，看着前方黑色的大幕，不知那是一个什么样的世界，而我正无可选择地朝它奔袭而去，表面上义无反顾，内心却惊恐万分。

我一直生活在南方，见过山雨欲来风满楼的场景。每次看到乌泱泱的黑云离自己越来越近，我知道后面将发生什么，无非是乌云翻滚、狂风大作，随后是电闪雷鸣、暴雨如注。但我没见过今天这种场景，无法预知后面的遭遇。当肉体面对现实的死亡时，我们可以凭着勇气和尊严坦然以对，甚至可以视死如归。但如果精神上面对不确定性的恐惧，任何人都无法镇定自若，那种不确定性注定让人们生不如死、备受煎熬。

三剑客齐心战沙魔

3公里处，我们冲进了“水泥天幕”。场景迅速切换。但见飞沙走石、狂风大作，能见度迅速下降，50米，20米，10米。墨镜前面是巨大的沙石之网，可以看到沙石横飞，这张网越来越厚，越来越沉。我的身体骤然被吹得东倒西歪，身上被碎石打得隐隐作痛，配速迅速下降。我看到我前面的小斌也颤了一下，虽然只有一瞬，但我能感受他面对的阻力比我要大得多。赛后我才知道我们遭遇的是罕见的九级沙尘暴。

教练用对讲机给后面的队友传递进入沙尘暴的信息。但显然这是徒劳之举。因为即便是与她只有两米之隔的我，也无法听到她在讲什么。她说出来的话还没有被对讲机的麦克风捕捉到，马上就被风吹得无影无踪。我只看到教练一直在嘶喊着，偶尔听到她问后面是否听到，但她越来越绝望，因为她说完后把对讲机贴近耳朵，试图听到回应，但显然没有，也不可能有满意的结果。她做了一个发脾气时习惯性的动作：甩一下头，跺一下脚，嘴里嘟囔着。我心中有点忍不住笑。自从我把刚才的“不确定性”搞清楚了后我紧张的心情就稍有舒缓。原来乌云背后无非是飞沙走石，天没有塌下来，我没有被压碎。我放下心来，思考着如何沉着以对，顺便可以欣赏教练在发她的臭脾气时的各种表演了。

小斌用手示意我和建华向他靠近。我一开始还有些奇怪，转念一想我就明白了，小斌要为我俩做挡风盾牌。我们三个中他的个子最高，体型最大，他给我们挡风确实有可能可行。我和建华马上向他靠拢，小斌在前、建华在中、我最后。但一开始感觉并不明显。建华聪明之极，马上把身子错开，根据风向调整我们三个之间的体位，原来我们奔行的路线并非与风向正逆，而是侧逆。当我进入建华身体侧面的风力盲区时，马上感觉到飓风给我的阻力突然变小了很多，虽然我的速度必须根据小斌的速度进行调整，无法跑得更快，但我耗费的体能马上变少了，我感觉没那么吃力了。小斌的这个办法确实不错，他经常去登山，是8 000米以上的那种，我想他应该有在这种大风情况下如何保持队形和为队友节省体力的经验。

我们三个以侧直线队形的雁形队形向前方奔袭。小斌是一个执行力非常强的人，我看到他不断看表的动作，就知道他正尽可能严格地按照昨晚教练要求的配速向前奔驰。这个时候，九级沙尘暴，怎么可能？但他就是这么倔，命令一下，风雨无阻。

我能感受到他经常掉速，然后看了表以后又重新发动攻势。他的节奏全部乱了，有点像建华平时跑步的节奏，那种忽快忽慢，一波又一波向前冲锋的节奏。小斌忙着看速度，以至于方向已经偏移不少了。我大声提醒他和建华看方向，虽然只有一米之遥，但他俩根本听不见。我于是照着GPS提示的方向尽快跑回到航线内，前方已经离第一个打卡点不远了。

13公里处，进入第一个打卡点。我和教练先行到达，小斌和建华还在我100米开外，他俩显然跑离航线不少了。昨天晚上，我因为小斌在体验日擅自离队前冲，专门召集小斌和建华私下开会，要求我们三个在每一个打卡点都严格按照A01、A02、A03的顺序打卡，也就是小斌第一，建华第二，我第三的顺序打卡。之所以强调这点主要是为了我们三个相互之间能够照应。建华和小斌都热烈响应我的提议。没想到这个要求在最后证明是错误的，让我们耽误了不少时间，这是我应该承担的责任。这是后话。

所以，我在第一个打卡点等着他们俩过来。小斌和建华到达时，我明显感觉小斌喘着粗气，而我们的平均配速已经达到530了。这在平时，这个速度对于小斌就是玩儿，都不带喘气的。我知道小斌的体力消耗非常大。

过了第一个打卡点，已经进入了骆驼刺地带。我们沿着一条有不少骆驼脚印的山间小道奔跑。因为这是一个小小的山坡，我们正好在山坡的背面，风力小了不少。路面不像黑戈壁那么平坦，但要硬一些。虽然有点上坡，但我们为了抢时间，更加加快了脚步。小斌依然在前，我和教练断后。正奔跑间，碰到一辆越野车迎面开路，速度不慢。我原本以为它在我们前面会停下来，虽然小斌和建华已经跑到路的外面以躲避它，我和教练依然沿着小路往前跑，没想到这辆车根本没有减速的意思，对着我和教练迎面而来。我吓了一大跳，一跃冲出路基，回头一看，车子已经绝尘而去。我心中大骂组委会管理混乱，怎么会让这样的车在赛道上横行霸道？幸好我看见教练又一次表演了发脾气时的习惯性动作，我心中转怒为笑，心态平复了不少。

我们四人在这样一个崎岖的小道上，奋力奔袭。我的心出奇地安静，因为没有了风沙的干扰，心中只想着怎么把刚才的掉速补偿回来。我身边的人都是我信任的兄弟姐妹，都是我这一年来一起征战的战友，与他们在一起我有足够的安全感。因为没有后顾之忧，所以心中只有目标，努力前行。在这个时候、在这个场景，我更切身地感受到“无兄弟，不远征”的真理。我为自己在大赛时刻，在最艰难的场合，有一群兄弟姐妹一起并肩奋战而自豪！

在湿地与羊圈之间的那段路上，路面基本上都是没过脚踝的浮尘。乍看起来像硬的路面，一踩下去鞋子完全陷入软尘之中，落脚的那一刻，溅起高高的尘土，像水一样溅向四面八方。我调整了一下跑姿，尽可能用高频窄幅的跑姿，减少对地面的冲击。我这时下意识看了一下小斌和建华的跑姿。小斌的跑姿总是那种腰板挺直、大步流星的。脚步很有节奏，用全脚掌落地。这种跑姿在硬路上会很有力量，加上他本身就是肌肉男，核心肌丰满，腿部力量强劲，所以在硬路上跑不会有任何劣势。但在这种软地上跑，这种跑姿就存在不足。他必须每一步都踩实了才能移动另一只脚。而我采用的高频窄幅的跑姿可以贴地奔跑。我猫下身子，重心放低，在地上只要给我一点点撑力，我就能借力前行。我想所谓的踏雪无痕应该就是这种跑姿吧。我的这种跑姿是当时双月湾试场后琢磨出来的，以至于虽然当时试场和比赛只有两周之隔，但我试场时的配速是沙滩路面530，两周后的比赛同样是沙滩，我的配速已经进步到430。那是我跑步以来最大的一次提升。

建华的跑姿与小斌的和我的又大不相同。他跑步时把重心明显放低，与小斌的挺胸抬头完全不同。但他的脚步虽然是贴近地面，身子却会随着跑步而左右摇晃，这样无形中就在落地的那只脚上加了更大的重力，脚步也就沉重了，在软路上这种跑法对体力的消耗也不会小。我和建华多次同场竞技，我知道他拥有常人无法比拟的强大心肺功能，仿佛是一台永不知疲倦的大功率马达，始终强劲无比。他如果跑不动，可以是其他所有原因，但绝对不会是心肺功能的问题。

这种时候我无法提醒他俩的跑姿。我紧紧跟随着他俩，看着他俩的脚步，猜测他俩的体能消耗。同时感知着我身体的反应，静静地与我的身体进行着交流。

绕过羊圈，穿过湿地，离红牛补给站已经不远，已经进入相对硬一些的路面，我们自认为艰难的路段已经过去，正想窃喜，没想到噩梦才刚刚开始。

穿过湿地后我们已经来到山的正面，正式进入风口区了。如果说刚才黑戈壁路段是风沙大作，在这里来看那只是小菜一碟。因为黑戈壁的沙石多，灰尘少，所以风吹起一些碎石细沙打在脸上像冰雹一样隐隐作痛。但在这一段路，全部是沙子和细尘，漫无边际。每当一阵狂风吹过，扬起厚厚的尘土向我们包裹而来，能见度瞬间为零。顿时墨镜后的眼睛里、鼻子里、耳朵里、嘴巴里都塞满了灰尘。因为我们是在不停地跑步，我们不但没有时间清理灰尘，甚至无法在灰尘来时闭上嘴巴。在跑步时吸氧量很重要，为了达到最大的吸氧量，一般是呼气时用嘴巴，吸气时是鼻子和嘴巴同时用。因此，如果把嘴巴闭上，呼吸的效率会大幅降低，不仅仅当时会马上掉速，甚至会迅速增加体内肌肉的乳酸堆积，导致肌肉酸胀迈不开脚步。更何况今天的狂风不是一阵一阵的，而是一波接一波的，前一波的呼吸调整还没结束，后一波的灰尘又扑面而来。我们只得放弃闭嘴屏气的尝试，管它是空气还是灰尘，一并从嘴巴鼻子吸进肺里，我甚至能感受到灰尘在肺里着陆时的干涩感。

还有一个让人难以忍受的是水袋吸管。人体在运动中会不断流失水分和各种矿物质，如果不及时补水和矿物质，水流失太多会导致脱水，盐分流失过多会导致抽筋。更重要的是喝水是运动过程中降温的最重要手段。人是恒温动物，如果因为运动时间过长而导致大脑和内脏温度升高，必然导致内脏各种系统紊乱、大脑神经中枢崩溃，甚至最终导致死亡。所以运动过程中的及时补水很关键。但现在水管的吸嘴部分已经完全被沙尘覆盖，根本无法清理。我们一边跑一边喝水，开始还能把第一口水吐掉。但后来整个人在沙尘的包裹下奔行，体力又越来越不支，连吐水的力气都要珍惜，就顾不得那么多了。特别是在补充能量胶的时候，就更加无奈，因为能量胶很黏，一般要借助水才能下咽。感觉甜甜的能量胶和着无孔不入的灰尘，由一口口满载沙尘的水送进胃里，口腔里是泥沙的芳香，胃里是混凝土般的厚实。

跑到这个时候，我们三个已经不仅仅是身体摇摆，连智商都在摇摆了。看到红牛补给站，我们误以为是打卡点，直奔它而去，直到已经快到了，才发现搞错了，又回到航线上来。虽然来回只有短短的七八十米，但对于体力消耗巨大的我们来说却是漫长的路程。

看到再次进入狂风区，小斌依然是挺身而出坚持为我和建华挡风护身。我们三个沿着这一段长长的上坡路，弓着身体，正面顶着狂风艰难奔行。建华又开始呻吟起来，我知道每逢此刻，是他最累的时候，他的极点已经来到了。我回想上次敦煌拉练时也是在这段路上，建华拖着我，一会儿呻吟，一会儿唱歌。我当时心中自责和惭愧，拼着命冲在前面用尽最后一口力气拖了建华1公里，然后彻底崩溃。想起那时候的自己，听着今天建华在呻吟，我心中开始流泪，又暗暗担心：前方还有10多公里，我们三个不会今天在这里栽了跟头吧？我跟建华说："三弟，要不要我拉你一段？"我说这话是想向他俩传递一个信息，我目前感觉还好，希望他俩振作起来，如果需要帮助一定要及时提出。建华摇了摇头，继续呻吟，一会儿就开始唱起歌来。

群英荟萃

小斌明显有些烦躁，用低沉的声音喝止着建华，让他不要唱。我从小斌的声音中听出了疲惫，他肯定已经心力交瘁，连喝止的声音都是那么断断续续，有气无力。

我想我们自3公里进入沙尘暴区域，一直到现在都是小斌全力在为我俩挡风护驾，他的体力消耗可想而知。但我知道小斌是要强之人，不到万不得已不会申请援助。所以我默默地跟在他俩后面，听着风在怒吼，感受着灰尘在我的胃里、肺里落地生根。我不知沙尘在我的体内集结会是什么结果，但我知道今天前面就是刀山火海，我们也别无选择。

一路上我们超了很多人，数不胜数。每超一个人我们都会喊一声："加油！"比赛到这个时候，不管是跑的还是走的，继续坚持的都是英雄，他们都有资格获得别人的赞美，他们是在强大的自然力量面前做英勇的抗争。人类虽然从来没有征服过自然，但人类的成长过程很多是在自然界的各种考验之中完成的。换句话说大自然是人类成长最优秀的老师，它不讲人情，不讲身份，它只相信强者，相信那些在艰难的环境中迎难而上、屹立不倒的英雄。

我原来还做过测算，在我们前面有7个院校共70个人比我们早出发。所以我们可以通过算出我们超过的人数，男女结构，从而判断我们会大概排名在什么位置。但没想到今天是这种鬼天气，我们根本没办法数人，因为一方面能见度太低，1公里宽的路面，根本无法统计人数，再者我们自己都疲于奔命、奄奄一息，哪里还有精力来数人？

教练一路上还是不忘做与后队沟通的努力，我只知道在骆驼刺到羊圈的那段路上，因为风力小了很多，她与后队的沟通稍微正常点，但一过了羊圈，进入狂风区，又重新回到沟通靠吼都无用的阶段。教练一路骂娘，欲哭无泪，我则连笑的精力都没有了。

在截山庙打卡点，因为是山背，这里风小了很多，我们利用打卡时间稍作休息。我碰到几个志愿者正在给我们打气，其中有我熟悉的博元大哥，他向我伸了一下大拇指，眼神肯定。我知道这是暗示我们的成绩应该还可以。博元大哥是务实的人，他不会轻易给我们这些带有使命的人点赞。我想起他在云蒙山拉练后带我回市内的路上他跟我说的那席话。那时他认为我们光华戈九A队会超越我们的前辈。但那时是预测，今天他看到了结果。所以我认为他的大拇指有深意。

这个悄悄的赞赏给了我力量。我催促着小斌和建华加快脚步前行。我们沿着截山庙的山沟往外飞奔。虽然路况很差，但这里风很小，我们总算在这里摆脱了沙魔，开心地在起伏的山涧里快乐地奔跑。

可惜这一段只有1公里多。出了山谷，迎面又是狂风。李季教练一时没反应过来，帽子被风从头上吹落，帽子在地上一路沿着我们的来路往山沟里翻滚。我回头看了一眼，李季正拼命往回跑去追她的帽子，心中便大笑起来。今天这个教练算是碰到了对手，自从落入沙魔的魔爪，我还没看到她有过轻松一刻。看来再牛的魔头碰到沙魔也只不过是它的盘中小菜啊！

从山沟到柏油马路，虽然只有短短的1公里左右，但路面高低不平，不时还要跨过沟壑，地面松软陷脚。小斌依然想为我们做挡风勇士，但我看得出来他已经有心无力了。他开始掉速，我此时还没太在意，继续前奔。等我上到柏油马路，回头一看建华和小斌已经是步伐紊乱、踉跄奔行了。

按照我们之前导航设定的路线，在这段柏油马路上我们会跑4公里左右，在打卡点右转换道。按道理这段路是今天比赛全程最好跑的一段路。但没想到的是，我们在这段路上跑得最艰难。原因有三点：第一，当我们到达这段路时，恰逢当天风力最大的时候。明显感觉这时的风与前面任何时候都不同，我们即便佝偻着身躯，使尽全身力气也无法跑进6分的配速。第二，我们在这段路跑的方向是正逆风。每当一辆辆40吋的货柜车从身旁驶过，我感觉顺风而来的车扑面而来，好像被风推着撞向我们。此时不是提心吊胆，简直是肝胆俱裂的恐惧。而逆风而行的货柜车则被风吹得摇摇晃晃，感觉随时都要被风掀翻。我们身在车的侧面，感觉很无助、惊惶无措，只能在心里祈祷上帝饶命。第三，此时离终点还有9公里，正值我们体力消耗最大、极点集中出现的时候。

刚一上到柏油马路，小斌就出现虚脱迹象，看起来步履蹒跚。我和建华对小斌今天在狂风中为我俩挡风20多公里心存感激，一再要求拉他。小斌是顾全大局之人，为了光华能取得好成绩，我们三个已经拿命搏了25公里，必须全力把剩下的路程撑下来，哪怕是跑死了我们也要携手前行。他马上把绳子拿出来，建华挺身而出，主动把绳子套在自己的腰上，做纤夫状前奔。这时我们已经刚刚超过了厦大的两个兄弟。看得出来他们有一位队友已经崩溃，另一个队友搀扶着他缓步前进。我超过他们时，照例说了一句："兄弟加油！"但我不知道他们是否听到了，因为风太大，我的内力几乎耗尽，估计声音不会太大。但他们显然看到了我们的手势，也回报了我们一个大拇指。

跑到此时，在25公里这个点相遇，英雄之间的惺惺相惜在所难免。虽然我们是竞争对手，但我们更尊重的是英雄气概，尊重在这种大自然面前共同面对的经历。戈九的A队队员虽然都是平凡之人，可是在这种天崩地裂的时刻我们不仅仅超越自己，我们视队友情谊和组织使命比自己的生命更加珍贵。我们虽然都来自五湖四海，虽然我们相互之间几乎完全不认识，但这一年来我们为了一个共同的目标，在不同的地方刻苦训练，千辛万苦，历经沧桑和磨难，终于站在了戈九的起跑线上。我们早已经被证明有拼搏的勇气和坚强的毅力，我们更愿意被证明有英雄的情怀。假如上天给我们机会，我们一定能够成为一群惺惺相惜、肝胆相照的兄弟姐妹。

赛后，在6月29日上海戈九回归日期间，在长江队长衷存皇和中欧队长李伟斌的共同发起下，我们几乎所有院校的A队队长们聚会了一次。在会上我呼吁大家珍惜这段共同拥有的经历，打破戈九之前各院校老死不相往来的惯例，发扬戈壁精神，从戈九开始，建立队员之间的互动平台。并在会后发起了一个倡议：成立第九届戈壁挑战赛跨校A队俱乐部（简称"九A会"），每年召集两次全国性的以戈九A队队员们为主的大聚会（当然，我们也欢迎其他的戈友或者朋友参加哈），名称叫“第n届九A会健康乐聚”。每次聚会由一所院校的所有A队队员们合力承办。很高兴这份倡议获得了所有参赛院校中的其中16所院校联名通过，意味着至少在未来8年，我们戈九的A队队员们每年将有两次机会来缅怀那段艰苦而美丽的人生历程。

之所以强调以A为主，是因为每个学校A队队员只有10名，比较容易组织。A队队员坚强的意志和拼搏精神也容易产生共同语言，达成共识。但我们并不排斥戈九B队的队员参加，相反，我们非常欢迎各院校的B队队员加入这个以健康、快乐为主题的盛会中来。相信在有戈九共同体验的背景下，将来一定能围绕戈九主题，建立起全国跨院校联络平台，成为所有戈九队员共同的精神家园。

可能有人会问我，为何如此热衷建立这个平台？一方面是我们有很多共同语言，我们都有一年的拼搏征程。更重要的是我们有四天在同一个战场上生死较量的经历。据我所知，在整个戈九比赛期间，虽然我们经历了罕见的九级沙尘暴，虽然竞争如此之激烈，虽然有很多人因为伤痛或者体能的原因而崩溃，但各校的A队队员没有任何人中途弃赛，每一个人都为了团队而拼死用命。事实证明，戈九的A队队员们是一群当之无愧的英雄！一群傲视群雄的汉子！戈九的所有A队队员和B队队员们都可以很自豪地说：“我们在戈壁上对得起团队！对得起自己！”

每当夜半醒来，那些过程中的点点滴滴，是那么的刻骨铭心！随着时间的推移，我们将无法在身边找到愿意倾听这种经历的人，除了他们——戈九的A队队员和B队队员们。所以我愿意为把大家熟悉起来、把友谊加深起来而不遗余力。

当我在6月29日组委会回归日期间第一次见到厦大的一哥丁丰时，我们不知不觉间聊了半个小时，感觉相见恨晚、依依不舍，直叹时光荏苒；当我与同济的队长杨杨在上海约跑，虽然我俩从来没有谋过面，可见面时感觉很熟悉，都不需要适应，我们就开始相互调侃起来，我俩第一次在一起跑步就很默契，感觉像是多年的跑友；当我在南昌见到中欧的一哥邹君平，我俩沿着南昌艾溪湖湿地公园的跑道跑，他一路按照我的配速，呵护着我，我们那种惺惺相惜、把酒言欢的情景让我难忘；当我与湖大杨波相约在深圳足道馆聊天，两个小时仿佛只有一瞬，我们共同经历的虽然只有四天，各自发生的戈壁故事却数不胜数；当我一个电话邀请，厦大美女戴晶晶就不顾舟车劳顿，毫不犹豫从广州来到深圳，与光华戈友分享心路历程，我当时内心的骄傲难以表述，仿佛她就是我的兄弟姐妹，不需客套。

这些都不仅仅是用“感动”二字能描述清楚的。因为我们有一个共同的名字：戈九A队队员！只要遇到戈九的A队队员们，即便不认识，一谈到戈九，内心中最隐秘的伤疤、最愉悦的痛点通通冲出厚厚的泥土，喷薄而出。我们不一定无比高尚，但我们有英雄相惜、生死相交的情怀。我们愿意为珍惜这份友谊而努力，不为高尚，而是为自私！为那一刻相聚后自己内心的情感被抚慰的快感，那种甘醇浓烈的感觉，在心中回味无穷、经久不息。

正是因为所有的戈九A队队员有这样共同强烈的感情认同，九A会从设想到成立简直可以用“神速”二字来形容。2014年9月6日，在从征求意见到会议筹备不到两个月的时间里，九A会在东莞水濂湖迎宾馆正式成立。本次会议由北大光华戈九A队全体14名队员承办，来自全球华人商学院24所院校共121名戈九A队成员和特殊嘉宾参会。

此次会议明确了九A会的成员由参与第九届戈壁挑战赛24所商学院的237名A队队员和24名领队，共261名成员组成。并有万科总裁郁亮先生、戈壁挑战赛组委会主席曲向东先生、富力集团副总兼海南区域公司董事长赵沨先生等重要嘉宾亲临现场见证，北大光华戈九领队厉伟大哥和贸大戈九领队李小洁女士也隆重出席。在大家一致通过的选举中，我本人很荣幸地被推选为第九届商学院戈壁挑战赛跨校A队俱乐部（简称“九A会”）的首任会长，任期两年。秘书长由贸大A佬王浩一先生担任，厦大的戴晶晶女士和浙大的徐萌女士为本届常务副秘书长，另外有21名来自不同商学院的副秘书长组建成九A会的服务联络组织。参加戈壁挑战赛的各商学院自我封闭的历史从此正式画上了句号。九A会让戈壁挑战赛从纯粹的竞赛走向了跨校联谊，成为英雄的荟萃之地。

九A会，一个让我们一生珍惜的组织。我们将为自己是“九A会”的一员而骄傲终生！

这是后话，暂且不表。

也就跑了几百米，我看得出来建华已经力竭。我马上把我身上的绳子解下来，套在小斌的腰上。小斌今天前半程舍身为兄弟，我们在后半程即便体能不支，也要拼死相救，不是为了情怀，而是为了生死相依。

如果时间能够定格，可以看到这样一幅画面，在狂风中，我们光华戈九的三剑客相依为命，我们用仅有的力气与大自然抗争。虽然我们的心中泪水滔滔，但我们的眼中是坚定与倔强。我们三兄弟不相信眼泪和失败，我们要用兄弟之间的友谊和人间的真情感化自然，期望它能给我们一点点力量，让我们渡过此时的难关。

但我们实在太弱了，即便我一万遍扬鞭奋蹄，依然只能快如蚁步。

我们三个的腿都像灌了铅，沉重无比。厦大的两个兄弟与我们交错而行，一会儿我们超他俩，一会儿他俩超我们仨。在这4公里的路途上，与其说我们五个人在进行着生死较量，不如说我们五个人在同舟共济、协作求存。我们相互把对方的超越看作动力，一旦超越又不得不因殚精竭虑而败下阵来。

时间过得好慢，这段路如此漫长。我想起上次在敦煌拉练时教练一个人拉着我和建华两个艰难前奔，厉伟大哥看到这一幕后强忍泪水哽咽着跟教练的对话。他说："比赛中教练是不能拉队员的。"教练有气无力地回应说："我知道，但比赛时他们是三剑客，他们三个可以这样互相帮助的，我扮演的是三个人中体力好的那个。"因为当天小斌还在从国外赶赴敦煌的途中，没有赶上跟我们一起拉练。

可叹的是教练一语成谶。今天，我和建华拉着为我俩拼尽最后一丝力气的小斌，我们三个依然是相依为命、艰难前行。这是何等的悲壮！如果英雄一定要这样铸就，我宁可选择安逸和平庸，因为过程中为自己和兄弟流的泪水，如刀一样剐过心灵，刀刀见血，刻痕深深。

同样是这一天，同样在这条柏油马路，在我们经过后的半小时左右，光华戈九A队的后队之一——墨鱼组合中的男队友飞鱼也因在狂风中顶了25公里而突然崩溃。在身体已经出现消化系统紊乱、个人面临生命危险时，飞鱼毅然选择继续拼搏，宁可向西而死，也不愿就东而生。这种精神不仅仅感动了他的搭档莫飞，也感动了在附近的队友云梦组合。此时，一直小腿受伤的云鹏和感冒初愈的梦湜大姐正好在他不远处。大家都是精疲力竭之时，面对飞鱼队友的崩溃和莫飞孤身一人随时面临困境的情况，云鹏和梦湜大姐挺身而出，毅然决定由云鹏一个人拉梦湜大姐和莫飞两人，换下飞鱼休息，让飞鱼即刻退出战斗。按照组委会的规则，第六名之后的A队队员只要在8小时内完赛即可。所以飞鱼可以慢慢走完剩下的9公里。

可怜云鹏兄弟！在同样的狂风时刻，顶风拉着二位姐姐奋力前行。这一幕被新华社的记者拍了下来，成为戈九比赛中最感人的一刻。

我想这条路对于戈九光华A队来说，是一条悲壮的路，是一条英雄泪洒疆场的路，是一条让戈壁精神绽放光芒的路。正是：空有豪情吟五岳，奈何无力起昆仑。

第 1 天 终 点

这一天，对于戈九的光华A队队员们将终生难忘。不仅因为所有的10个人都拼尽了力气，而且因为大家在比赛中展示的为队友毫不犹豫挺身而出的精神。所有人在比赛中展示的境界将被载入戈九的史册。他们的行为将永远激励着后来者，他们的品格将成为戈赛史上一座永远的丰碑。

跑过柏油路，右转通过最后一个打卡点，前方就是水渠路段了。这是我上次敦煌拉练“白手套的故事”发生的路段。追忆往昔，痛苦往事历历在目。一个月前我在这里生不如死，事后我信誓旦旦，一定要在比赛时浴火重生。没想到一个月后的今天，当我们三剑客艰难到达这里时，仍然是同样的生不如死。只不过不是因为病痛导致自身体力虚弱，而是因为与大自然抗争而竭力殚精。这正应了那句话：人算不如天算啊！

因为风太大，我们按照厉伟大哥上次探路的成果，跳进沟渠往当天晚上的营地方向跑。建华看起来已经缓过来了一些，他拉着小斌，我在前面带路。教练在后面跟随。我们四个人在沟渠里用残余的力气做最后的挣扎。

路上经过几个桥洞，我们必须躬下身才能穿过去。要在平时，这是一件容易的事，但此时我们已经是强弩之末，身子非常僵硬，弯腰时随时都可能造成核心肌抽筋。我因为个子小，相对要容易一些。对小斌和建华来说，每一次过桥洞都是一种考验。赛后我们才知道有4个队员在这段沟渠的桥洞下栽了跟头，不少人撞得鼻青脸肿，甚至鼻梁撞裂。我相信主要是因为跑得太急没有看见桥梁，更主要的原因是此时身体僵硬，反应迟钝所致。

我们在沟里跑，厦大的两个兄弟在路上跑，我们5个人基本上是并驾齐驱。离终点不到3公里，碰到长江领队陆宏达。他站在沟渠上面，看到我们从沟里跑过来，大声询问："沟里跑过来的是哪个学校的兄弟？"我回答说："我们是北大光华的。"他说："你们是好样的，你们现在的成绩不错。你们太聪明了，怎么会想到在沟里跑？"我笑着调侃说："我们是被风吹到沟里的。"他大笑："真的吗？你们太聪明了！"小斌因为和宏达相熟，叫了一声："宏达。"陆宏达说："果然是光华的兄弟。小斌，你们今年真厉害！"后来我才知道，长江的男生早就到了，陆宏达在等他们后队的女生。他站在这里既能让长江前后队沟通畅达，又能对其他竞争对手的情况了如指掌。陆宏达不愧是一个优秀的领队，一个经验丰富的戈赛将军！

等我们从沟里爬上来，发现厦大的兄弟在我们前方20米左右，看来在沟里跑优势并不大，虽然路相对要硬一些，但中间过桥洞、爬上爬下的既浪费体力也耽误时间。

此时离终点只有1公里了。路面完全是又软又深的浮尘，每一脚踏进去都像踩进了棉花堆。我已经筋疲力尽，我尝试着拿一个能量胶出来吃，我知道此时吃没有任何效果，但我至少可以为自己的降速找一个理由。建华看出了我想懈怠，一个劲地催促我加油，他说：“大哥加油！不要再吃能量胶了，一定要挺住！”可是我真的挺不住了，我的腿在打哆嗦，双腿已经完全不听使唤，速度一直在掉，都已经到7分多了。我紧盯着旗门，前面不远就是厦大的兄弟，我只要赶上他们就能扩大胜利果实，因为他们比我们早出发5分钟，而我们现在就差30秒。可是即便这种想法来得再强烈，也无法让自己增加哪怕是一点点力气。我真的已经到了崩溃的边缘。我不知道是怎么完成最后1公里的，感觉是跌跌撞撞，人在恍惚之中，眼前不断是虚幻的影子，耳中听到建华的催促和旗门前很多人的喝彩。

总之，我到终点了。

我和小斌、建华三兄弟依然是按照A01、A02、A03的顺序打卡。我们按照之前的约定，不管谁先到，打卡的顺序不变。组委会的志愿者看着我们三个有些奇怪，我们冲刺到终点，却不急着打卡。我到终点时按下了我手表上的运动结束键，时间是3小时27分。我最终的打卡时间：3小时28分40秒。我们三个都以为戈壁跑步像马拉松，到打卡点或者终点时会有电子自动计时器，打卡只是做身份确认而已。正因此，我以为我手表上的时间与比赛结果的差异是源于误差所致，没有想到是因为我们排队打卡而浪费了时间。可惜我们直到比赛日的第二天比赛结束后才明白打卡时间才是真正的完赛时间。因为那时我们与中欧和厦大进入读秒阶段，所以才会认真分析。这也是典型的因为光华之队之前没有积淀导致犯错的现象之一。

从终点出来，碰到李季教练。她一脸愁容，因为她一直到现在都没有联系上后队，也没有见到领队厉伟大哥，她完全不知道后队的情况如何，更谈不上指挥了。我让她别着急，因为现在风太大，后队的人肯定无法听到她的呼叫。李季知道我们今天拼得很惨，所以一直在表扬我们。可她自己何尝不是筋疲力尽？但她重任在肩，不能有片刻休息，马上又往回走去迎接我们的后队。这个教练就是这样！使命感超强。这也是我欣赏她的地方。一个有责任心、有能力并尽力尽责的人是无法不让人尊敬的！

我们三剑客到得相对较早，那时组委会的服务人员还没有把光华大帐支起来。我们只能在组委会的公共大帐内休息，有不少学校的队医在为我们服务。他们一会儿帮我们拿盐水，一会儿帮我们按摩拉伸，服务非常周到。我是由同济的队医帮忙做按摩的，他做得很认真仔细。大约过10分钟，他跟我说同济的人已经回来了，他要去为他们服务。我吃了一惊，此时，我们回来了也就半小时左右。我说："好像今年同济是第一次参加吧？怎么这么快？"这位队医显然很自豪，说："我们的队员很厉害的。"我想，同济这一年成绩一定差不了，连队医都这么有团队意识。

不一会儿，看到厦大的一群女生也进了大帐。这是我第一次见到戴晶晶，没想到她这么年轻。我看到晶晶显得很轻松。想到我们男生都已经累劈了，厦大的女生却轻松自如，不禁感叹：年龄真是最大的本钱啊！

对讲机里通知我们光华大帐已经搭好，让我们回去。我和建华迟迟不愿意走，一方面是真的很累、浑身僵硬不想动；另一方面这里有一群美女养眼，是最好的解乏良方啊。

我心里惦记着后队女生的成绩，起身一瘸一拐地回到光华大帐。

一路上虽然只有不到100米，可是因为浑身酸痛、腿脚僵硬，走起来无比艰难。此时厉伟大哥已经回来，他看起来非常高兴，因为他去查了成绩，我们应该在前三名。我们三剑客与中欧的成绩差不多，但超出厦大4分钟左右。因为在我们北大光华的各次拉练和比赛中，女生的成绩减时后都是优于男生的，所以我们想当然地认为男生的成绩就是今天光华的成绩。

宣利也已经回来，他真是好样的！这么恶劣的天气，他一个人独立跑，完赛时间是3小时40分55秒，比我们慢12分钟。基本上达到我们之前的战术要求：比三剑客慢10分钟之内的时间到达。我看到宣利满头满脸的灰，既心痛又好笑。我下意识地摸了一下自己的脸，看着我的手，何尝不是满满的灰尘？我找了一张湿纸巾进行擦拭，完全是乌黑乌黑的，连擦了七张湿纸巾，才使自己看起来有点人样。这是个什么规模的沙尘暴啊？厉伟大哥这时才告知我们，组委会已经通知说今天我们遭遇的是九级沙尘暴。

九级沙尘暴？我的天啊！很庆幸我能活着到终点！

教练在对讲机中不断传来后队女生的状况。听得出来她有些担心，因为最后一队小基组合很长时间都联系不上。我们在大帐里与厉伟大哥分享过程的艰难。厉伟大哥也告诉我们他如何在路上坐不到车，所以无法及时赶到终点与我们沟通，导致我们前后队一直处在失联状态。我知道在今天这样的恶劣天气下，大家即便再努力，很多事情也无法如人愿，只能接受现实吧。

终于听到女生回来了。我们本想去终点迎接的，但浑身抽筋，动弹不得，只能在大帐里等候。云鹏、梦湜大姐和莫飞回来了，告诉了一个让我们吃惊的消息，飞鱼出状况了。这是我们万万没有想到的。在我们的印象中，飞鱼的身体素质一直很好。上次敦煌实地拉练，虽然他第一天也出现崩溃，但那是独立跑的情况，那时他是因为要和我们三剑客拼速度才崩溃的。但他在拉女生的情况下，不管是拉练还是比赛，从来没有出现过状况，每次减时后他和莫飞都是数一数二的。所以我们心里一时还不能接受这个事实。但飞鱼还在路上，我们无法见到他，不知道他现在的状态，只能在这里等着他。好在他一直在对讲机中与教练互动，所以大家把注意力主要用在小基组合上。

按照女生的减时规则，已经快接近减时点了，小基组合还没有到达。教练显然有点着急，在对讲机中不断重复着询问小基组合的位置。基文大哥在对讲机中告知大家，小红身体严重不适，需要急救。厉伟大哥顿时紧张起来，冲出大帐赶到出发点。不一会儿看到他搀扶着小红回来，我看到小红从来都是微笑着的面容今天却愁眉苦脸，脸色显得非常苍白，脑袋一直耷拉着，眼里噙着泪水。

小红今天真的累劈了！

小红一路跑来，并不勤奋，甚至有些偷懒，特别是当她进了Top 12后，她就好像已经买好了戈赛的门票、踏上了去敦煌的飞机一般，因为看不到她参加训练了。她经常找各种理由偷懒，一会儿脚痛，一会儿腿酸，任凭魔头教练软硬兼施，她自岿然不练。这一点，又让我们意外。因为我们每个人进入了Top 12后练得更紧了，唯恐进不了Top 10，唯恐不能在戈赛中有好的表现。所以我不得不怀疑她瞒着我们大家私练，否则她如何在每一次大赛中成功晋级？即便她有坚持下来的勇气和毅力，又怎么有坚持的能力呢？

在多次关键的拉练和比赛中，她的意志品质和漫不经心的外表又是一个巨大的反差。记得在无锡拉练，第二天她被基文大哥拉进女子前三，在分享会时她狂吐不止。在敦煌拉练第一天，她一个人独立跑，在烈日下坚持跑近5个小时完赛。在上敦煌参加戈九比赛前夕，因为她一直脚踝受伤，跑起来有刺痛感，她瞒着老公打封闭。她总是这么给人意外，每一次意外都让我们对这样一个弱女子啧啧称奇，不仅感动，而且佩服！

我一度仔细观察小红的各种表现，看到她面含微笑、轻摆腰肢的背后其实是淡定从容、胸有成竹。我有一天幡然醒悟：这是一位大智若愚的女汉子！

今天在这么恶劣的天气下，以她的体质，出问题完全是我们意料之中的事。我们觉得意外的是，没想到小红今天会拼得这么艰苦，这么坚韧，这么惨烈！并在贡献一天成绩的同时倒在了终点线上。她今天的表现不仅仅让整个光华之队感到意外，她让每一位光华人都为她感动，为她自豪！

小红在这一天，以一种近乎悲壮的方式，再一次告诉所有人：戈九光华A队没有孬种！戈九光华A队所有队员都值得信赖，值得尊敬！

快乐、自由、友谊

大家扶着小红去医疗大帐，那里已经人满为患。今天累劈的队员很多，有打点滴的，有吃药的，有哭的，有流泪的，还有见人就诉苦的。我在医疗大帐忙着帮小红办手续和签单。一会儿看到飞鱼也进来了，他脸色发黑，有气无力的样子。我赶紧让他坐下，找医生帮他看。飞鱼显然心中不安，见到我就一直滔滔不绝地解释他今天为何崩溃，看得出来他心中有愧疚。我跟他说：“兄弟，你是好样的！今天很多人都累劈了。我们每个人都累垮了。你今天这样不奇怪。好好休息吧！”我看他嘴里一直嘟囔着，眼里满是泪水。我心中不忍，陪着伤心。

这是一群什么样的人啊，在自己面临生死存亡的时刻，他们不是担心自己的身体如何受损，而是为自己拖累团队而内心自责。我既为我们拥有这样的队员而骄傲，也为我们的队员为了团队而不惜牺牲自己而自责。因为这是违背我的初衷的。在我的内心中，我一直认为个人安危是最重要的，其次才是团队荣誉。所以才有我在比赛前与教练和组委会领导力争，所以我们才要设立宣利这个保障组。但是，今天的状况还是失控了。飞鱼和小红累劈了，他们在自己累劈的时候还是没有放弃，这是光华的荣誉，也是光华的不足。如果团队形成拼死用命的文化，终究一天，我们将为此付出惨痛的代价。我相信一个学校有什么样的文化就一定会有什么样的结果。希望未来的光华之队，在保持团队精神的同时，也要更加关注自己的安危。虽然这一点即便是我自己都没有做到。

厉伟大哥拿了一床睡袋到医疗大帐给小红，她要在大帐内接受观察并打吊针。飞鱼好多了，我扶着他回到光华大帐，他依然是嘟囔，我依然是安慰。大家看到飞鱼自然又是一番询问、安慰。飞鱼说他是搞医科的，他知道今天是什么原因栽了跟头，并信誓旦旦地说明天他一定会好起来。我看到他那种急于证明自己的样子，心中很感动，也很担心。自敦煌拉练回来，我也是一直抱着想证明自己的心态，所以我非常理解飞鱼的心境。但经过今天一役，我对这种证明自己的行为有了新的理解，内心并不认同。与证明自己相比，尊重自然、尊重友谊更加重要。而比这两个“尊重”更重要的是：尊重自己！人类不是万能的，人类肯定不能“人定胜天”，我们要在自己力所能及的范围内拼搏和实现自我。否则我们只能得到一个结果：被大自然惩罚得体无完肤，甚至被摧毁得灰飞烟灭。因为在大自然面前，我们渺小如微尘，虽然我们自己无比自傲！

最终从组委会传来消息，小红的成绩减时后比我们三剑客慢了一分钟，她的成绩排在光华之队的第六。同时，光华今天的总成绩排在第三位，仅次于长江和中欧，而且与中欧只有1分钟之隔。厦大排第四名，与我们相差3分钟。虽然，我们对今天的成绩感觉有不少遗憾，但第三名的成绩很快让我们高兴起来，这是我们之前想都不敢想的。我们的目标是保五争三，但那毕竟是目标而已，今天我们看到真的排在第三时，内心的兴奋和自豪是那么的强烈！

我们在大帐里相互拉伸着，高兴地谈论着比赛过程中的点滴。建华则显得很低调，裹着睡袋在大帐的角落里睡觉。我知道建华今天极度疲劳，但他能抓紧时间休息，说明他对明天的比赛充满期待。作为队长，看到关键队员未雨绸缪、运筹帷幄，心里肯定是很高兴的。我也在大帐外找到我的驼包，拿出睡袋准备模仿建华休息，但根本不可能。肌肉和神经的兴奋，无法让人安静下来，我这时才体会到人在极度的疲劳后是无法马上安然入睡的。

外面的狂风把大帐吹得摇摇晃晃，风拍在大帐上，不时发出巨大的响声，仿佛外面有一头巨象，在用它的鼻子顶我们这可怜的帐篷，使得帐篷摇摇欲坠。在外面搭我们的小帐基本上不可能，但即便是这种不可能，云鹏也能实现。等我在大帐里从睡袋爬起来上厕所时，我看到云鹏已经把他和梦湜大姐的帐篷搭好，梦湜大姐已经进帐休息了。看着偌大的帐篷区空旷的场地里只有孤零零的两顶小帐，被风吹得猎猎作响，再一次感觉人之渺小，自然力量之强大，而我们内心却那么倔强。

在强大的自然之上，更强大的真的是我们的内心吗？

我也招呼着大家尽快搭建自己的帐篷。我想，在自己的一方天地里休息，肯定比在大帐里面来得舒适。等我们七手八脚花了九牛二虎之力把帐篷搭起来后，钻进帐篷，发现在里面感受到的风要比大帐里面小很多，可能是因为小帐要矮小很多的缘故吧。耳边没有了那种隆隆的风声，内心也逐渐平静下来。我依然在默默整理着自己的衣物，为明天的比赛做准备：喝着奶粉，看着书，不时舒展一下疲劳的筋骨和肌肉，恢复自己的体能。

过了很久，帐篷区开始热闹起来，B队的大部分队员回来了。我爬出帐篷，看到光华每一个B队队员脸上都洋溢着自豪感。因为他们在路上就听说我们今天取得了第三名的成绩。每一个人见到我们A队队员都热情地给予一个夸张的熊抱，并对我们说着满满的祝福，向我们表示感谢，因为我们为光华争光了。

团队比赛的氛围就是这么让人感动！你成功了，有人为你发自内心地高兴；你失败了，有人为你发自内心地哀伤。我再一次感受到我们有生以来能有一次代表北大参赛是多么的自豪！能让北大光华的这群兄弟姐妹如此开心幸福是多么的荣耀！

士为知己者死！我们今天虽然拼惨了，虽然有人拼残了，但是，真值了！

我开心地看着每一个人，享受着成功者被包围的氛围。迎面看到佟梅，脸上永远带着她那招牌式的微笑，朝我走来。

佟梅是我的同班同学，她一年前从香港搬来深圳，然后加入华南训练组。她每次训练都给人感觉那么不经意，好像是来逛街，而不是来进行严肃的训练。她可以中午喝了一瓶红酒过来跑5公里，可以带着一家老小到训练场来闹腾。但时间久了，我看到这个女人不含糊，她很少旷课，只要在深圳一定会坚持训练。在外面出差、旅游她也坚持打卡。我有时想她训练的动机：锻炼身体？减肥？冲A？都不得而知。因为每次她训练完后都大吃大喝，一点都没有减肥或锻炼身体的那种执着。我只能说她把跑步当成享受，就像她享受一瓶好的烈级酒庄的红酒一样。

在戈九正式报名时，她本来想报C队的，因为她看到自己进步快，便想冲戈十A队。但因C队名额紧张，所以光华戈九组委会领导们劝她报B队，她答应了。后来B队名额紧张，领导们又做她工作，让她转C队，她又答应了。再后来B队名额又有了，领导们再让她从C队转回B队，她还是答应了。她在报名时弹性如此之大，我真的有点莫名其妙。但凭着我对她的了解，她虽然不是跑得最好、跑得最快的人，但她应该是最享受过程的人。那是一种发自内心的享受，写在她的脸上，融化在她的眼中。

她过来和我拥抱了一下，首先祝贺我们取得了好成绩，并告诉我她很感谢我，因为我经常组织训练，让她得以锻炼身体，所以她在B队不感觉累，很轻松，很快乐。我想即便没有参加我组织的训练，她此时也会很快乐，因为快乐是她性格的一部分，而不是她做成这件事的结果。这就是我欣赏她的地方。

很多人对我在本文中费尽笔墨对一些看似无关的人和事进行描写难以理解，认为我是否是无边发挥，忘却主题。殊不知，在我的内心里，我一直所追求的是快乐、自由和友谊。我认为跑步成功不仅仅是自己的速度和距离，还有在跑步过程中经历的过程，这些过程必然有人和事。通过跑步结识了一些新的朋友，感受到了生命形态的多姿多彩，我乐于向他们学习，让他们成为我生命中故事的一部分。每当回忆某一刻的辉煌与痛苦、成功与失败，那些人和事必然跃然于心，那么真实，无法回避。我宁可写下来让记忆刻得更深刻，也不愿佯装不见而内心不宁。

这一天的晚餐与昨晚无异，但大家的食欲却明显与昨日相距甚远。在今天这种天气下，真正能独善其身的估计没有几人，多多少少都有身体的不适和伤害，脸上的表情可以伪装，食欲却会暴露无遗。

当天的战前会议比昨天要复杂得多。虽然这一天的成绩总体不错，但我们的代价也很大。两名队员受伤，他俩明天有面临退出战斗的可能，留下来的人压力可想而知。而且三剑客也没有想象中那么毫发无损，我们都是在极限中勉强完赛，侥幸逃过一劫。

果然，在会上，小红已经确认下一个比赛日无法参赛。飞鱼倒是不断拍胸脯表示明天肯定能完成任务。即便考虑飞鱼能够完成任务，小红的退出对大家也是一个巨大的压力。只能让宣利这个保障组顶上去，而且也意味着明天没有备份，每个人都只能在确保安全的情况下拼命跑。考虑到宣利的速度不及我们三剑客，所以教练和厉伟大哥提议由基文大哥拉宣利10公里，以减少宣利的消耗，确保宣利在后半程能够跟上我们三个的速度。

会后，我单独找了一下宣利，告诉他明天他的压力会很大，但一定要注意安全，在自己力所能及的情况下拼搏，绝对不能勉强。宣利还是那么信心十足，永远给人很踏实的感觉。我相信他明天会拼，我也担心他明天会拼。作为队长，作为他的兄弟，我只能这么矛盾地纠结着。光华如果拿了前三我们当然很高兴，但如果有任何一个队友出现了不可逆转的伤害，那将是我们永远的痛，这种痛不能用荣誉来换。所以，我宁可让我的队友安全一点，也不愿意他们拼残搏命。

我问了一下小斌和建华的状态，他们俩都表现得信心十足。我知道其实问这些也没用，因为我们三个没有任何备份，要是我们中任何一个人跑不了，对光华来说都是致命性的。所以，我嘱咐他俩一定要好好休息。

如果不考虑今天的九级沙尘暴，从历届的经验来看，在整个戈赛过程里，明天的难度是最大的，原因有三：第一，有4公里盐碱地和6公里骆驼刺。在盐碱地和骆驼刺地带不但没有路径可循，而且盐碱地基本上都是软沙地，无法使力。第二，当日全部行程34公里。在这样的路况下，奔跑这么长的距离，难度可想而知。第三，在比赛日第一天34公里的奔袭之后，第二天大家处在疲劳期。

我把明天比赛所需要的行囊再次检查了一遍，吃了安眠药，躺在帐篷里。回想这一天比赛过程的艰难，那一幕幕场景让我心惊胆战，劫难后又让我无比自豪。我和我的队友战胜了自己内心的恐惧，战胜了我们在极限时的各种退缩的念头。我自己都没想到我能在这样恶劣的环境下拼到最后一刻。但我知道，我内心因为有一种强烈的动力在牵引，我必须要在这次比赛中做好自己，为了我自己，为了我的队友，为了整个戈九光华A队。不管结果如何，我一定要小心谨慎地把眼前的路一步一步走好。我的心情平静下来，想象着明天的路径，想象着哪些地方会是困难时刻。

回想在今天之前，自我来到戈壁后，一直被号角连营的气势所震撼，那种强大的气场，让人不自觉地卷入不属于自己的氛围：夸张、热闹、心旌摇荡。而现在，我的内心却静如止水，没有了上戈壁时的那种躁动。是因为经历过了？还是伤痛过了？正如人的成熟之魅力，不就是在伤痕累累的勋章上雕刻了一堆美丽的图纹吗？

九级沙尘暴来临前（郭文涛供图）

沙尘暴来临前的长江之队（衷存皇供图）

沙尘暴来临前慌乱的人群

沙尘暴来临前出发的光华 A 队（海洋供图）

沙尘暴中挣扎的戈九勇士（郭文涛供图）

第2天终点

这一晚，风很小。戈壁的天气真是变化无常，即便是在同一天之内也是时而风声大作，时而又风平浪静。人在这样的环境下，除了适应别无他途。夜晚的帐篷区非常宁静，甚至鼾声都比昨晚小了很多。难道是经过白天一役，所有人都已经筋疲力尽了？抑或是我自己因为太累而早早进入了梦乡，对外面的世界充耳不闻？

第二天早晨，五点半我被闹钟惊醒才从睡袋里爬出来。一夜好睡，我感觉体力恢复了很多。安眠药的效果真不错，我感觉还没有睡透。在这样的比赛气氛中，在戈壁的帐篷区内，想睡透估计是天方夜谭吧。

我打开手机，准时收到宝森兄弟的问候。宝森是光华戈九C队队长，自比赛日第一天开始，每天早晨必定收到宝森的祝福短信，下午一定会接到他的问候电话。宝森是个有心之人，他的这个行为看起来不经意，但在每天早晨起床那么寒冷的时刻，却给我们的内心带来了无穷的温暖。无兄弟不远征，当一个人在战场上有兄弟相伴，在江湖上有兄弟惦念，那种发自内心的自豪和充实，即便天涯只影，也不会孤独感伤。

依然是早餐、收帐、热身活动。但今天的气氛和昨日明显不同。昨天比赛之前，每个学院的队友都在关注长江和中欧，因为长江和中欧一年来都是大家关注的对象。经过昨天的比赛，各自都基本上找到了自己的竞争对手，相当于做了一次准确的动态定位。显然，今天的比赛，中欧、光华和厦大将互相关注，是那种摩拳擦掌、眼露精光的关注。所以，今天我们与中欧的队友在一起热身，明显感觉到他们眼神中在寻找我们光华的某些人，我不知道他们的具体用意，但我想这就像足球比赛，他们在确认光华之队中谁是前锋，谁是后卫，以便在比赛过程中能够认准对手、捉对厮杀吧。

最明显的莫过于在出发点的一幕。根据组委会的规定，竞赛日第二天的出发顺序按照竞赛日第一天的成绩排名，也就是说今天的出发顺序依次是：长江、中欧、北大光华、厦大等。在出发点，当长江的兄弟姐妹看到北大光华进入检录区，明显看出他们对光华的热情和鼓励，军梅甚至直接过来跟我们拥抱，击掌打气。我之前从来没有见过军梅，加上还处在安眠药后的反应迟钝阶段，对长江给我们的热情支持有些意外。转念一想，长江与中欧一直是江湖对手，我们北大这一年从菜鸟一下冒出来，给了很多人意外。我们对中欧、厦大来说可能有些压力，但对长江来说，就是惊喜了。

一个在江湖上独孤求败，只见敌人不见朋友的高手，正在无聊之际，突然冒出个菜鸟像鲶鱼一样搅乱了一池春水，他肯定会兴奋起来。仔细一看，我们这个后辈既没有能力给他任何压力，又给比赛增加了乐趣，高手自然是乐见其成、喜爱有加了。这就是能力相若的人、美貌相当的人都难成朋友，菜鸟和高手却可以结成莫逆之交的道理吧。只是，我们在享受老大哥的热情时，也不忘偷偷看看二哥的反应。因为我们刚来到这个俱乐部，能否立足尚不得而知，可不能一进来就树立对手，到时我们半夜是怎么死的都不知道啊。

但看着长江的帅哥、美女们持续地喊“北大加油！”“北大长江一家亲！”这类口号时，我们仅有的一点矜持和谨慎立马荡然无存。我们开心地回应着，热情地呼喊着预祝长江夺冠之类的奉承口号，这就是所谓的投之以桃、报之以李吧。真不知当时夹在中间的二哥中欧作何感想哈。

我号召光华之队与我们前面的中欧之队和后面的厦大之队击掌加油。我想，我们是第一次来到这个阵营，不管成绩如何，风度和胸襟一定要展示好。

今天的天气很好，全然没有了昨日那种风扫万物之势，扑面而来的晨风不大不小，天上云彩朵朵。今天应该不会是我们拉练时那种烈日高照的天气，又没有沙尘干扰，应该是一个适合跑步的日子。这对我们刚刚经历过大难的队员来说是个好兆头。

8点03分，我们准时出发。由基文大哥拉着宣利，与我们三剑客并驾齐驱。我们沿着公路奔跑。在2公里处，我们超过长江的女生，我看到长江队长衷存皇带着女生，一队人马排着整齐的队伍前奔，他们用胳臂相挽着，以如此快的速度，步调一致前行。我从来没见过团队跑步过程中用这种协作方式。看到他们的速度这么快，我从内心里佩服长江之队，他们不仅仅是个人能力超强，而且在团队协作上也不断创新。如果他们拿了冠军，绝对是凭着真正的实力获得的。

3公里处，厦大的前队已经追赶上了我们。我本来因为吃了安眠药的原因，每天早上8点半前都处于迷糊状态。但一看到厦大的队伍赶上来了，心里着急，顿时来了精神，噌地就跟了上去。我们毕竟比他们早出发1分钟，按照昨天我们的成绩，我们比他们少3分钟，可不能在今天白白地把这个优势耗掉啊。但教练在对讲机中不断拦阻我，让我保持现有速度即可，我只能眼睁睁地看着厦大的前队超越我们。后来我一想，因为今天宣利要和我们一起跑，他的速度与我们三剑客还是有一些差距的，我跑得再快也没用。这就是戈壁比赛的魅力，取的是团队中第六名的成绩，要想拿好成绩，团队中必须有六个以上的强人组成才行。因为小红昨天跑劈了，今天必须用宣利的成绩，而且我们整个团队今天没有任何备份。所以今天不是冲成绩的时候，而是如何确保大家能够顺利完赛。

我理解教练李季的用心，不得不承认她虽然年轻，但比赛经验丰富，是一位靠得住的将军。

在4公里左右的村庄前，厦大的兄弟直接奔村庄而去，而我们的航线是绕过村庄。上次探路时我曾经问过徐星这条路，我当时认为从村庄穿过路会更近，但徐星当时很肯定地告诉我，组委会因为考虑安全的原因，不允许进村。现在看来我们这段路的选择是有问题的。但因为我们没跑过村庄这条路，GPS输入的数据也不支持，我们只得顺着既定的路线跑。此时，厦大的兄弟只在我们前方50米以内。

7公里处，基文大哥已经累得口吐白沫，教练一看，只得让宣利解下绳子跟着我们独立跑，让基文大哥立即退出战斗。他今天本来的任务是完成10公里的拉人，但他的体力显然跟不上。以我们这么快的速度，他还要拉着一个人，确实难为他了。事后我们分析，在速度很快的情况下，拉人的效果有限，虽然可以借到一些力，但一定会减损速度。今天，如果我们不是等着基文大哥，在这段柏油马路上，我们三剑客的初速一定不会慢于5.0的配速，至少应该在4分40秒，但因为要等基文和宣利，我们的平均速度就只能在5分左右了。

10公里处，我们转向骆驼刺，虽然有掉速，但我们四人仍然尽可能以最快的速度推进。我们都很清楚，今天我们能否保住第三名的成绩将直接决定了此次我们戈九的成绩。这段路路径模糊，一丛丛的骆驼刺挡在前行的路上，我们只能绕路或者跨越。只要能找到模糊可见的路，就还能勉强在半硬的路面上跑；可一旦偏离小路，就是软沙地，脚一陷进去就无法轻松拔出，更谈不上要跑起来。即便我们付以十二分的小心和专注在这段路上，也难免走错路。小斌今天一路领队，我看到他每每陷进去就急着要跳出来的样子，就知道那段路有多么难行，但我们毫无办法，虽然在探路时我们曾经跑过这一段，但要想记住谈何容易，有时甚至需要运气才能找到正确的、若隐若现的小径。

15公里左右，我们在雷墩子打卡点，远远看到厦大的兄弟已经到达打卡点，我们抓紧前行，在打卡点，我们看到厦大有一个兄弟在掉队，我们则抓紧通过。前面就是疏勒河，然后是盐碱地，一路上道路坑坑洼洼、崎岖不平。厦大的兄弟显然也经常迷茫，他们的摄影师一看就是教练或者领队，奔跑速度超强。但这哥们经常跑跑停停，他应该是在寻找路径，经常挡住我的去路。我因为过了雷墩子后就一路领队，所以经常遇到厦大负责督队的这位“摄影师”。

摄影师在戈壁比赛中是一个很有意思的角色。组委会本来的意思是每个队伍给两个摄影师名额，目的是方便各个学校都能在比赛过程中把精彩的片段捕捉下来。所以摄影师在比赛过程中权限很大，没有速度要求，没有出发要求，而且随时可以坐车。但不知从哪一年开始，随着比赛越来越竞技化，各校开始在摄影师这个角色上打主意，把这个角色定位成在A队比赛过程中陪跑、指挥、督战的角色。所以几乎每个队伍的摄影师都是挂羊头卖狗肉，我们北大光华的两位摄影师也不例外。

我有时甚至怀疑厦大的这位摄影师频繁地站在那里一动不动查看地形是故意的，目的是为了挡住我们的去路。因为在盐碱地这段路，路径相对明显，但路非常窄，在小径上稍微好跑一些，一旦偏离路径，马上就陷入软沙的泥淖。所以他一站在那里，基本上我们就无法前行。当然，我相信他不会这么做。在戈壁比赛上，虽然大家要各出奇招，各显神通，但大家比的都是智慧、体能和毅力，而不会比狭隘和龌龊。我两次提醒这位摄影师让路后，他明显意识到他这样做对我们的影响，所以也加快了速度。

过了疏勒河，就是4公里的盐碱地。在经过盐碱地快结束前的铁丝网时，我们与中欧、厦大几乎在同一个点。但一过了盐碱地，前面已经能看到风车阵了，我们三个院校的队伍马上分三路前奔。我们已经看不到各自的身影了。我后来想，不知在这一段路上，我们的路径选择有没有问题？虽然在25公里左右宣利开始掉速，建华拉着宣利一直跟着我们跑，我们的速度没有太大的下降，但为何我们就一直看不到中欧和厦大的兄弟了呢？

当我们看不到中欧、厦大的队友时，我们心中曾有这样侥幸的猜测：也许他们不知道我们跑的路径，他们应该绕路了，一定被我们甩开了。可惜结果恰恰相反，虽然我们比中欧快了两分钟，但居然被厦大以3分钟的时间之差远远地甩在了后面。

跑到还剩下2公里时，我感觉有些体力不支，开始掉速。我用对讲机向小斌求救。小斌马上拿出绳子拉上我。光华的前队四名队友形成两组纵队，小斌拉着我，建华拉着宣利，在最后的时刻同时向终点冲刺。

放松、节奏

跑步的过程中除了跑姿、体能外，还有两个关键点是放松和节奏。

很多人在跑步过程中很难做到放松，比如身体的各种肌肉，比如腿和手臂的摆动过程。能否做到放松与能力无关，而与心态有关。要在意识中不断提醒自己处于放松状态。因为很多事情会干扰自己的放松，比如被人超越、思想走神、想达成某一个目标、配速不均匀等，都会不自觉地收紧肌肉，以便积蓄力量。但运动高手，会在积蓄力量、调整配速后马上放松下来，以更快的速度保持匀速前进。放松时就像一辆匀速行驶的汽车，在同等速度下，最省油。

另一个关键要素是节奏。每一个人在跑步过程中的节奏都是不一样的。有的人喜欢前面快后面慢，有的人喜欢前面慢后面快，有的人喜欢忽快忽慢。不管是什么样的节奏特点，按照自己舒服的配速、按照自己熟悉的节奏跑是最省时、省力的。

放松和节奏在任何运动中都非常关键。比如高尔夫、游泳等等，节奏一乱，满盘皆输。我因为在高尔夫和游泳中对节奏有深刻的体会，所以在跑步过程中对节奏的把握相对较好。一个人独立跑的时候，可以选择自己喜欢的节奏，按照自己设定的目标跑。但戈赛是团队协作性运动，每天取的是团队中第六名的成绩，这样的比赛规则就是强迫队中相对强的队员要帮助队中相对弱的队员。在协作过程中不管是强者还是弱者，节奏都会受到影响。虽然高手都善于在过程中做适应性调整，但对于我们大部分在跑步经验上还是菜鸟级的队员来说，就是一件非常艰苦的事。这就是我为何在双月湾比赛第二天被建华带得跑劈的原因，我当时被他在跑步过程中一波又一波冲刺型的节奏弄得筋疲力尽，最终崩溃。

记得我在2013年12月深马时也是这样。当时因为马上临近东莞水濂湖Top 20比赛，又是第一次跑马拉松，我就选择了一个非常保守的跑法，计划以配速6分半的速度跑完，以确保轻松完赛。我当时和飞哥、刘岩及文杰四人一起慢跑，但结果大大出乎我的意料。我前面速度很慢，但因持续时间太长，到最后一样腿酸脚软，跑完全程后还差点因脱水而崩溃。所以，如果不能按照自己的节奏跑，在同样的距离下，即便跑得慢，对自己的体力消耗可能会更大。

这也是戈赛与马拉松特点的不同。马拉松完全是个人运动，可以按照自己舒服的配速，按照自己设定的过程目标跑。我在两个月后的7月27日旧金山马拉松上，虽然此次全马累计爬升达到1 780米，但我还是在前25公里保持了4分50秒的平均配速。在25公里处，我看到前面还有一个又陡又长的大坡，评估了一下自己的体力，肯定无法达到3小时30分完赛，于是便稍有放弃，最终完赛3小时49分。但在整个过程中我完全是按照自己的节奏跑，跑完后感觉很舒服。这是后话。

今天，因为宣利和基文大哥的初速不够，我在前半程一直是压着自己跑，跑到后半程时，人感觉相当疲劳，以至于我在最后2公里无法实现提速。再次证明把握自己节奏的重要性。

这一天，我们四人最后一个完成打卡的时间是3小时13分。记得我们在上一次敦煌实地拉练时，我们第一天就安排跑这段路，那时是体力最好的时候。当时男生的第一名施建华的成绩是3小时12分，我以3小时16分的成绩名列男子第四名。所以，今天跑出3小时13分的成绩我们心中相当满意。在昨天体力消耗巨大，今天又处在疲劳期的情况下，这个成绩符合我们的能力。

当天，天气虽然比前两天都更加炎热，但因为我们到得相对较早，所以没有太大的不适感。回想这三天的天气，第一天体验日是四级左右的逆风，风沙很大。第二天是九级沙尘暴。今天风力只有二级，艳阳高照。戈壁每天给我们不一样的环境，如此变幻莫测，这是我们身处南方的人无法想象的。明天会是什么样的天气呢？

我们在大帐里面拉伸，大家回忆着比赛过程，猜测我们今天的成绩排名，吃着钟莫林兄弟从香港给我们运送过来的奇异果，每个人脸上贴一块面膜，很放松。此时，因为总成绩还没出来，所以大家想不了那么多，休息是最佳选择。明天还有一天恶战，我们离完赛越来越近了。越是战斗到最后，对于看客来说就越精彩，但对于置身其中的队员来说压力就越大。

等我们所有的女生跑完，小斌专门去组委会查了一下成绩：长江的成绩是3小时06分，厦大的成绩是3小时10分，北大光华的成绩3小时13分，中欧是3小时15分。因为厦大今天的成绩提升很大，两天的成绩累计计算后，我们排在第四位。其中：第一名：长江（6：16：38），第二名：厦大（6：42：34），第三名：中欧（6：42：54），第四名：北大光华（6：43：07）。我们比第二名的厦大慢33秒，比第三名的中欧慢13秒。比赛进入读秒阶段，这在戈壁挑战赛的历史上是绝无仅有的。

厦大这一天展现出了强大的实力，他们能够以这么大的时差赢我们，这是我们之前没有想到的。因为在过铁丝网时，我们还在一起，那时离终点还有12公里左右。也就是说在最后的12公里，他们比我们快了3分多钟。我分析，要不就是他们的体能超强，要不就是路线比我们更好。

成绩出来后，气氛马上就不一样了。

之前光华的目标是保五争三，所以第一天我们的成绩出来后，整个光华之队为之沸腾、欢欣鼓舞。因为所有人都认为超出了我们的预期，打破了北大光华在戈赛中的历史纪录，我们倍感自豪。

但今天，我们排在了第四，而且与第二名仅33秒之隔，这就让我们无比纠结了。我们是甘愿第四，还是进取一点争前三呢？

人有时就是这样，本来设定了一个目标正好实现了，应该非常开心，突然有一个更大的机遇摆在面前，感觉可以跳起来够到的那种，马上就开始野心勃勃起来。最后如果没有达成这个新目标，一定会垂头丧气，前面取得的胜利果实所带来的喜悦也瞬时荡然无存了。这就是人类的悲哀之处，永远被难以实现的梦想折磨得悲催、痛苦，甚至体无完肤。有多少人能做到坚守初衷、淡定从容、知足常乐？

A队的队员照例出来搭帐篷。我恰好看见徐星、波波、朝晖、棒棒、王珏等兄弟提前回来了。徐星今天的任务是护送昨天跑劈、今天退出战斗的小红安全到达终点。徐星因为是B队队员，比我们晚出发近一小时，他追了10公里才追上小红。我们在对讲机中不断听到厉伟大哥在确认他的位置，确保他能与小红顺利会合，所以大家都知道今天徐星非常辛苦。

波波在戈八还是菜鸟一枚。没想到一年来，他一路陪跑戈九的队员，练就了一身跑步的功夫。这一年他已经不是戈八时那个天天提心吊胆，担心自己心脏崩溃的苦逼戈友，已然成长为一员戈壁健将了。

朝晖、棒棒、王珏三个都曾经是A队的种子选手，虽然最终没有进入Top 10，但他们的实力了得，和我们A队的男生相差无几。本来他们这次来戈壁参加B队的目的就是来帮助我们A队做后勤、搭帐篷。但第一天因为沙尘暴，B队中有很多需要他们帮助的队员，导致他们无法脱身。今天天气不错，虽然那些B队队员同样是腿酸脚软、行路艰难，但不会出现昨天那种恶劣天气下的不确定性。所以波波、朝晖、棒棒、王珏这四位兄弟扬鞭奋蹄，赶来为我们服务。他们到的时候，我们A队的帐篷有一半已经搭好了，就剩下给床垫打气。我内心感动，想他们长途奔袭而来，一定要让他们做一些事才对得起他们，于是安排他们给已经搭好帐篷的床垫打气，把剩下没有搭好的帐篷也搭起来。

我在大帐里，看着帐外他们忙得不亦乐乎的样子，心中很温暖。这就是兄弟！虽然我们在不同的战场战斗，但心总是在一起的。

长江领队陆宏达兄来到我们的大帐，他是来为北大打气的。谈到昨天在沟渠里相遇，以及我调侃说被风吹进沟里的事，大家哈哈大笑。宏达鼓励我们继续加油、努力，争取跑进前三。我们以前与长江基本上没有来往，上次敦煌拉练时与宏达有一面之缘，那时他指出了我们在水袋和GPS上存在的不足，那种知无不言的态度让我很感动，与我之前所听到的长江的兄弟狭隘、保守的传言大相径庭。这几天与宏达偶尔的接触更让我对长江产生了好感。乐于帮助他人的人才能进步，故步自封的人必然失败。

宏达走后不久，长江的玫瑰之一军梅也来到我们大帐。我是今天早上在出发点第一次见到军梅的，她那时跟我们热情击掌加油的场景让我印象深刻，我甚至有点受宠若惊，不知这位玫瑰为何对北大如此情有独钟。等她下午来到光华大帐，我感受到她浑身激情四射、直抒胸臆的性格，对长江这位美女瞬间就有了好感。这是一位爱恨情仇都溢于言表的女汉子。当她眼里是沙石时，口里藏着的就是刀剑，刀剑一出，飞沙走石；当她眼里是情谊时，口里含着的就是春风，春风一吹，满堂生辉。这种人心怀正义，是正能量的绝对维护者。

军梅说她代表长江的兄弟姐妹来给北大光华加油。宏达和军梅的行为，让我们不仅从心里仰慕这支冠军之队在跑步上的能力，而且对冠军之队在境界和胸怀上的高度也赞叹不已。当我们还在为争名次全力打拼时，长江已经在考虑如何帮助其他院校的队伍提升成绩。这是完全不同的境界。水平之差可以通过厉兵秣马，迎头追赶；境界之差却需要修炼和感悟，那是一道深深的鸿沟啊！

军梅所代表的那些素未谋面的长江兄弟姐妹：北大和长江在戈九

战场上结下的友谊从此生根了!

我躺在自己的小帐里,看着书,休养着。不知何时,空气中弥漫着方便面的味道,顿时让我心驰神往。这几天在戈壁,几乎是吃着冷菜、喝着羊汤,每一天都是煎熬。这时突然冒出的方便面对我们来说比山珍海味还要珍贵。我一骨碌爬出帐篷,寻香而去。原来是教练在煮面条。

在教练对面还有一位美女端坐在小凳上。夕阳下,色彩斑斓的帐篷区,空气被浓浓的面香包裹着,美女端坐其中。对我们这些身处大漠深处的汉子而言,那种心里的悸动可想而知。我甚至突然感悟古人为何造出“国色天香”的成语,那时的语境是否与现在相若呢?

我正痴迷中,小斌从后面拍了拍我的肩膀,向我介绍说:“这是我老早就跟你提及的我的老乡,长江戈八玫瑰朱小丹。”原来是二弟的老乡,难怪这么美。我想小斌的故乡是不是山清水秀之地,否则怎么都是靓男俊女呢?我们听说朱小丹的名字,不是因为她长得美(小斌兄弟从来没有透露这点,估计怕我们惦记吧。哈哈!),而是因为我们光华的积累太少,我们不懂的东西太多,所以小丹事无巨细,把比如装备、补给、营养、训练等等各种自己了解的东西倾囊而出传授给小斌,然后小斌再转告给我们。所以她对我们的帮助是繁杂而具体的。她的帮助,不仅仅增进了我们对长江的好感,增进了长江与北大之间的友谊,更重要的是让我深知一个菜鸟与高手的距离,那不仅仅是跑步能力上的,更重要的是综合知识。我后来热衷于写自己的感悟、组织“九A会”,目的就是建立一个平台,把更多的经验传递给新人,让他们不要在无谓的领域浪费时间、遭遇挫折,而应该把精力全力用在提升个人跑能的训练上。

教练今天心情很好，一边吹着口哨，一边忙着煮面条。很多A队和B队的队员都吃到了这一天教练为大家煮的面条。在戈壁上，夕阳下长长的人影中，方便面的香味像一道道利剑，直接插入每一个人的胃中，感觉不吃上一口就有一种胃绞痛的感觉。我感觉教练有点像施粥赈灾的老板，而我们一个个都像是可怜巴巴的难民。

我想今天教练之所以这么开心，我的表现是其中之一吧？她一直把我看成是最得爱的弟子之一。由于我在历次拉练和比赛中表现不稳定，特别是在持续能力上，所以我知道她心里一直悬着一块石头。虽然我在北京出征仪式上，在著名的“北京三分钟”信誓旦旦，但那毕竟只是豪言壮语。行动上的证明才是关键。她今天看到我表现出色，心中的石头落地了一半。全体队员今天都按要求完成了任务，对她来说是莫大的欣慰。因为今天我们没有任何备份，任何一点状况都将是致命的，我相信她从出发开始就一直是提心吊胆的。

我坐在她的旁边，默默地吃着她端过来的面条。我们心中都知道对方在想什么，但说什么又觉得多余。是啊，战场上的战友，很多时候是不需要用语言来沟通的，那些在训练过程中累积的信任和默契，在关键时刻就是制胜的法宝。你不一定知道它是什么，能起到什么作用，但一旦到了关键时刻，这种信任和默契就会变成上帝之手，托举着你、带领着你，实现你的梦想。

我此时心里想着的是明天的战斗，心中有很多的不安，但我又无法明说。我们光华之队普遍年龄偏大，在这样恶劣的环境中全体队员任何人都没有休息，没有替补，都要全力以赴，都要确保连续三天能拼死用命才能取得佳绩。这对整个团队的压力可想而知。身处其中的每一个队员心里其实都压着一块巨石，我们没有喘息之机，我们没有侥幸的可能，平时的刻苦训练累积的能力是我们这次战斗的基础，可这点基础面对这三天艰难的行程所需要的强度来说又是那么微不足道！

我作为队长，在这种时刻感觉的责任和压力更加难以言表。明天是最后一天，行程只有22公里，因为考虑到下午要在此次比赛的终点——白墩子举行颁奖仪式，所以这一天是B队先出发一小时，A队后出发。这是比赛中唯一一天由B队先出发，意味着明天我们在跑的过程中会有很多北大的兄弟姐妹夹道为我们加油，会有很多外校的戈友为我们喝彩，那是一个英雄炫彩的舞台，也是一个要命的擂台，因为一旦我们在兴奋中失去了内心的边界，有可能就会面临灭顶之灾。那些在马拉松中跑死的年轻人，不是因为他们心脏太弱，相反是因为他们心脏太强，他们在欢乐的氛围中失去了对自我感知的能力，自己的心脏长时间超负荷运行，最终怦然爆炸，猝死当场。

但我们又别无选择，我们必须让拼搏一年的队员们去尽情享受明天的高潮！那是一个真正展示自己实力的舞台，每一个人都想向所有人证明自己在死拼两天后还有足够的能耐让世界为我喝彩！

重归原始的发心

我把宣利叫到我和教练身边，认真地跟宣利说："兄弟，这两天你已经尽力了。明天是英雄出彩的时刻，所有的光华之队队员都会见证我们A队队员的拼搏。我希望你明天独立跑，不要再去拉人了。你一年来刻苦训练，有资格去享受一下最后冲刺时那种夹道欢迎的英雄待遇。"宣利看了我一眼，坚定地说："野狼，我感谢你给我这个机会！但我没有这个做英雄的诉求，我一切听从组织的安排，我愿意拉人，只要能让团队出更好的成绩。”我眼睛顿时湿润了。一年的艰苦训练，多少人梦寐以求的，不就是为了能在明天万人瞩目下享受那片刻的荣光吗？这种时候才知道什么是真正的淡泊名利啊！

宣利，我的兄弟！光华A队感谢有你！

晚饭后，建华专门把我和小斌拉到一边，讨论明天的战术。建华说：“大哥，二哥，我们现在已经到了关键时刻，我们与第二名只有半分钟的差距，明天无论如何一定要拼了。”小斌附和着说：“那是一定的。”我有点担心地说：“二位兄弟，现在大家都已经筋疲力尽了，明天大家肯定还会血拼，但不好再提更高的要求了，只能要求大家尽力而为吧？”建华非常不赞同，说：“大哥，就这一天了，既然我们有这种可能性，就一定要激进一点。”于是，建华提出明天先让男生拉男生的方案，确保我们三剑客能全速冲刺到终点。小斌说他现在感觉不错，明天不需要获得帮助。我说：“三弟，我感觉我自己没问题，我能保证以教练要求的时间到达终点。”确实，我自从能够与自己的身体对话后，经常会感知体力的变化。这两天我感觉良好，我相信明天我有实力能按要求完赛。我今天看到小斌整个比赛期间状态很好，看得出来他身体的恢复速度很快，全然没有受到昨天体力透支的影响。

突然我想到一个问题，我问小斌：“二弟，我看了这两天我手表的成绩与打卡成绩都差距不小，我们的比赛成绩是以打卡时间为准还是冲线时间为准？”小斌一时被我问住了，马上打电话到组委会询问。得到的答复是以打卡时间为准。我们三个顿时就傻了。我们两天的比赛中不仅仅在终点是排队打卡，在每一个打卡点也都是严格按照A01、A02、A03的顺序打卡，总共十多个打卡点。如果这么算，我们不是浪费了很多时间？我们三个马上恍然醒悟，决定明天的比赛，到终点时大家全力冲刺，不要再等了。

于是我邀请厉伟大哥和教练一起商量明天的比赛策略。厉伟大哥和教练与建华的意见一致，都认为应该采取激进一些的策略。但我对女生单独跑的能力一直心存疑虑。因为我们在敦煌拉练时曾经试过。所以我提议我和小斌不需要男队员帮助，可以安排一个男生来帮助建华，这样女生的压力就小很多。但此时厉伟大哥和教练态度坚决，我也不便多言。

我开始召集所有A队队员开会，这是戈九比赛最后一次战前会议，也是最关键的会议之一，所以大家都很积极参加。参会者包括：全体A队队员、厉伟大哥、教练、晓明和锋利。我环顾了一下所有A队队员，看得出来大家已经极度疲劳，每个人都脸色凝重，心情忧郁。我知道大家看到成绩如此胶着，傻子都知道明天的战斗会多么艰难。

这次会议一开始开得并不顺利，分歧很大。我知道分歧的本质还是队员本身的能力现状与领队组突然产生的过高期望之间的矛盾。我能理解领队组的期望。北大从来没有跑出过这么好的成绩，现在出现了历史性的机遇。竞赛拼到现在，只要前进一点点就能进前三了，为何不去搏一把呢？

我也能理解队员的抵触。这次来戈壁，我们几个队员都有不同程度的伤病。云鹏小腿拉伤至今三个月有余；梦湜大姐感冒初愈；莫飞一直是身体虚弱；小红和陈蔚第一天就跑劈了；基文大哥今天已经尽显疲态，只拉了宣利7公里就口吐白沫；我们三剑客也是硬顶着；只有宣利状态好一点，但他无法独立完成第一梯队的速度要求。这种状况下，再给队员加码，提出更高的要求，对大家来说几乎有点不近人情。我们毕竟是业余选手，大家都是衣食无忧的人，参加戈壁比赛既不是为了个人前途，也不是为了商业需要。我们的发心是为体验戈壁、感受戈壁精神而来，但没想到随着事态的一步步演变，我们俨然掉进了竞技的漩涡，我们开始有点拿身体、性命赌博。虽然我们对现状完全始料未及，但是过程中我们又是那么浑然不觉。我们仿佛一路游山玩水、欢声笑语，突然发现身临险境却难以自拔。

今天，在这样一个特殊氛围的会上，当大家筋疲力尽，却要面对更大的压力之际，我们一部分人开始醒悟过来，开始反思我们来戈壁的初衷、行走戈壁的意义、体验戈壁的追求。一旦拨云见日，顿时就会风平浪静。脑中的喧嚣、内心的躁动戛然而止。重归原始的发心，内心不是畏惧，而是坚定。不是虚弱，而是强大。我们会展示一个强大的光华之队，那是内心自信、精神升华后的光华之队！

北大的精神内涵就是自由、包容。厉伟大哥并没有勉强大家，反而尊重大家的意见。他说了一句话让我们很感动："不管是什么结果，我们都能接受、都会珍惜。因为那是我们自己努力得来的。"我们每一个人都释怀了。与一群优秀的人合作，分歧往往能够变成相互了解的净化剂，变成增进友谊的黏合剂，变成感悟人生的催化剂。戈九A队，无论是队员、教练还是领队，都是难得的一群智者，一群优秀的人。我心里再一次感觉无比骄傲！

这一夜我睡得很踏实。心静自然凉，风很轻，夜很静，星光灿烂，天地和谐。

第二天（5月25日）一早，5点不到，营地已经躁动起来。因为今天B队的队员在早上7点先出发，所以大家都起得很早。已经是第三个晚上在戈壁露营了，我看到大家收帐的架势，一个个都非常娴熟。我心里想，整个营地多少人在平时都是衣来伸手、饭来张口的成功人士，经过这四天三夜的洗涤，很多人都会脱胎换骨，不仅仅是生活自理能力有大幅的提升，对自己的定位、对人生的认知也都会有翻天覆地的改变。改造自我，传播正能量，这不就是戈壁精神的要旨之一吗？

今天既是比赛的关键时刻，也是各个院校展露品味和情怀的一天。因为一路上先出发的B队队员会夹道为A队加油，每一个A队队员外到穿着打扮，内到精神情怀都会在众目睽睽之下接受检阅。按照小斌和梦湜之前的设计，我们今天衣服帽子尽显靓丽，帽子换成狼头帽，每个人的帽子有不同的图案和颜色，非常引人注目。上身是蝙蝠侠短袖加袖套，下身配短裤加绑腿。衣服和裤子颜色统一，款式统一。只可惜早晨起来异常寒冷，我怕着凉，不敢穿短裤，临时改成下身穿压缩裤，外面再套短裤。

早晨天朗气清，微风习习，凉意十足。蔚蓝的天空几乎看不到什么云彩，我想这应该是炎热的一天。昨天还有2～3级的风，今天基本上风平浪静了。我们敦煌拉练三天的天气都是早上寒冷，中午炎热。5月18、19日两天的试场也一样遇上了炎热天气。但戈九比赛的这四天给我们展示的却是完全不同的四种天气，是造化弄人，还是苍天刻意安排？我们是悲惨还是幸运？相信在每一个人心中都有不同的感悟和理解。而我内心认为戈壁这次给我们的恩赐太多了。

按照我们昨天的成绩，我们今天排在第三组出发，紧跟在厦大之后。在出发点，只有厉伟大哥一个人孤零零地来为我们送行，因为B队的队员已经出发了。我们把外套一股脑儿都扔给了厉伟大哥。看着他跟我们所有A队队员一个个拥抱打气，我内心说不上是感动还是伤感。这一年来，厉伟大哥事无巨细，呕心沥血，把心用在每一件与戈九相关的事情上面，用在每一个戈九队员的身上，很多事情是常人难以做到的。这里面没有利益，只有付出，他为了什么？想起我在东莞水濂湖比赛，他得知我膝盖伤痛后给我止痛片和髌骨带；想起双月湾我崩溃时他亲自在终点搀扶着我，给我送葡萄糖口服液；想起在敦煌拉练时他得知我拉肚子而到处给我买药；想起梦湜出现中暑迹象时他那种心急如焚、奔跑弃履的失态；想起他听说小红跑劈时立马冲往终点搀扶小红……我顿时眼中噙着泪水，感动无言。这些都是我看到的，感受到的。还有很多我所不知道的他的操心、他的辛劳。他为了什么？

直到在赛后6月29日戈九上海回归日的那个晚上，厉伟大哥在台上做了一篇发言——《因为答应》（见本节附录），我才恍然大悟！我因为一个承诺，参与戈九，一路越陷越深，难舍难分。厉伟大哥因为答应，一年来恪守职责，坚守内心。我们都做了一个负责任的男人应该做的事，那一诺千金的沉重和代价虽然只有当事人知道，但那些点滴事迹在暗夜中闪出的光芒，却在很多人的心灵中永生光辉。

按原来我们确定的线路，一出发我们会沿着旗门前的小径直接跑到马路，然后左转跑300米左右，再右拐上白戈壁滩。但我们在出发点目睹长江是斜插到白戈壁滩，这样能省不少路，但因为在农田里面跑，一路高低不平，田坝之间的沟壑不少。我们前面一组厦大一出发，我就跟大家说我们跟随他们斜插，提醒大家一定要看清路面，避免受伤。

出发令一响，我和小斌就如离弦弓箭冲出队形。宣利拉着建华紧随其后。我知道今天宣利在前面拉建华会相当吃力，一方面我和小斌的速度很快，他要跟上我们的速度，就是不拉人他都很难，何况还要拖着建华。但这时我们顾不上那么多，我紧盯着前面厦大的队员，紧跟着小斌前奔。小斌看起来状态不错，这是我感到高兴的，因为小斌是我和建华的依靠，关键时刻他拉我俩会比我们拉他要轻松很多。

2公里处，我们已经赶上厦大的女生，看着他们整齐的红黑搭配的队服，想到前天在大帐看到他们的几个美女，我们真想缓下来与他们并肩跑一会儿，照个合影什么的，将来也好跟人吹牛。可惜我们重任在肩，陆续已经能看到B队的人在为我们喝彩加油，我们贼心刚起，贼胆就被吓没了。

3公里处是一个大沟壑，我必须要定下来稳一下脚步，然后才能跨过去。没想到就是在这个沟壑，可怜的建华兄弟，与宣利一前一后跨这个沟时小腿肌肉撕裂。他当时以为有人在后面给了他一棍棒，他停下来对着教练大叫一声："教练，你为何打我？"教练此时在他前面，被建华说得莫名其妙、不知所以，以为建华在调侃她，于是大声催促建华抓紧赶路。此时，建华已经在我和小斌后面500米开外了。教练有些着急，叫宣利赶快撤掉绳子，让建华独立来追赶。建华用哀求的口吻请求教练让宣利再拉1公里。这些都是我们在赛后才得知的他们之间的对话。建华本是一个坚强之人，对他来说"坚强"二字似乎还不足以表达他的这种坚韧。所以，他那么坚持要宣利再拉他一会儿，可以看出他当时内心是多么的无助！

我们沿途遇见很多光华之队的B队兄弟姐妹：佟梅、莉莉姐、邓祎、佩锦大哥、学文等等，很多人给我们照相，喊着加油，我们无法用眼睛看他们，因为路面高低不平，沙石、骆驼刺横生，我们只能用耳朵聆听他们的喝彩加油，用手势回报着我们亲爱的兄弟姐妹们。这一天跑步仿佛是马拉松的场景，不像前两天跑的那么孤寂，那么沉闷。当你感受到亲人们在你身边时，不仅仅内心温暖，更有无穷的力量从身体中勃勃而生。

附录:

因为答应

光华戈九回归日的致辞

今天,站在这个舞台上,我的上衣是戈九的,裤子是戈八的,脚上穿着戈友基金会秘书长刘莉穿过的鞋子,去年11月我们一起走香港麦里浩径百公里毅行,她的鞋出了问题,用我的备用鞋走完那100公里。戈友基金会是老戈友发起的公益组织,我用这一身装束表明光华戈九是建立在过去八届戈壁挑战赛基础上的,戈九是又一次传承,并以此向所有的老戈友致敬。

戈壁,凄凉蛮荒,离我们现实的生活是那么的遥远;戈壁挑战,紧张艰苦,却又实实在在地改变了我们的生活。

戈壁挑战,首先是一场团队的竞赛,展现的是商学院整体的形象,是全体光华人的风采。

当你决定走上戈壁,你就不仅仅是代表自己。你是A队,你肩负着为光华争取更好名次的重担,光华的荣耀系于你身;你是B队,能否顺利走完全程,沙克尔顿奖直接与你相连;即便是C队,由于有融爱融乐的孩子相随,你仍然不再只代表自己,你是光华整体中的一员。

加入A队,只能用一个字来形容:苦!不停地奔跑,不断地提高自己。因为答应了代表光华,这苦累,这伤痛,这枯燥,担了!

许多B队队员,从未连续走过这么久,这么长,也从未对抗过沙暴和毒日,更没有在帐篷中冻过三夜的经历。因为答应了代表光华,这担忧,这恐惧,这辛苦,担了!

当真正跑向戈壁的时候,已不再仅仅是我担了!

我们的A队，男生拖着女生，放弃个人的成绩；男生拖着男生，想的是别落下兄弟。云鹏一人顶着九级大风艰难地拉着梦湜和莫飞挺进；基文大哥已经累到口吐白沫，依旧咬牙带领红红前行；土豪和飞鱼，只要有些余力，都会贡献出来帮助战友；书福、建华、小斌相互拖拽，共同冲向终点，就是没有一个人想到自己。

B队和C队，在狂风中陪着融爱融乐的孩子走向终点，为拉小虎，竟然发生争执，为队友多拉了1公里而争执，只想自己多付出一些。C队考虑B队还有三天征途，总想赶走B队，独自承担起陪伴小虎的责任。B队坚持留下，只因为答应，这苦累，担了！

当书福艰难地从地上站起，将使用过已经沾满污物的白手套小心折好塞进裤腰，当我们的B队在狂风中、在沙暴里、在烈日下，一次次停下前进的脚步，一次次弯下已经酸胀的腰，将无人区的垃圾捡起背上，还大自然以美丽，只因为我们是来膜拜的，我们答应过爱护我们心中圣洁之地。这苦累，担了！

在BC连，这一情景再度涌现，只走B段的同学，竟然要垄断帮助队友的权利，理由是C段更艰苦，你们应保留体力。

在C段最后10公里沙地，光华六个兄弟自觉停下来等待落在最后的复旦“戈们”老吴。我们告诉老吴：“你在，兄弟们一定在！”我们同样告诉救援车：“光华兄弟在，老吴就在！”云鹏在A队时已经透支，B C段也一直未休息好。但是，他坚持在老吴20米范围内陪着，走走停停，以别人的节奏决定自己的速度。光华的兄弟已然成为变频的行走机器。刘岩，以自己不习惯使用手杖为名将手杖让给老吴。其实我们都知道刘岩膝盖早已受伤，这五天都是靠这手杖帮助分担躯体加载给膝关节的重量。

光华的戈九组委会，是光华戈壁挑战赛历史上最庞大的组委会。没有任何利益，唯一的收入就是辛苦和付出。但是，只因为答应了加入组委会服务，这苦累，担了！

担了！担了！为光华，为队友，为环境。或许回到帐篷，不少同学会手抚双膝呻吟，咒骂自己到底为什么来到这鬼地方。但是，第二天跨出帐篷，迎着朝阳，依旧阔步向前……

整个戈九，都是这样一幅幅的画面。光华人因为答应担了，而忘却了自我的痛苦；因为答应担了，而无私地奉献体力与智慧；因为答应担了，而义无反顾地把队友拖上；因为答应担了，而毫不犹豫地背走垃圾……

因为答应，所以担了！光华的戈九，就是光华之队顽强拼搏、泪洒兄弟肩膀的赛场；光华的戈九，就是光华之队展现大美人性、无私奉献的舞台；光华的戈九，就是光华之队始自“敢当”、行至“无我”的旅程！

在此，我要再次感谢所有帮助光华之队的人们，正是你们给了光华之队源源不绝的物质能量；再次感谢融爱融乐的孩子们，正是你们给了光华之队远远超过体力付出的精神力量；再次感谢光华之队的全体队员们，正是你们的辛勤付出，使我有机会欣赏到人生这最美丽的动人景象！

谢谢大家！

北大光华戈九服务生

厉　伟

2014年8月26日

大漠雄鹰

9公里处，我们已经快追上厦大的后队男生了，我听到旁边有人在用对讲机呼叫："北大光华，第1位男生通过，配速500，位置9公里。"原来我们被人盯上了。

越是掌声不断、竞争氛围浓烈的时候，我的斗志越高。我打起精神，用心感受着跑姿和身体的反应，脚步感觉越来越轻盈，身体越来越快乐。不知不觉间我一个人冲出了三剑客的队形，向厦大的兄弟紧追而去。

教练不断在对讲机中提醒我保持稳定，不要急于前冲。我知道教练的意图，我们现在快赶上厦大的兄弟，只要我们保持这个节奏一路跟随，在终点冲刺是我们的长项，我们擅长的就是在最后别人筋疲力尽的时候我们还能不断加速冲刺。这不是因为我们有超出别人的能力，而是我们平时刻苦训练的结果。

我放慢脚步，等着小斌和建华。我完全不知道建华此时一直是拖着一条断腿，从离我们500米的后面一路狂追而来。我只听到他的呻吟声由远而近，虽然今天的赛程只有22公里，但他的呻吟声却比平时还要浓烈。我以为连续三天的奋战，他已经是强弩之末，所以没有太在意。如果当时知道他带伤奋战，我无论如何都要用绳子拉他前行。至今，回想这一天的经历，我依然愧疚不已，我没有做好队长和大哥，在兄弟危难时没有援手。建华用忍耐成就了自己的英雄之誉，也用忍耐成就了他大哥的不义之名。

17公里处，已经能看到光华B队的兄弟们定点站在路边为我们喝彩加油了，他们虽然不能对我们提供帮助，但此时我们正是人困马乏之时，他们站在这几个关键点给我们加油打气，顿时给了我们无穷的动力。我听到锋利、朝晖、棒棒、波波、王珏等给我们的加油声，心中热血沸腾。

进入18公里区，已经到了关键时刻，我们已经超越了几个厦大的兄弟，但因为人太多、太杂，我们完全不知道到底超越了几个人。

教练在不断地催促，我在对讲机中听到她不停地在发脾气，不知是何缘故。事后我才知道小斌此时已经筋疲力尽，建华开始拉着小斌前奔，这是在关键的最后4公里，只要一拉人，我们的速度就会降下来。拉人是确保大家能完赛，但绝对保证不了以好成绩完赛。所以教练一路催促加鞭，心急如焚。而我因为一直在前面狂奔，对后面发生的事情浑然不觉。20公里处，小斌和建华都在对讲机中叫我停下来拉他们。我赶忙把身上的绳子解开，我等着他们靠近我时，一边跑一边把绳子给他们，就像接力赛中交接棒一般。我甚至都不知道我的绳子后面挂的是小斌还是建华，我心中只有一个目标：追上前面厦大的兄弟，我们要拼尽力气超越！

赛后，我回想这段路小斌和建华为何在18—20公里左右就累劈了。总的来说，以小斌、建华和我三个人的年龄，连续以如此大的强度拼搏三天，在各个院校是罕见的。从本次比赛的个人成绩就可以看出这一点。个人前八名的名单如下：第1名：长江的衷存皇（8：14：04），第2名：长江的袁皓（8：18：28），第3名：厦大的丁丰（8：38：15），第4名：中欧的邹君平（8：41：06），第5名：北大光华的邱小斌（8：44：21），第6名：北大光华的施建华（8：44：26），第7名：北大光华的汪书福（8：45：05），第8名：厦大的林毅群（9：06：02）。除衷存皇和袁皓明显水平比我们几个人高外，第三名至第七名的成绩相差都在7分钟之内，而第7名与第8名相差20分钟以上。其中在这前7名的名单中，我、小斌和建华三兄弟的年龄最大，其他人都比我们小至少7岁。这并不一定是证明我们能跑，据我所知整个戈九各个院校的A队队员中，比我们三个跑得好的还有好几个，只是那些人根据各自的战术安排，中间可以休息一至两天，不需要全力冲刺三天，所以他们三天的累计成绩不如我们。这点从另一个侧面反映我们三个以这么大的年龄，要全力拼搏三天，是多么艰苦！这也是为何我们在第三天最后4公里跑得那么艰难的真正原因。

从更进一步的角度来分析，建华的原因主要是在3公里处跨越沟壑时小腿肌肉断裂，他休息了一会儿，自己按摩，后来忍着剧痛来追我们的过程已经用尽了他的所有体能了。从昨天晚上建华强烈建议要有人拉他开始，我就担心他可能已经预见他自己的体能可能会跟不上。我们每个人都能感知自己，我相信建华跑了几年，一定对自己的身体感知清晰，所以今天他受伤与自己的体能不足也不无关系。

小斌累劈还有一个原因应该还是在第一天他体力消耗太大所致。虽然他昨天还表现神勇，但那是他的身体底子好，用身体积累的能量强行达成了昨天的目标。第三天他身体里面的体能耗尽，自然在最后关键时刻难以发动攻击。

我之所以在第三天还能一直保持好的状态，我认为还是跟跑步的姿势有关。因为我身上的体能储备比起建华和小斌肯定要少。但在戈壁上我有两大优势：一是身体轻盈，消耗少。特别是在第一天沙尘暴的天气下，我比小斌的风阻小，加上小斌和建华一路为我挡风，为我节省了很多体能。二是我的跑姿。我在戈壁上大部分时间用的都是窄幅多频的跑姿，只有在少部分的公路上我为了放松肌肉才用一些相对步幅大一些、频率慢一些的跑姿。我这种窄幅多频的跑姿在软沙地上跑相当节能，在上坡时也非常省力。

另外，在戈壁的三天帐篷生活，我比小斌和建华休息得更好。自从上次敦煌拉练我拉了三天肚子，我一直对自己的身体反应很谨慎。在戈壁期间，我每天吃半片安眠药，一直保持心灵的静默，除了跑步和开会，我主要是看书、休息。因为在戈壁上我不认识几个人，很少有人来打扰我。但小斌和建华在戈九上朋友兄弟众多，每天都有很多人来找他们聊天、请教。我后来听小斌说他在戈壁上的最后一个晚上睡眠不足一小时，这么短的睡眠时间是完全无法做到体能恢复的，一定对第二天的比赛产生不利影响。

戈壁挑战赛的行程已经接近尾声，玄奘之路其中的120公里比赛路段还剩下最后的3公里，在四天的拼搏之后，这短短的3公里注定是悲壮而星光闪耀的一段路。就在我们到达这里的十几分钟前，长江的队长束存皇和队员袁皓两位兄弟上演了一出感人的"英雄让名"故事。

长江之队前两个竞赛日的成绩累计已经比第二名中欧领先26分钟，今天到达最后的3公里时，他们依然遥遥领先，所以长江获得冠军已经毫无悬念。

此时，袁皓与束存皇并驾齐驱。按照前两天累计的成绩，如果他们俩同时冲线，意味着袁皓将获得本次戈壁挑战赛的个人冠军，束存皇将获得亚军。虽然组委会因为考虑个人安全因素，并强调团队合作的戈赛理念，没有设立个人奖项。但成绩摆在那里，无论谁取得冠军，在所有的戈友心中一定拥有崇高的地位，那是名副其实的英雄，是真正的大漠雄鹰。

当赛道两边的所有各校B队队友正在为长江之队加油，一睹这支冠军之队的英雄风采时，让人不可思议的一幕发生了。袁皓突然戛然而止，停了下来。衷存皇先是一愣，问袁皓："皓子，你怎么了？"袁皓说："你先跑吧，我的脚崴了。"长期训练累积的默契告诉衷存皇：袁皓想把冠军头衔拱手相让。衷存皇也停下来，对袁皓大声说："就剩下3公里了，你死也要坚持下去啊。"此时袁皓心里早已盘算清楚，他的成绩比衷存皇少了5分钟以上，即便是他慢跑到终点，也比衷存皇的时间少。但衷存皇一再坚持要袁皓跑起来，他一时无计，就跟着衷存皇跑了一段。眼看着离终点还有1公里左右，袁皓看来心意已决，今天无论如何要把冠军让给队长。于是他突然停了下来，再也不跑了。衷存皇又一次大声喊着袁皓的名字，催他跑起来。此时，长江的前队兄弟都已明白正在发生的事情，谦让下去甚至会影响到长江的团队成绩，王学军兄弟大声催促着衷存皇："队长，你快冲，你快冲……"比赛已经到关键时刻，衷存皇无奈，一边号啕大哭，一边冲刺。旗门两边的观众被这一幕所感动，大家都为义薄云天的长江勇士们鼓掌。袁皓在原地停下来，紧盯着手表，直到10分钟后，确认衷存皇能拿到冠军，才一路走向终点。即便是这样，他的成绩最后是8：18：28，比衷存皇仅慢了4分钟，获得亚军，比第三名还是快了20分钟。

毫无疑问，袁皓在跑步能力上的强大在戈九A队中无人可及，他虽然不是冠军，但在所有的戈友心中，他永远是冠军。但与冠军的头衔相比，他更加让人尊敬的是他内心的精神品质！对于男人来说，荣誉往往比生命还重要。"士可杀，不可辱。"一句话解释了为何古今多少英雄豪杰为了荣誉而不惜牺牲生命。袁皓在终点时刻，以一种近乎殉道者才用的悲壮方式，把冠军拱手让给了自己敬佩的队长。他为了团队荣誉，奋勇争先，舍我其谁？为了兄弟情谊，视名利如土，我已归隐。"敢当"

和“无我”的戈壁精神，在这个云淡风轻的早晨，在戈九比赛的最后关键时刻，被袁皓演绎得淋漓尽致，他高尚的情怀和精神品质注定将在戈壁上永放光芒！

我虽然至今未曾与袁皓兄弟谋面，但对这位兄弟的仰慕之情难以言表，如能交到这样的兄弟，那是何等的荣幸！何等的快意江湖啊！

袁皓兄弟，你是真正的大漠雄鹰！你是戈九的骄傲！

终点时刻的眼泪

光华之队的三剑客正推进到最后1公里，我已经能听到旗门前的擂鼓助威，听到两旁夹道欢迎的人为我们鼓掌加油。我们光华三剑客，用两段绳子相连成一体，我们神情肃穆、体态僵硬，机械性地沿着终点前山脚的小路狂奔。

赛后，我听到光华的兄弟跟我说，在最后的2公里，北大光华近200名同学站在赛道两边的山坡上看着以两截绳子串成一条直线的光华三剑客艰难前奔，无不落泪。他们不断鼓掌，喊着加油，擦着抑制不住的泪水。而此时，我们三剑客像三个纤夫，目视前方，艰难前行。此刻，我们三个合力为整个戈九比赛描绘了一幅悲壮的画卷，演绎了兄弟情谊、团队精神的真实内涵，也为光华戈九画上了一个圆满的句号。

我到终点了！对我来说，整个比赛结束了！一霎时，我的脑中一片静寂，周围没有任何声音，虽然这种状态可能仅维持了一秒，但我仿佛在那个沉寂的世界待了很长时间。

我回过神来，听到了震耳欲聋的欢呼声。因为各校C队和亲友团的人都在终点迎候英雄们的凯旋，所以终点处人山人海。我打完卡，领取了完赛纪念章，一走出赛道，就被光华的兄弟姐妹簇拥着。他们拥抱我，搀扶着我，叫着我的名字，争着给我拍照。我不知道什么时候脖子上多了花环，手里多了一瓶水，墨镜被挤掉了。我第一次体验到什么是英雄凯旋，那种万人欢呼的场面，那种发自内心的对你的尊敬和崇拜，让我的心如此骄傲，如此陶醉！

我被簇拥到光华大帐，与小斌和建华一起，我们三个好开心。耳边不停地听到快门的声音，眼前是闪光灯不停地闪耀，我们三个坐在那里，保持着微笑，好多人过来争相与我们合影。我们是A队第一批回来的英雄，所有人积攒了一上午的满满的爱统统倾泻在我们三个身上，我们从来不曾经历，也非常难以适应，但我们内心在这一瞬间出现了巨大的改变。我们曾经那么羡慕英雄，在这一刻，我们就是真正的英雄！我们经过一年的拼搏，经历身心的沧桑，一步一步往前走，不经意间我们走上了英雄的舞台，成为万人欢呼的对象。

我稍稍缓了一口气，放心不下我们后队的队友，换好衣服后再次来到终点处，迎候我们后队的兄弟姐妹。我在终点的出现再次引起光华之队兄弟姐妹的热烈响应。在终点处我看到美女胡蝶，她非常开心，她说没想到我们这么厉害。我笑着调侃说："还记得你在点将台时的承诺吗？一定要与我们A队的所有英雄合影哈。"她爽快地说："没问题，我先和你合影吧？"我那时没带手机，就用她的手机给我们拍了合影。光华之队一直有这种一诺千金的文化，不管是厉伟大哥的《因为答应》，还是胡蝶的一时之诺，大家都会践行自己的诺言。这是非常好的品质，有好的文化的团队将来才能持续进步。

不多一会儿，我看到墨鱼组合、梦湜大姐和宣利相继冲线。飞鱼一到终点又是控制不住的号啕大哭，哭声震动天地。这是一条汉子，敢冲、敢拼、敢死、敢哭、敢笑。莫飞和梦湜大姐都被好多人簇拥着，我看到她们俩都是泪水滔滔，这是我第一次见到梦湜大姐落泪。我知道这几天她非常艰苦，但她一直强忍着，现在到终点，比赛结束了。心防的堤坝一旦打开，情感之泉就一定会滔滔不绝。我看着好多人抱着飞鱼、莫飞、梦湜大姐哭成一团的样子，顿时难以自控。我转过头，仰望着蓝天，泪水瞬间就把我的蝙蝠侠衣服打湿了。

千百年来，那么多人如朝圣般对戈壁顶礼膜拜，不是因为它神秘，而是因为它公平啊！今天，我们虽然都是卑微如蚁的布衣之族，不经意间，于不惑之年，在每个人历尽千辛万苦的付出之后，我们能够在戈壁上外展雄才，内强心境。这不就是人类一直所追求的公平世界吗？

大家扶着我们的队员进到光华大帐。在C队队长王宝森的带领下，今天在终点处，光华搭了8顶大帐，现场无限量供应兰州牛肉面和西瓜。在这个几乎没有人烟的荒漠，这种待遇，对大家来说就是人间仙境了。宝森兄一年来为我陪跑，戈壁比赛期间每天早晚不间断地给我们A队队员短信和电话问候，他这种文韬武略之才能、重情重义之秉性，让我深深佩服！

队医李恒川医生悉心为我们三剑客一一检查身体。我今天在3公里跨沟壑时，脚底就进了两颗小石子，但一直忙于奔跑，来不及倒出来。到终点后才发现脚底打了两个大泡。李医生用针小心地帮我把泡挑破，用酒精棉消毒。我们已经有四天没有洗过澡了，脚上的味道可想而知，但李医生还是那么专注。想起李医生这一年来在我伤痛过程中对我的悉心照顾，在每次比赛中对我的提点，在这次戈壁比赛过程中尽心、勤勉地为大家服务，我内心真是感谢不已。在每一个英雄成长的过程中，有多少像李医生这样的无名英雄在背后默默地支持啊！

轮到检查建华时，建华一直抱着自己的右小腿，李医生摸了摸痛点，建华疼得大叫。李医生吃惊地说："你的这束肌肉可能断了。"我们在旁边的人听了吓了一大跳。肌肉断裂？那是怎样一个严重的事故啊？我赶紧问建华："这是什么时候的事？"建华说大约3公里左右。我说："那你为何不叫我？"建华说："我不知道是肌肉断裂，我以为是教练打了我一棍，但看到教练在我前面，所以当时只是感到莫名其妙。"我看着这位三弟，没法不佩服他的毅力！拖着一条断腿跟着我的速度，奔跑19公里，这还是人吗？这得对自己多残忍啊？

三弟建华，你是光华之队当之无愧的英雄！

大家都在猜测我们的最终成绩，有人说我们三剑客回来的时间仅次于长江，可以进前三了。我们心里都很高兴，没想到我们在最后几公里跑得那么慢的情况下还能跑成今天第二。很多人给我们的解释是中欧和厦大的人跑错路了。

所有A队的队员都已经回来，我们一起开心地合影，各种组合：或A队、B队、C队，或班级，或区域，在"玄奘之路"的石碑前，在光华的大旗下，不亦乐乎。A队队员到这个时候才真正地放松下来，去感受戈壁，享受戈壁。我看着宣利、飞鱼、云鹏和基文大哥等都乐得几乎有点手舞足蹈的样子，不禁感慨：戈壁真是一个让人回归童心的地方！

最后的成绩已经出来了，我们北大光华第四名。第一名：长江（8：11：50），第二名：中欧（8：43：00），第三名：厦大（8：43：40），第四名：北大光华（8：46：08），第五名：上海交大（9：47：55），第六名：同济（9：55：51）……我们与第三名厦大仅有两分钟之差。我听后，心里有点失落。昨天我们与第二名厦大的差距只有33秒，今天扩大到2分钟。作为一线的队员，心里肯定是非常难受的。据说教练一听结果就哭了。我能理解她的感受。前三名，那是一个差点就能摘到的果实。过程中如此跌宕起伏，我们在第一天已经摸过了第三名的奖杯，在随后的两天里却越行越远。

但我只有片刻的失落，内心马上就归于平静。因为作为队长，我非常清楚戈九光华A队的实力和状态。我们都尽力了，这个结果符合我们的能力现实。而且，从我个人来说，收获最大的不是名次，而是过程中那么多的感悟，那么多的友情，那么多的快乐，那么多的记忆。

下午2点，组委会的颁奖仪式在终点举行。每个学校都开始列队进入会场。我在排队时碰到厉伟大哥，他告诉我等会儿让我上台领奖杯。我有点意外。从参与戈九以来，我一直在忙着跑步，虽然职位是队长，但从来都只是干些修身齐家的事，负责队内的沟通和协调。而类似治国平天下，在校际的平台上抛头露面的事我从来没有参与过。今天，厉伟大哥让我上台领奖，是对我这一年成绩的肯定吗？今天我们很遗憾没有进入前三，我内心总有种淡淡的不安。虽然从队员的角度，我的内心已经淡然。但作为队长，我必须关心光华内部对A队的评价如何，我的队友这四天的拼搏是否能得到认可。厉伟大哥让我上台领奖，彻底打消了我的疑虑，说明他对A队的成绩是发自内心的认可的。

我释怀了！相信我的队友跟我一样欣慰！

颁奖仪式气氛热烈！ 1 500多名队员在台前席地而坐，整个观众席旌旗招展，台上两边的鼓手激情四射，会场锣鼓喧天，好不喜庆！

颁奖的内容丰富，涵盖志愿者、工作人员、领队、赞助商、队员。这是曲向东先生安抚在本次比赛出钱、出力的各路人马，犒赏三军的重要时刻。每个上台的领奖者虽然一个个灰头土脸、疲态十足，但个个喜笑颜开、自豪无比。物质上的奖品对这些人都无足轻重，他们对精神上的认可却孜孜以求。就像幼儿园小朋友被老师奖励了一颗小红心，虽然微不足道，但给小朋友们内心的激励却如千军万马，催人奋进。

曲总不愧为戈壁之王，深谙人心！

按照组委会的规则，只有前十名的队伍才有资格上台领奖，其中前三名的可以单独上台领奖，第四名到第十名是集体上台领奖。这更加凸显了第三名与第四名的本质差异。这种荣誉上的差异激励着每一届戈友们奋勇拼搏。

主持人从第十名开始倒数，第九名、第八名……一直点名到第四名。我站起身来，从光华之队队友中拿了一杆队旗，跳上舞台。我从曲向东先生手中接过奖杯。右手托起奖杯，左手握着光华队旗，在台上面对着台下数千名戈友，面对着200多位光华之队队友，我激动地挥舞着大旗，挥舞着奖杯。光华之队顿时掌声雷动。“北大光华，光耀中华！”整齐、洪亮的口号声不绝于耳。

那一刻，我内心自豪极了！

看着场下队友们写在脸上的骄傲、兴奋，甚至是狂热，我的心突然涌现出一股莫名的落寞。一年来，我因一诺而进戈九，没想到过程中跌宕起伏，伤痛与委屈，荣耀与失落，岂是“煎熬”二字能够形容？我与戈九所有院校冲A的兄弟姐妹一样，一路衣衫褴褛，踏尽尘埃，冲破荆棘，历尽沧桑，不就是梦寐以求今天的成功吗？但当我们站在领奖的舞台上，实现了人们心目中的成功后，我的内心却陡然空洞虚无起来：成功是什么？是我脖子上的花环，还是手里的奖杯？这真是我所追求的东西吗？

我站在台上，抬起头，视线越过莽莽的人群，眺望着远处山梁上，在这片戈壁屹立千年、任风沙摧残而傲然不倒的白墩子烽。曾几何时，在战火纷飞、杀伐频仍的岁月，作为重要烽火台之一的白墩子烽是多么的举足轻重！而此时此刻，在这片无边的荒漠和蔚蓝的天际下，它是那么的安静。我耳边仿佛响起悠悠的童谣，自远而近：纵然世界万物兴衰、天翻地覆，我依然只有似水年华。

我顿然醒悟：成功其实什么都不是！唯一真实的是在终点时刻，我们眼里那一掬难以自控的快乐之泪。那眼泪淌在脸上，刻在心中！

（上）点将台上的光华之队

（下）第 1 天塔尔寺出发点光华之队合影（海洋供图）

最后 1 天比赛光华 A 队出发

冲刺终点（左起：沈梦湜、宣利）

领奖后 A 队队员合影

前排左起：王基文、陈蔚、张云鹏、李季、沈梦湜、野狼；

后排左起：胡小红、施建华、宣利、邱小斌 （海洋供图）

站在领奖台上的野狼（海洋供图）

第4章 苦战勃朗峰，回望

……

人生就是这么无常，恰如勃朗峰的天气，我们永远不知道下一刻将会发生什么。

三年以前，我根本不知道自己会走上跑步这条路，不曾想到自己在不惑之年会在全世界各地跑马拉松、跑越野，更没有想到自己现在每天像跑步大师一样到处传播跑步的好处，尤其是科学跑步的好处。跑步于我，已经成为生活的一部分，既给我带来了许多快乐、健康、感悟和成就感，也经常给我带来意想不到的煎熬和苦痛，每一次煎熬都是那么刻骨铭心，又是那么的欲罢不能。

就像今天，在勃朗峰天空跑世界冠军赛42公里马拉松赛的35公里附近，我神情恍惚、身体虚弱，几近崩溃，在异国他乡，身陷险境之地。我现在可以随时宣布退赛，因为我经常跟朋友说退赛是为了让自己在未来跑得更快、更远、更久，退赛是识时务的英雄之举。但我内心的意志又告知自己要坚持，因为我离终点只有8公里，我已经完成了大部分赛程，我只要再休息一下也许就好了。

我回过神来，看了一下表，10分钟已到，这是我设定的休息时限。我感知了一下自己，也许是前几次的补给已经过了40分钟以上，也许是坚持的意志打败了放弃的冲动，总之我感觉状态好了不少，能感受到体能在一点一点地恢复，身体开始凝聚力量，双腿肌肉重新有了弹性。这是一个好的征兆，代谢系统一旦恢复正常，能量就会源源不断地供应上来。我站起身，检查了一下背包的绑带，让背包更加贴紧自己的身体，然后开始加速爬升，一口气冲到37公里补给站。我坐在打卡点旁边的山顶露天咖啡厅门前的椅子上，看了一下表，这一段路程虽然仅有6公里，但我却用了近2小时。我知道我的极点已过，离关门时间还有两个半小时，剩下的路程只有5公里的爬坡，无论如何我都可以完赛了。我心情喜悦，坐在椅子上看着眼前的雪山美景，喝着爽口的可乐，悠然自得地享受起来。

后来我才知道，我的家人和同学、朋友等关心我的人，都在网上看着直播，他们一直在计算着我的速度，当这一段经过一个半小时还没看到我经过打卡点时，他们许多人认为我已经退赛了。是啊！这段路程我用了几乎两倍的时间完成，没人知道我一共休息了四次！一直到我在37公里补给点喝完可乐出发经过前方的打卡点后，我的亲人朋友们才看到我的打卡状况。于是微信群里一片欢腾和点赞，而我也踏上了最后一个赛段的收官行程。

很多人强调跑步中的坚持，认为这才是一个跑者最珍贵的品质，而我则更相信科学。每一个跑者必须用科学的头脑来武装自己，除了不断钻研跑姿、提升体能外，还要熟知运动医学和运动营养学，不仅仅要知道如何避免伤痛或者如何进行补给，还要在出现伤痛时、出现不适时知道如何应对、如何纠正，以便快速让自己恢复到能“坚持”的状态中来。我曾经开玩笑地对跑友说："凡是不以科学的态度参加运动的跑者都是对自己的身体要流氓，最终会把自己折磨得遍体鳞伤，而不会取得自己应该取得的成就，更不会获得运动带来的真正乐趣。"

人生亦是如此，没有捷径！

当我在离终点还有2公里左右的地方看到二弟小斌正在烈日下静静地等着我时，我再次感受到了见到亲人的激动。二弟再一次用行动证明了自己的严谨自律、有诺必践。我只对二弟说了一句话："求你明年不要再忽悠我来跑80公里了。"我一方面对刚才35公里处的状况记忆犹新，另一方面又对自己能度过那一段最黑暗的时光充满了自豪和感动。不管怎么说，我再一次战胜了自己内心的恐惧，对自己的身体更加了解，更加知道怎么来保护自己不受伤害了。

二弟一直陪着我爬着终点2公里陡峭的山坡，为我拍照、摄像，并把我的照片及时发到国内的比赛直播群里。赛道两旁的观众不断鼓着掌、欢呼着，我感觉自己像英雄凯旋，比赛过程中的痛苦记忆顿时消失得无影无踪，我甚至在最后400米以快速奔跑的状态冲刺完赛。

我最后的完赛成绩是7小时36分30秒，列整个比赛2 000多名参赛选手中的第1 110名，也是中国业余参赛选手中第一名。

而四妹李季首次参赛就斩获殊荣，夺得女子第8的好成绩，刷新了中国人历次参赛纪录男子第16名的最好成绩。

李季在参赛前心中忐忑，不知自己在世界级的选手中的地位。经此一役，她找准了自己的目标。我坚信，从现在开始，中国一位女子越野大神已经横空出世，必将活跃于世界的越野跑坛。而我在赛前忐忑纠结于自己能否完赛，能取得这样的成绩实属意外，对自己在越野上的优点和缺点有了进一步的认知，为未来在跑步中如何规划自己的赛事行程有了更现实、更深刻的理解。

我一直认为我对自己的身体还算了解，因为从戈九以来我一直坚持与自己的身体对话。我有一个致命的要害，即至今没有找到任何一款在跑步过程中吃下不反胃的能量胶。正因此，我在年初曾突发奇想，希望在比赛前增加体内脂肪，以便关键时刻靠脂肪来补充体能，增强自己在高速奔跑中的耐力。而要增加脂肪就得减少跑量，虽然我一直保持核心肌的训练，但跑步的时间和距离都必须大幅减少，我把每个月的跑量都刻意控制在50公里以内。这与几乎所有的跑者在大赛前的准备都是背道而驰的。但我因为体脂比一直较低，在我没找到合适的能量胶或能量棒之前，这是我做的最大胆、也是最无奈的决定。没想到我真的在勃朗峰马拉松中因此一招致胜，虽然过程中有过近一小时的低潮，但身体的恢复比以前任何一次比赛都来得快，而且比赛完毕后除了咽喉因为一直干咳和干呕肿痛外，身体其他地方没有任何不适，下身肌肉甚至都没有大赛后的僵硬感。我深知我这半年积累的身体能量在这次比赛中起到了至关重要的作用。

谁能天生就会跑？

三年来我一直在问自己这个问题，在我所了解的所有跑者中，我既没有见到任何人是天生会跑步的，也目睹因为人与人之间巨大的差异而导致不是每一个人都能成为跑步大神。我只知道我见证的每一位努力奔跑的人都取得了让自己引以为豪的成绩，也见证过某些别人认为不可能成为跑者的人最终却跑成了令人景仰的跑神。

我并不认为自己是一个成功的跑者，而且从不相信成功有固定的模式，也不相信一个人靠刻苦努力就能成功。因为每一个人都千差万别，而每一件事都千变万化，成功的关键是面对千变万化的机遇时拥有随机应变的灵感和解决问题的能力，而这样的灵感是与生俱来的天赋，机遇则是可意不可求的上帝之赐。所以，成功是不可刻意追求的。但对任何必须要做的事力求“做到自己能力范围内的最好”则是可以追求的，这不仅仅是一种责任，也是历练自己、等待机会、培养解决问题的能力的正确态度。

跑步也一样。如果一个人有天生的跑步潜质和后天形成的优秀身体条件，只要刻苦训练就一定能成为让人敬仰的跑神。但我相信包括我在内的每一位业余跑者，特别是中年后开始跑步的业余跑者，我们每一个人的目标是把跑步当成锻炼身体的途径和修身养性的工具，而不是要把自己培养成跑神。所以我们只要正视自己的不足和差距，刻苦用心不断超越自己、充分挖掘自身的潜能、力求做到自己能力范围内最好时，我们就已经成为一个优秀的跑者，就能收获跑步所带来的健康和快乐。

谁能天生就会跑？

舍汝其谁！

附　录

人生需要情怀

我出生在20世纪60年代末期。那个时期，从我当时一个幼小孩子的眼中，所能看到的是即便在中国远离政治中心的最偏远的农村，这样的场景也比比皆是：为了争田、争水、争山，甚至为了一棵果树，为了小孩的一次调皮就能大打出手，甚至能斗个你死我活。一部分人利用手中的权力和拥有的拳力，把另外一部分人往死里整，仿佛有杀父之仇、夺妻之恨。但自我能明白事理后，再去向大人们盘问那些不堪回首的往事时，却发现他们并没有什么深仇大恨。一个泱泱文明古国，本应该是善良知耻的民族，本应该是有礼有节的民族，变得如此这般，仅仅是因为愚昧无知的缘故。

我开始读书时，“文革”刚刚结束，国家正在重整秩序。

作为受害的家庭之一，在这样的环境下，我从小只相信权力和拳力，深信“枪杆子里面出政权”的道理。

我的家族在1949年之前在农村相对比较富裕，家里有地契和房契，被土匪抢劫过。那时能被土匪盯上，说明家里是有个三斤二两的。

幸亏我父亲读过私塾，很明智地在解放后、土改前就参了军，并被派到朝鲜参加抗美援朝。我父亲一出家门，看到中国大地打土豪分田地的热浪正席卷全国，有知识和文化的他，马上提升了政治敏锐性，致信给在老家任一家之主的他大哥我大伯，让他尽快把所有的地契都还给别人。这一举动以及我家是现役军属之家这个事实，使得土改时我家被划为中农。

那个年代，家庭成分几乎决定了家族的生死。虽然我家里侥幸没有被划为地主或者富农，但"中农"也不是一个让人骄傲的成分，贫农和雇农才是骄子，所以我小时候经常被别人欺负，也经常目睹我的家人被别人欺负。被人家教训得多了，我的内心难免就有怨恨，也慢慢积累了斗争的经验。

自能读书识字以后，我对所有打打杀杀、讲义气、拼智慧的小说都很痴迷。小学期间我就已经熟读《杨家将》《水浒传》《三国演义》《三侠五义》《七侠五义》等江湖义气的小说。我深信人类的生存是弱肉强食，自己要强大起来才能不被别人欺负，并对在我小时候欺负过我和我家族的人恨之入骨，总希望有朝一日能扬眉吐气、雪耻前怨。

我从小身材就很矮小，打架根本不是同龄人的对手。更何况那时允许留级，不像现在有义务教育。所以同班同学很多都比我大一两岁甚至三四岁，被这样的同学盯上就太悲催了，哪里还敢对抗。但我从小就不是那种甘愿屈服的人，所以要想不被欺负就得斗智斗勇。那时我就认识到朋友的重要性，经常会组织策划我的兄弟们如何去教训那些欺负我但我又打不过的人。

记得小学三年级时，有一个大我几岁的大个子同学老是欺负我，我左躲右闪不得，于是便模仿《三国演义》中"木门道张郃中计"一段：

蜀国的魏延和关兴与魏国的张郃交替佯战，假装不敌、诱敌深入，最后在木门道射杀张郃。上午放学后，我站在放学回家的路上，远远地挡住了那位大个子同学的去路，他立马大怒，向我奔袭过来，我的几个好友提前埋伏在路两边的稻田里，等大个子迫近，我的兄弟们一齐冲出来，还没等大个子同学明白过来，他已经被我们几个摁住一顿狂揍了。中午我在吃午饭时，大个子同学的家长牵着鼻青脸肿的他来我家向我父母告状，我父母大吃一惊，他们压根儿无法想象我怎么打得过大个子同学。当然，最后的结果是我也被父亲狂揍了一顿。

经过几次典型的打架案例后，欺负我的人就少了。

我那时浑身戾气、玩世不恭，感觉自己已经看透世界，并摩拳擦掌，一副要与天斗与地斗与人斗的架势。在这种情绪的干扰下，我甚至不太想读书，因为我认为武力才是解决问题的根本。虽然我的成绩一直都是名列前茅，但对学习的态度并不端正。那时，父母教育我的唯一理由，就是希望我能通过读书改变命运。我现在回想，如果我不读书，我们弟兄多人窝在老家，心怀怨恨而不能自解，那后来会是什么样的光景。

上大学期间，一直非常喜欢历史的我，把《中国通史》读了个遍，《东周列国志》《前汉演义》《后汉演义》《史记》《资治通鉴》等我更是爱不释手。读的书越多，心中的怨气就越少，越觉得曾经以为至关重要、难以释怀的事，其实连皮毛都算不上。越来越认知到在那个年代、在偏远的农村，之所以大家一味相信暴力，根本原因就是愚昧和无知。当一群无知的人碰到一群道貌岸然的煽情推手，令人悲叹的结果便可想而知。

于是，我一方面对那一段经历逐渐心怀感恩，如果不是生存在那样的年代，偷懒享乐的我是否会那么上进求真？我可能真会成为在农村到处惹是生非的小混混了。另一方面，我也发誓要尽自己所能去影响、改变我的家族和我的同乡们对社会和人性的认知，只有当他们的视野能看到更广阔的天地，他们才会相信世界其实没那么拥挤，人与人之间可以更有尊严地融洽相处，生活可以更加美好。

所以当我后来到深圳创业以后，每次回到老家，我都会去看望那些曾经让我和他们之间彼此都认为有“宿怨”的人，请他们吃饭，给他们提供各种帮助。我并不是要显摆什么，只是发自内心地想帮助他们。非常高兴的是，我的家人都能与我一样去原谅他们、包容他们。因为生活在那个年代的人，无论他们做了什么，大家都是受害者。站在历史的大视角来看，每一个人都是值得同情的角色。

有一次，我回老家把父母及他们的那些“老朋友”，还有我儿时一起战斗过的兄弟们邀请过来，我们在一起吃饭、喝酒，把酒言欢，虽然不敢追忆往事，但大家都变得很坦荡。记得那次我们聊到痛快处，我开怀大笑的同时突然内心哽咽，便连忙起身走到静处，眼泪控制不住地流。我太高兴了！当年想都不敢想的场景，真真切切地就在眼前。我做到了！当几十年的宿怨犹如千年坚冰在我们的努力下一点一滴融化时，那一刻涌现的复杂情感便如汹涌的江河之水，喷薄而出！

那是我第一次感受到在梦想之中闪现的情怀。

读史使人明智，历史上所有的恩怨是非，所有通过打打杀杀解决问题的人最终都没有达到目的。史曰：诛人不如诛心。

晋文公重耳在19年的逃难生涯中历尽磨难，半途中马夫因为受不了艰辛而当了逃兵，而且还带走了所有盘缠。同行谋臣赵衰等只能以讨饭来帮助自己和晋文公求生，历尽羞辱和艰辛。当晋文公10多年后即位成为晋国国君后，他听从谋士意见，不但没有杀这位背信弃义的马夫，而且还隆重地请他做城门官。这一举动为晋文公赢得了礼贤下士的美誉，各国贤才谋士蜂拥而至，晋文公最终成就霸业，成为春秋五霸之一。

诸葛亮为何七擒孟获而不杀？不是不敢杀，而是不能杀，杀了就难以保证蜀国西南边疆30年的和平。

康熙8岁即位，时任四位辅政大臣之一的鳌拜专横跋扈、跑马圈地，手握兵权而拥兵自重。康熙到16岁时智擒鳌拜，解除了心头之患。鳌拜在位时，当时朝中不少文武百官慑于鳌拜的淫威而偷偷投靠，期间少不了有书信往来。在诛杀鳌拜后，康熙不但没有秋后算账，反而还把所有从鳌拜家搜出的书信都原封不动地就地销毁，使得那些战战兢兢的大臣彻底没有了后顾之忧，从而死心塌地地为大清效力，并帮助康熙灭了三藩，建立了不朽基业。

史书中，胸怀天下、包容异己的人都能成就事业、诸事顺利。而斤斤计较、睚眦必报的人都难以善终。智商决定了人能走多快，人品决定了人能走多远。

受史书启发，我在大学里就立志要与更多的人融合，在自己成长的同时，更要培养自己帮助他人的能力，搭建帮助他人的平台，并最终实现帮助他人的愿望。我给自己立了一个规矩：不管自己身处何种环境，绝不拉帮结派，不党同伐异。以公平、正义为准则做事；以包容、正直、豁达做人。

一个身处优势地位时不鄙视弱者、处于弱势地位时能对强者不亢不卑的人，是内心强大的人。而能够尽自己所能、不以追求个人利益为目的地去成就他人的人，则是真正的强者。后者虽然做起来很艰难，但只要心中有这种价值追求,就能指引自己朝着梦想的目标前进。

20多年来,无论是对内还是对外,我都谨守这样的价值观做人做事。

对内,作为家中唯一的大学生,我把父母以下全家30多口老小从农村带到城市,让他们在城市里面立足生根,每个家庭都有属于自己的居所,大多数人都有城市户口,有在城市立足的技能,他们的子女都能享受城市的福利。虽然他们大多数都只有小学文化,但经过多年的历练,如今他们已经练就了浑身本领,在城市中面对复杂的竞争能够游刃有余。在上大学时,因为家中经济上难以支撑,我不得不靠向学校借贷款和勤工俭学完成了四年的本科学业。毕业后,我又用自己的努力不但还清了学校的贷款,还逐步改变了我们整个家族的命运,实现了父亲复兴家族的愿望。现在,每当看到父母在家庭聚会上那种满足、开心的神态,我由衷地高兴!

对外,我一直不遗余力地通过自己的言行告知身边所有人要善良和宽容,多奉献少索取。在互联网时代之前,很多人会对此不屑一顾;但在互联网思维大行其道的今天,你会发现你做的好事越多你越有正气,你的朋友就越多,不知不觉你获得的快乐和机会也就越多。

所以,做任何事出发点若是为了追求金钱和物质利益的人,总是很难成功。而那些处处以正义善良之心帮助他人的人总能得到让人羡慕的收获。关键不在于做事的水平,而在于做人的境界。

我自2002年入读北大光华EMBA,2003年开始担任光华EMBA华南高尔夫协会会长一职,一干就是11年。在这11年中,我主导的华南高尔夫协会向每一位光华EMBA同学开放,从没有向会员收过1分钱会费。但我们华南高尔夫协会无论是在北大光华内部还是与其他商学院相比较，都是最活跃的组织之一。我们的团队收获了很多高尔夫商学院联赛的个人冠军、团队冠军。

这个协会每个季度至少举行一次比赛，每次来的人少则五十，多则上百。华南高尔夫协会一度成为北大光华华南唯一的跨班级、跨年级的交流平台。每次大家聚在一起都非常亲热、非常和谐。一个团结、互助的队伍会有无穷的想象空间，无论是竞技水平还是团队氛围都能突飞猛进，让人羡慕。而作为组织者的我深知，团队要想一股正气，组织者就必须要做到大公无私，做到不计较回报，有奉献精神。

华南高尔夫协会因为不收会费，没有任何活动经费。为了正常开展定期高尔夫交流活动，我想了一个办法：每次季度赛都按照班级轮流举办的方式来进行。这样一方面解决了比赛经费来源的问题，另一方面也让大家有组织荣誉感。

记得有一次，轮到要举办当季比赛活动的班级因内部不和睦，已经几年没有举办过班级活动了，没有人愿意出来挑头组织。按照管理需要秩序的原则，如果跳过这个班级，一方面这个班级的高尔夫会员将来会在协会里觉得没面子，影响团队氛围；另一方面，后面的班级也可能会效仿不继续承办活动，势必影响高尔夫协会未来的正常运转。再者，当我得知这样的情况，我认为我应该尽自己的绵薄之力，尽可能帮助这样的班级实现内部和解。于是，我找到他们班级的几位大佬坐下来谈，我说："组织一次高尔夫比赛活动大约需要10万元，如果你们内部不能达成一致，这10万就先由我来出，名义还是你们班级的，等你们达成一致再还给我。总之，我希望你们班级对外的团结形象不要被破坏。"这个班级成功人士很多，大家都是聪明、善良之人，即便内部有些不和谐也不是本质的矛盾。经过我这么一斡旋，他们很快就达成了一致，不但顺利举办了这次高尔夫比赛，而且活动还搞得很有特色，他们班级也顺便举行了一次难得的聚会，实现了班级内部的全面和解。他们有一位大佬事后私下很感慨地跟我说，如果我能去做他们的编外班长就好了。他说："我认识你快10年了，你永远都是那么正能量，那么热心帮助他人，没看到你有什么个人目的。"我笑着说："今天你对我的评价让我很开心，也许这就是我的个人目的吧。"

这样的案例在我20多年的工作生涯里还很多，我不知道这算不算一种情怀？

年少时，我认为，人生要有理想，我们应该为理想而打拼、努力。但当我步入中年，我越来越感觉人不但要有理想，还应该有梦想。理想更多是个人的，而梦想是更多人的。如果我们能生活在一个没有争斗、没有是非，大家都充满正能量、愿意付出的环境中是否让人更加愉悦？这样的愿望肯定是梦想，但如果我们都努力起来，我们就能把梦想一点点变成现实。

我们经常被他人误解甚至质疑。比如，即便我帮助了我家族里的很多人，他们也会认为我帮助不均衡而心生怨气。又比如，即便你一身正气，也会有人质疑你的动机。此时，如果自己意志不坚定，或者心胸不开阔，一定会无比纠结，难以自解。但如果我们能抛弃私念、敞开胸襟，不以他人的评价而改变自己心中的梦想，坚持自己的价值观、坚守内在的发心，勇往直前，就能做成一些自认为力所不能及的事情。我太太曾经因为我的家人总是只知向她抱怨，却不懂得感恩而苦恼过，那时，我就这样告诫她："因为我们帮助家人是我们应该承担的责任，而不是为了得到他们的赞美，所以无论他们心存感激还是抱怨连连，于我们都一样，我们依然应该按照我们自己的方式，在合适的时机去做我们应该做的事。”

对事业和朋友也一样。我们首先应该让自己自强。“不给他人惹麻烦”是户外的准则，也是人生的准则。我经常对别人说：“我们今天锻炼身体，是为了将来老了不给儿孙添麻烦。因为锻炼身体与不锻炼身体的区别不在于是否能延年益寿，而在于不锻炼身体的人可能最后的十年在床上度过，而锻炼身体的人可能只有最后的十天在床上度过。久病无孝子，为了将来走得有尊严，好好锻炼身体吧！”

其次，我们要有“传承”的使命感，这种传承包括文化传承、商业传承等等。

所谓文化传承就是我们应该利用一切的机会通过言传身教来教育我们的晚辈们，教他们做人做事的准则。可能这个无关乎利益，但这个比利益更加重要。因为如果每一个人都遵从基本的道德准则、商业伦理，社会就会有秩序，我们每个人身处其中就会感到轻松舒适。

商业传承就是去帮助后来者创业，传承我们的经验，让他们少走弯路。当他们能够在更短的时间内创造更多的财富时，社会上一定有更多的人受益，这才是最大的共赢。

这种“传承”的使命感是否也是一种情怀呢？

帮助他人的人才知道自己有多强，包容他人的人才知道世界有多大！

我经常说修炼身体不如修炼灵魂，因为灵魂决定发心，发心决定行为，行为决定结果。如果灵魂清澈，发心就一定会纯洁。而情怀就是灵魂深处偶尔划过宇宙的流星，虽然只有一瞬，但无限美丽。

从戈壁归来，我因为感悟一年中为冲A做出的努力和戈壁4天比赛的艰辛而写了一本书——《谁能天生就会跑》。这本书还没问世就受到了商学院众多戈友兄弟姐妹的热捧。第一版印刷了9 999本，一个月内就被抢购一空。这次再版准备印刷2万本，已经被预订了7 000多本。这本书的受欢迎程度实在令我感到意外！

更让我意外的是，在戈九归来后，各个院校的领队和戈九A队队员们迅速成立了一个跨校组织——九A会，我居然被推选为首任九A会会长。这件事我在本书中特别表述过。这个会长是我迄今为止最有压力的一个职务，九A会也是我在同等时间内倾注心力最多的一个组织。

我之所以如此重视这个组织，如此的战战兢兢、如履薄冰，是因为几个理由：

第一，这是自有戈壁挑战赛以来，第一个跨商学院的组织。也几乎是华语圈（包含国内港台地区与海外新加坡等）到目前为止唯一的跨国、跨地区、跨院校的组织。

第二，九A会人才济济，我以一介草民，不知何德何能居然被推举委任如此要职，不说被吓死，也确实诚惶诚恐。

第三，这个组织既然前无古人、开天辟地，就应该纲举目张、头绪分明。可是，九A会定位在哪？未来走向何方？是跑步健身还是商业合作？是追求利益还是公益慈善？等等问题都需要组织者牵头厘定。

第四，九A会横空出世，多少人会冷眼旁观！九A会到底是现存利益的争夺者，还是商学院群龙无首的组织者？是一个让别人羡慕嫉妒恨的组织，还是一个能让别人羡慕嫉妒赞的组织，甚至能成为一个让别人羡慕嫉妒融的组织？这些都是让人拭目以待的事，也是让我夜不能眠、寝食难安的事。

我深知九A会的兄弟姐妹对我信任背后的重任和压力。这不仅仅是对我能力的考验，也是对我胸怀和境界的考验。

于是，我在九A会制定了四条准则：

第一，任何人都不能有私心。如果九A会的平台未来有收益沉淀，一定要通过公益或者慈善的方式捐赠出去。

第二，所有的决策必须是民主和公开的。所有九A会成员人人平等，没有大佬。

第三，每届会长的任期只有2年，不能连任。以便让更多的兄弟姐妹来为大家服务。

第四，九A会要建立第三方审计机构。对九A会的所有资金走向进行审计，确保公平、公开、公正。作为九A会兄弟姐妹的服务者，光明磊落是基本要求。

美国的开国总统华盛顿是我崇拜的偶像。我佩服他不但有梦想，而且在权力巅峰时能够急流勇退，不贪恋权力。更为重要的是，他在任期间建立了一套比较完善的民主机制，让后来的每一位美国人都有可能通过公平竞选成为总统，通过公平竞争使自己成为商业骄子。他设计的体系把政府的权力关进了笼子，而让每一位公民享受到了民主、自由、平等的权利。

我希望在我的会长任期内，能在九A会现有的261位兄弟姐妹心中深深根植民主、平等、正直的基因，让大家深知民主带来的不仅仅是权利，还有责任。

为此，我们专门成立了一个民非组织（民办非企业组织），这是一个完全公益的组织。虽然这个组织的经营模式与企业是一样的，但民非组织与企业最大的区别是没有股东权益，所有的利润除了基本开销外，只能捐赠。所以，我对九A会的兄弟姐妹说，这个民非组织是我们现实与理想的平台。现实就是九A会每年的开销都要从民非组织来支出，理想就是我们每年把多余的钱拿出来选一个公益或者慈善的方向去捐赠。在捐赠的过程中,我们每一个九A会的成员一定会因为自己是爱心团队中的一员而倍加自豪。这种方式既提升了社会对我们企业家群体的认可,也让我们这些跑步的企业家有了更多的社会自尊和自律。

九A会的整个平台体系设计,寄托了我一直以来的梦想。我希望未来的中国社会会更加和谐、共赢,更加平等、正义。我相信中国人能通过智慧实现这样的梦想。

如此,这是否也算一种情怀呢?

在富力海口马拉松暨首届商学院马拉松比赛期间,九A会作为首届商学院马拉松比赛的策划、组织和规则制定者,受到了近千名商学院兄弟姐妹的认可。这次赛事也是商学院有史以来最盛大的一次马拉松活动。这说明了九A会的宗旨、行为已经逐步深入人心,也证明九A会这个组织能在民主、正直的基因下健康发展。这让我深感骄傲和自豪!

今天,我在书中借得方寸之地,告知大家我的心路历程、我做人做事的准则和态度。人生也许并不完全美好,社会也许并不完全和谐,但只要坚守我心,则心安理得!

未来某一天,当我们坐在典雅的西餐厅,品着甘醇的葡萄酒,抚今追昔,回忆那些过往的喜怒哀乐,或豪情佐酒,或笑骂人生,那一刻快意恩仇,如果没有情怀,那是何等的无趣!

如何跑得更轻松?

2013年6月初我开始跑步，2013年12月8日我把处马献给了深圳国际马拉松比赛，至2015年1月3日，总共13个月的时间，我参加了以下大型比赛：

1. 2013年12月8日深圳马拉松（全马，即全程马拉松，42.195公里，下同）；

2. 2014年4月13日无锡马拉松（半马，即半程马拉松，21.1公里，下同）；

3. 2014年5月22～25日敦煌120公里商学院第九届戈壁挑战赛（越野）；

4. 2014年7月27日旧金山马拉松（全马）；

5. 2014年10月19日北京马拉松（全马）；

6. 2014年11月23日广州马拉松（全马）；

7. 2014年12月7日深圳马拉松（全马）；

8. 2015年1月1日大鹏马拉松（半马）；

9. 2015年1月3日厦门马拉松（全马）。

我俨然成了马拉松达人了！

跑了6个全马，每个马拉松带给我的感受是完全不同的。

下面我想通过这几个马拉松的经历谈谈我对跑姿、营养、体能、伤痛等方面的要点总结。

2013年12月8日，深圳首届国际马拉松比赛，全马，完赛时间是4小时43分。

首届深圳马拉松也是我个人的处女马拉松。当时是因为两周后要进行戈九Top 20比赛，所以有点不敢跑。但结果与设想差距很大。我跑完的感觉不但不轻松，而且完全可以用“死去活来”来形容。深马让我最深刻的体会是两点：

1. 马拉松不是跑得慢就一定能轻松，在适合自己的速度区间相对慢一些即可。因为跑的时间太久了，体能消耗一样很大。

2. 马拉松比赛一定不能在终点冲刺。我因为第一次跑马，离终点还有1公里左右就开始全力冲刺，到终点线时我差一点晕倒。事后一想，这么长距离的跑步，4个多小时的行程，压根没有必要为了节省几十秒而拼搏。

很多马拉松猝死事件的发生地点大部分都是离终点很近的地方。因为那时人的体能已经快消耗殆尽，一旦加速，身体机能根本无法适应，特别是心脏的负荷已经到达极点。如果看到临近终点进行冲刺，对自己身体的感知就会变弱，精力在路上而不是在自己的身体上，就很难感知到心脏以及其他身体部位给自己做出的不适反应，一旦崩溃后果不堪设想。

2014年4月13日，无锡马拉松，半马，完赛成绩1小时48分。

我是在两天的大运动量拉练后完成无锡马拉松半马的。因为是戈九拉练的一部分，我完全按照教练的要求完成半马比赛。因为多种原因，我没能用自己的号码跑，所以实际成绩与组委会公布的成绩不一致。对本次马拉松的介绍本书前面已有描述，在此不再赘述。

2014年7月27日，旧金山国际马拉松，全马，完赛成绩3小时49分。

这是我在戈壁挑战赛后第一个马拉松。跑旧马时我状态很好，虽然5月底戈壁挑战赛回来后的训练已经不成体系，但毕竟离戈赛只有2个月的时间，戈壁挑战赛后的基础还在。

7月的旧金山天气非常好，空气清新，气温在15摄氏度左右，那正是跑步的好时节。旧金山马拉松组织水平也相当高。分组出发，从6点开始每15分钟一组，根据历史上的个人成绩进行分组排序，跑得快的被分在前面出发。我因为报名时只有一个深马成绩，4小时43分的成绩只能排在中间偏后了，所以出发时间在7点多。这种出发方式与后来我参加的厦马相比要科学得多。我记得厦马前10公里都无法正常跑起来，组织水平的差距可见一斑。

旧金山马拉松最虐人的是上坡，累计1.8公里的上坡实在让人受不了。我本来是计划跑进330的，所以一直是按照450的配速跑（每公里4分50秒），但一路都是上坡下坡，跑得我晕头转向。10公里左右上金门大桥，到桥头折返回来已经是14公里处，我以为金门大桥过后应该是一马平川了，没想到一下桥又是一个大坡。

我勉强一路支撑到25公里，此时的均速仍然保持在450，因为我每次上坡虽然降速到5分30秒左右，但下坡我就全力加速到4分20左右。到25公里左右，我远远看见前面又出现一个长长的上坡，心里一阵悲叹！我知道我今天不可能跑到330了，精神一松懈，就开始直线掉速，一直到终点再也提不起精神来了。

因为有深马和戈壁挑战赛的经验，整个旧金山马拉松全程，我对自己身体的感知非常清晰，不断计算着剩下的路程，调集和分配着自己身体的能量，全程除了在水站补水，没有任何停歇跑到终点。

旧金山马拉松给我的收获是跑马前一定要花时间了解整个马拉松的各种细节，特别是对于想出成绩或者想破PB（个人最好成绩）的跑者。我因为在马拉松比赛前一天才从纽约赶过去，根本没有做任何的功课，不了解路线情况，对结果设想过于乐观，结果离预期差得太远。幸亏我能及时调整，否则很容易中途跑劈掉，影响完赛。

但旧金山马拉松给了我一个新的收获，就是上坡和下坡跑姿。因为在戈壁基本上下坡很少，即便有也是很小的坡，所以我们平时拉练和训练对上下坡没有太多针对性。这次跑旧马，因为太多的上下坡，我就用心应对，用各种跑姿变换着，感受其中的不同。最终，我发现上坡时，用重心放低、保持双腿弯曲、小步快跑（减小步幅、加快步频）、用臀大肌带动双腿的方式最有效。

很多人在爬山和跑上坡的时候不自觉地用大、小腿发力，因为这种发力是最自然的。但这种发力方式一方面对膝盖的伤害最大，另一方面不可持续。我曾经在很多场合教别人怎么用臀大肌爬山或者跑上坡，经常是那些总叫着膝盖疼的老徒步者起初都不屑一顾，后来试了我说的动作后，几个小时登山回来都轻松自如，不但膝盖没有感觉，腿酸的程度都大大降低了。所以，现在越来越多的人找我学跑姿和登山的姿势。

用臀大肌爬山和跑上坡最关键的是要彻底放松腿部肌肉，完全由身体的摆动带动臀大肌摆动，大腿在放松的情况下自然往前甩出去。这种跑法对锻炼臀大肌也很有帮助，彻底解放膝盖的压力，是长期徒步者必须学会的最省力姿势。

下坡的跑法也非常关键，因为很多人下坡时都不自觉地挺直身子并把身体保持后仰的状态，这是人在下坡时的本能反应，却是最错误的跑姿，因为这种姿势必然导致足跟落地，对身体的震动是最大的，我们听到很多人下坡时脚步声音巨大就是这个原因。

下坡时应该保持身体与地面垂直，双腿弯曲，重心仍然是放低，这种动作自然借用地心引力推动整个身体前进，保持全脚掌或者后脚掌外侧着地。这种跑姿不一定最快，但一定最省力，对长距离跑者来说，效率最重要。

2014年10月19日，北京马拉松，全马，完赛成绩3小时41分。

这次的北马因为雾霾太大（PM2.5指数超过400）而引起全国范围内的指责，算是这次马拉松最大的“亮点”吧。

跑北马对我是一件非常纠结的事，雾霾还不是最主要的原因。2014年6月初我开始连载我的书——《谁能天生就会跑》，自此我几乎把所有精力都用在写作上。8月中旬书写得差不多了，又忙着出版。9月6～7日在东莞水濂湖举办九A会成立大会，因为是我们北大光华主导，我作为队长自然是义不容辞要承担主要的组织工作。这一切都是耗费精力的事，跑步训练就不得不耽误了。

我在北马前两周左右去深圳大沙河公园训练时跑了10公里，琢磨出了如何用核心肌带动臀大肌和大小腿跑步，感觉突然之间身轻如燕、步履轻盈，而且非常省力。这种跑姿最大的优点就是释放了膝盖的压力。

现在很多人一说到不能跑步或者爬山的理由，90%以上都说是膝盖不行。很多人说的一个观点就是：人的半月板是与生俱来，无法再生的。跑得越多、半月板磨损越快，后半辈子就会残废了。还有人说每次爬山膝盖都会痛很久，所以自己可能是天生就不能爬山或者跑步的。

这些观点其实都是错误的。跑步对膝盖有压力这是事实，如果盲目地跑步，肯定很容易造成伤痛。但如果科学地跑，膝盖不但不会受伤，反而会使支撑膝盖的大腿肌肉和小腿肌肉更加强壮，膝盖的受力更小。不仅仅是在跑步和爬山的时候，就是平时走路，膝盖因为受力更小而受到保护，也会使得膝盖在未来年纪大的时候更健康，而不是更“残废”。

所以科学地训练，科学地跑步，用正确的跑姿跑步，用正确的方式来锻炼支撑膝盖的肌肉，从而达到真正保护膝盖的目的，这个才是我们每一个人应该重视和关心的事。那些以跑步伤膝盖为理由，从而拒绝跑步和锻炼的人，最终只会更加羸弱。当锻炼的人到80岁还能腰板挺直，到处游山玩水时，那些不锻炼的人只能佝偻身躯、卧床哀叹了。

正因为琢磨出了新的跑姿，我在北马一开始就按照这个新琢磨出的跑姿跑。一路上我以4分30秒的速度开跑，前20公里的均速在4分40秒以内，而且感觉非常轻松。我在20公里处超过李季教练和杭国强兄弟。我知道国强兄弟作为冲刺戈十的主力，他的目标是330（3分30秒），所以李季教练特别安排其弟子孙琦一路陪护着国强朝着330的目标跑。我超过国强时还觉得很轻松，四妹李季（戈赛回来后，她和我们三兄弟就结拜为兄妹了）跟我说让我慢点，我当时不以为然，因为我感觉按照核心肌带动身体的跑法非常高效。

一直跑到30公里时，我的用时只有2小时28分钟，我感觉330是可以唾手可得了。可是在32公里时，我突然感觉完全跑不动了，我开始严重掉速，5分30秒，6分，7分。我觉得几乎不可思议，心肺功能完全没问题，但双腿无论如何都抬不动了。我甚至在最后的5公里就是以走为主。最后10公里的艰难超过了到目前为止我跑过的任何一个马拉松。我一路在心里咒骂，不仅仅恨自己不努力，甚至还骂锋利把我带进跑步圈，让我在这里丢人现眼（估计锋利听到了一定觉得很冤，但我当时就是恨自己，恨好多人）。

到达终点时已经是3小时41分，即便我最后10公里跑跑停停，还能突破PB（个人最好成绩），可见我前32公里的速度有多快！

四妹李季后来跟我说，根本原因就是欠练。这也是我跑北马最大的感受，不管你在技术要点上多么清晰，对跑姿研究得多么准确，没有足够的跑量，最终的结果只能是崩溃。所谓“天才源于勤奋，知识在于积累”就是这个道理。

2014年11月23日，广州国际马拉松，全马，完赛成绩4小时11分。

吸取了北马训练不够还把目标定得老高，最终崩溃的经验，我在广马时就想抱着乐跑的态度。因为北马后我依然没有时间训练，一直在忙着到处签书。

这是我第一次抱着乐跑的心态来跑马拉松。站在起跑线上，人感觉很放松，全然没有历次马拉松那种内心紧张、患得患失的状态。我的另外一个想法就是把这次广马当成2周后深马的长距离跑（LSD）训练。按道理来说临赛前一段时间应该以训备赛，但我现在只能以赛带练了，所以这样的状态不可能出好成绩。

广马的天气是我迄今为止参加马拉松以来最热的一次，早上7点多还没起跑的时候温度就已经在25摄氏度以上了。我盘算了一下这天气和自己的状态，知道一定不能有任何的野心。果然，一路上，我至少见到三次救护车从身边呼啸而过，想必都是为了抢救跑中暑的选手。我放慢节奏，见到补给站就找水喝，用海绵给自己的头顶和枕肩部浇水，跑到25公里后见到上坡我就开始走了。

广马期间，一个非常有趣的现象是很多很牛的人都崩溃了。比如我看到几个赤脚跑的兄弟，在30公里左右索性就赤脚走了，我真替他们担心，这样的热度，跑道快变成铁板烧了。更有意思的是我在32公里处看到一个330的“兔子”也在走，我于是追上去陪着他走。（330的“兔子”，是拟全程以匀速的状态，用3小时30分完赛的跑者。通常为组委会安排，便利其他跑者作为移动标杆。做“兔子”的跑者，有时头带兔子头箍，有时身系一个气球，也算赛事上一趣景。）我笑着调侃问这位倒霉的“兔子”：“兄弟，这么说我330还有希望？”他立马脸红脖子粗地回答说：“大哥，我对不起你！”我听后哈哈大笑。马拉松赛事就是这样，人算不如天算，碰到这种鬼天气，跑得越快死得越惨！

广马对我来说最大的收获是一定要审时度势！即便你已经准备了很久，如果天气不对或者自己的状态不对，一定要听从内心的呼唤，量力而行。

2014年12月7日，深圳国际马拉松，全马，完赛成绩是3小时41分。

2014年的深马是我自跑步以来参加的所有马拉松中跑得最舒服的一个。虽然成绩与我在北马的最好成绩持平，但我的全程配速基本上都在5分10秒～5分20秒。我感觉在广马上，我跑马拉松的心理成熟了；而在深马上，我的跑步技术成熟了。

这次深马，我在技术上的第一个收获是学会了用臀大肌牵引“落脚”（有的地方说“蹬地”，但落脚是指从后脚掌落地过渡到全脚掌，然后后脚跟离地、前脚掌蹬地的整个过程）。之前在北马，我学会了用核心肌带动身体“抬脚”，但“落脚”这个动作一直是靠小腿的力量完成的。在深马上，我尝试把落脚的发力点上移，用臀大肌牵引落脚，非常成功，再次解放了小腿的压力。自此以后，我几乎每次跑马拉松都没有出现过腿部肌肉酸痛和腿部僵硬的问题，主要原因是不需要每一步都发力。

技术上的第二个收获是对上肢动作的改进。我之前跑步时主要靠手臂的前后摆动带动上身的摆动，再驱动下半身，很多人也都是这么做的。但在跑深马时，我突然发现应该是肩部的摆动带动髋关节的摆动，再驱动下半身的。双手不需要主动发力，而是呈90度角弯曲轻贴身体，以放松的状态跟随上半身的摆动。确切地说上半身是以脊椎中轴线为中心，通过肩部的摆动带动髋关节的摆动，然后牵引臀大肌驱动身体前进。上半身的摆动方向和下半身的前移方向是垂直的，有点像汽车的轴承，轴承转动的方向也是与轮子转动的方向是垂直而不是平行的。这个动作的掌握意义非常大。因为之前用核心肌带动下半身跑，手臂带动上半身摆动，上半身与下半身是脱节的。现在通过肩部的摆动，带动核心肌，牵引臀大肌并驱动身体前进，所有的动作都在一个体系内，协调一致了！这个动作对我后面跑马非常有用。

用肩部以脊椎为轴心摆动还有一个好处是节奏稳定，手摆动的节奏不一定是均衡的，但肩部摆动的节奏基本上都是均衡的。跑步过程中的节奏和放松非常关键，把节奏控制好了，就会以均匀的呼吸进行长距离耐力跑。但如果节奏一乱，人体消耗的体力就会大大增加，效率就会大大降低。

这次深马的第三个收获是能量补给。之前我一直在探索究竟是每10公里还是每8公里补一个能量胶。在这次深马，我跑到10公里开始补第一个能量胶，然后每7.5公里一个能量胶，总共用5个能量胶完成全马。这个补给策略在后面的几个马拉松中都证明很有效，没有出现之前跑完马拉松有头晕、低血糖的现象。

第四个收获是盐丸的补给。虽然我很少在跑马拉松过程中出现抽筋，但基本上每次跑完后，一坐下来就会抽筋。在戈壁挑战赛期间每次跑完后也经常出现腿部抽筋甚至核心肌抽筋的现象。这种抽筋基本上都是在跑的过程中流汗太多导致身体盐分流失造成的。所以，长距离跑，盐丸的补给非常重要。但到底盐丸怎么补呢？以前我要么是开跑时吃一粒，要么是一次吃两粒。但我在深马时，起跑吃一粒，20公里时再吃一粒。结果跑完后拉伸的时候基本上没有出现抽筋的现象。我在后来的几个马拉松也尝试按这个节奏吃，状态也非常好。我想，也许这种盐丸的补给节奏是比较科学合理的。

第五个收获是配速。我们之前听到很多人说，马拉松比赛时刚刚起跑的配速应该慢一点，但到底慢多少？是否越慢越好？经过几个马拉松的比较，我在深马尝试着比预定全程平均配速慢10秒左右。这个策略事后证明非常有效。因为慢太多会影响成绩，后半程再怎么加速也是有限的。但如果全程按同一配速也不现实，因为一般马拉松的前5～10公里就是一个身体适应期，这个期间适当慢一些有利于身体调整。所以跑马拉松，如果在10～20公里时感觉最舒服，说明前半程的配速比较合理。如果前10公里跑得很舒服，10～20公里出现疲劳现象，则30公里很可能就会出现撞墙期。我在这次深马以后，后来在跑厦马和海马时都没有出现严重的撞墙期，我认为就是配速控制得很好的缘故。

2015年1月1日，深圳万科马拉松（万马），也叫鹏马（大鹏马拉松），半马，成绩不详。

跑万科马拉松完全就是乐跑，因为一方面是元旦期间，应酬不少，休息不充分；另一方面也因为两天后（1月3日）要跑厦马。所以就没有计划在万马中跑全程。因为万马没有设半程马拉松，所以我和三弟施建华就是按照自己的手表控制跑量的。我俩跑了10公里左右，正好是穿过杨梅坑这个小村，此时正是早晨9点左右，路边的米粉店里坐了不少边吃早点边欣赏我们跑马拉松的看客。三弟建华立马停下来要去吃粉，说这香气太诱人了，一定要尝尝。我知道他最近跑量少，就是想偷懒。我问他："带钱了没？"他答："没有。"我问："那怎么吃？"他答："大哥肯定带了。"我这兄弟是真了解我啊！我从小饿怕了，一般身上都会带点钱，生怕自己没钱就没饭吃，看来今天带的100元派上用场了。

我俩就这么优哉游哉边吃边看着5米外的跑道上热火朝天跑步的人群。陡然发现看跑马拉松其实也是很有趣的。他们跑姿不一、状态不同、神态各异。我和三弟穿着马拉松的服装看着那些跟我们穿着同样衣服的人在跑，感觉自己像逃兵。

一位老伯在旁边关注我们很久，终于忍不住对我们说："你们还跑不跑啊？怎么吃起来了？"我哈哈大笑，看来我们在吃粉，老伯急坏了。我跟三弟使了个鬼脸，说："你要再不跑，老伯就要去跑了。"我俩又哈哈大笑，吃完粉我们不往前跑，直接折返，跑到我们酒店附近时，正好是21公里，就撤了。

万马给我最大的感受是组织水平。不得不说万科的组织管理是相当有水平的。过程管理相当到位，每一个细节都考虑得很周全。参赛包的配置也很豪华。后来郁亮大哥说，万马所有的赞助商都是高端、专业的。只有优秀的合作伙伴在一起才能组织一场完美的赛事，这几乎是所有参加万马的选手共同的感受。

2015年1月3日，厦门国际马拉松，全马，完赛成绩是3小时51分。

我参加厦马完全是非常意外的。因为我要组织海口马拉松，当时二弟邱小斌跟我说国内马拉松组织得最好的是厦马，建议我去感受一下。那时，离厦马比赛只有3个星期左右。于是我临时找人报名。好在九A会的兄弟姐妹相当给力，马上就要到了报名名额。这样，我基本上是最后一个冲进厦马的。

说实在的，厦马给我的感受是：整个比赛组织得很一般。4—5万人比赛，同时出发，前10公里基本上都跑不开。不知厦马为何不能借鉴国外分批出发的经验，让有能力的选手跑在前面，以便他们能实现自己出成绩的愿望。

我在跑到28公里左右的时候，看到路对面跑半马的人群都在成群结队地走，好像游行一般，长长的徒步的人群没有万人也有好几千人，感觉很不可思议。这是我跑这么多马拉松以来第一次见到这么多人在赛道上徒步，不知他们是因为人太多跑不起来的缘故，还是因为确实跑不动了。不过这么多人熙熙攘攘地在赛道上徒步前进，整个场景是否会让主办方和警察叔叔紧张呢？

但厦马让我感觉最震撼的是当地百姓对厦马的支持。我们在整个跑马过程中见到不少的大叔大妈或端着一壶茶静静地坐在草地上观战，或站在路边热情地喊加油，更有甚者，有的人在路边摆起了摊，免费给大家供应热腾腾的粉丝青菜糊。试想想，我们跑到27公里处，正是身心疲累，前方又是一个最大的坡要上攻，此时，路边有热腾腾的粉菜糊喝，那种温暖、那份感动，终生难忘！还有那些在路边嗓子都喊破了的学生，基本是嘶哑着嗓子，还是不停地喊加油。我听到有人因为感动，停下来问：“你们是被人雇来喊加油的吗？”答曰：“不是，我们是自发的。”又问：“你们快回去吃饭吧，看你们嗓子都哑了。”答曰：“你们跑得更辛苦，我们等你们跑完再回去。”这种来自民间自发的支持这么给力，说明马拉松这项比赛在厦门已经深入民心。很多城市的马拉松可以组织得更好、更加高大上，但真正要为市民所接受和大力支持，是需要很长时间的熏陶和沉淀的。

难怪每年厦马都有这么多的人从全国各地蜂拥而至来跑步，因为在这里，你会受到尊重。厦门市民的体育观念已经远远超过全国任何一个城市。一个城市的市民觉悟高，这个城市才是真正的觉悟高，这个城市才真正有希望。

李其老师跟我讲过一个他观察中美民间习俗的差异。在美国，小女孩崇拜的是有体育专长的男生，因为她们认为阳光、健康的人才是英雄。而在中国，小女孩崇拜的是成绩好的男生，因为她们认为成绩好将来才有出息。这种观念的不同不一定是导致男孩们选择人生路径的唯一因素，但这个观念某种程度上反映了中美当前在文明发展阶段上的差异。中华民族刚刚从资源匮乏、温饱问题尚难解决的困境中走出来。我们固有的观念还是要挣钱、养家糊口。而在美国，他们已经过着丰衣足食的生活，他们追求的是生活质量，而生活质量最重要的一个要素就是健康，这个健康指的是身与心的共同健康。美国人深知，大部分爱好运动的人都是身与心都健康的。从国内各种运动快速发展、国家对文化体育产业的大幅度扶持、每年国内马拉松人数和场次的大幅度增加等等几个简单的维度来观察，中国人的观念正在发生翻天覆地的变化，我们正在物质上逐步缩小与世界强国的差距，在精神上也在迅速靠近。这是我们每一个希望社会健康发展的人都感到高兴的变化。

我在厦马依然沿用深马的跑法，以非常轻松的方式完成比赛。虽然我最近锻炼得很少，但成绩没有太差，主要原因还是得益于我琢磨出来的跑姿和补给策略。

所以，在跑步上也是思路决定出路，凡事要善于总结经验，谋定而后动。

关于体能

我们前面谈到跑姿时，最多出现的词汇是核心肌、股四头肌等。肌肉力量是支撑跑姿的最重要因素之一。很多跑者有一个很大的误区，认为腿部力量是决定跑步能力的最重要因素，殊不知，最终决定能跑多远的最关键力量是核心肌。所谓核心肌是腰部、腹部、背部的肌肉群。核心肌是整个身体力量的源泉。如果核心肌力量不足，一方面身体其他地方的力量难以施展；另一方面，身体很难保持平衡，运动表现会很差。试想，一个人如果在跑步过程中身体歪歪斜斜，怎么可能跑得快，跑得久？即便能坚持跑到终点也会因为身体不平衡而容易受伤。

所以，核心肌是所有运动的根本，花时间锻炼核心肌将有事半功倍的效果。核心肌的锻炼有很多种方法，比如俯卧撑、平板、仰卧起坐等等，而且有很多软件也有这种功能，可以图文并茂地教你怎么练核心肌。

核心肌是否练好的标志是六块腹肌、人鱼线、马甲线等是否清晰可见。有了这些美丽的肌肉，不仅使得你的身材看起来美观、匀称，而且还会让你的运动能力大幅度增强。我一直跟人开玩笑说在跑步中，除了胸肌是没有用的（我认为那是给女孩看的摆件），其他的肌肉都能派上用场。我说这话不是因为我的胸肌太小，而是实事求是哈。

除了核心肌，大腿的股四头肌和腘绳肌群、小腿的比目鱼肌和腓肠肌这些大块的肌肉群，以及脚踝的力量等都是跑步能力的重要支撑。所以平时做深蹲、提踵等运动都是非常有必要的。

如果对以上的体能认知不够充分，还有一种简单的方式就是去健身房找一个体能教练，让他测一下你的运动表现，然后对症下药地训练。这是最简单、也是最快学到相关知识的途径。

关于伤痛

跑步中伤痛是不可避免的，伤痛的原因有多种，比如运动过量、运动方法不当等。还有一种是运动过程中因为身体的机能在成长，往往短板的部分会以伤痛的方式来体现，所以出现这种伤痛是正常现象，其实是提醒你这块地方比较薄弱，要加强训练这个局部点。比如髂胫束综合征就是典型的因为拉伸不够或者训练量不够导致的伤痛。一般跑者在一年内都会出现这种伤痛，但只要坚持拉伸、坚持训练和按摩，一段时间后就好了。

跑步中最大的两个疾病天敌是感冒和拉肚子。在感冒期间跑步一定要小心，很容易得心肌炎，甚至造成更严重的后果。很多人之所以在运动后容易感冒，就是因为运动后没有及时保暖。人体在运动后的抵抗力会大幅下降，因为身上的毛孔都是张开的。所以，一旦身体往外流汗停止，就要及时换下汗湿的衣服，穿上干爽的衣服。这是很多初级跑者最容易忽视的事。

另外一个就是拉肚子。跑步是非常有益于消化的。一般的初级跑者或者训练强度大的跑者每天会有两次大便，这都是正常现象，说明跑步促进了代谢功能。但如果因为食物不洁或者水土不服导致拉肚子，一定要减少训练量，或者干脆休息。因为拉肚子期间体能减弱，心肺功能会大幅下降，跑步过程中容易出现危险。

对于关节、肌肉、韧带、肌腱等的伤痛，如果必须训练或者要参加马拉松比赛，最好是打上肌贴来做局部保护和支撑。我因为2013年12月在深大训练时扭伤了右脚踝，至今都没有痊愈，所以每次跑马拉松，我都会打上肌贴。如果打肌贴的方式得当，效果还是很好的。肌贴的作用主要是两点：

第一，让强的肌肉来帮助弱的肌肉。比如跨过膝盖连接大腿和小腿的肌贴就可以通过大腿的力量来帮助小腿肌肉提供支撑，从而减缓膝盖的压力。有的肌贴可以连接多块肌肉，就能起到这个效果。

第二，帮助关节稳定。比如连接踝关节两边的肌贴、连接膝关节两边的肌贴都起到了稳定关节的作用。

不管是什么类型的伤痛，一旦伤痛发生，用业内大家都非常认可的RICE疗法是最有效的，也就是R（rest，休息）、I（ice，冰敷）、C（compression，加压包扎）和E（elevation，抬高患处）。

提升跑步能力的三个要素

要想提升跑步能力，关键是三点：

1. 心肺功能；

2. 肌肉的耐受能力；

3. 肌肉力量。

心肺功能是跑步能力提升最重要的要素，但往往也是最容易被忽视的。我们经常听到有人在跑步过程中的呼吸像拉风箱一样响，说明他的心肺功能已经到达极限，他肯定坚持不了多久了。我在书中多次提到长跑中要坚持三步一呼、三步一吸才能保持长时间匀速跑，而要想做到这点，对心肺功能的要求就很高。如果按5分的速度跑，必须一步一呼，一步一吸，说明他的跑步能力就达不到这个速度，必须要减慢下来才能跑得更久。

两个不同的跑者，心肺功能的差距对跑步能力的表现至关重要。比如，我们平时安静时心率都是60左右，一个跑者在跑步的过程中最高心率可以达到190，他的心率空间是130。而另一个跑者在跑步过程中的最高心率只能达到160，他的心率空间只有100。在长距离跑速度和耐力的比赛中，两个人的潜力还没有比就已经知道高下了。所以心肺功能对于跑步的人来说至关重要。

锻炼心肺功能的最佳办法就是间歇跑和变速跑。平时在训练场通过这种间歇跑和变速跑把自己的心肺门槛提升到一个更高的水平，在比赛时才能跑得更快、更久。

肌肉的耐受能力是指跑的时间和距离长了以后，肌肉乳酸的堆积达到一定程度后，肌肉就失去了弹性和力量，这就是我们平时遇到的所谓“撞墙期”。要提升肌肉耐受力，只有一个办法，就是平时要多进行长距离慢速跑（LSD）。这就是我们经常在网上看到有人说跑马拉松前20天要跑一次32公里长距离的原因。实际上，如果时间和体力够，每周一次30公里的大量，会有利于提升身体的乳酸门槛。这样在马拉松跑步时就不会出现撞墙期了。

至于肌肉力量前面我已经说过，在此就不赘述了。

马拉松比赛与戈壁挑战赛或越野赛的区别

作为8个马拉松和1个长距离越野赛的亲历者，我想谈谈马拉松与越野赛的不同。

我参加戈壁挑战赛的整个经历在本书中已经描写得非常详细，我不再赘述，与我参加的8个城市马拉松相比较，我认为无论在强度上还是压力上，城市马拉松与戈壁挑战赛都没法比。原因如下：

第一，戈壁挑战赛是团队比赛。每个人的成绩不仅关乎自身的荣誉，更重要的是还关乎团队的荣誉。在戈壁挑战赛中，个体已经缩到极小，团队才是主角。所以我在书中说个人如浮尘蝼蚁，团队的大旗迎风猎猎，那才是每一个个体的归宿。正因此，每一个人心中的压力都非常大，自己表现不好就一定会拖累团队，每一个人都不想成为团队的罪人，所以都会奋勇争先、拼死用命，这是戈壁挑战赛的残酷之处。而城市马拉松纯粹是个人比赛。好与坏都只关乎自身，进退自如。那些把自己跑得死去活来的人都是由于自身好强所致，几乎没有任何外在的压力驱动。

第二，戈壁挑战赛连续四天，总共120公里。每一天都拼得精疲力竭。但每一天结束后依然无法解脱，还得想着第二天的战斗，不得不调整自己，养精蓄锐。这种持续的压力，使得人精神高度紧张，身心疲惫。而城市马拉松则是一次性的长距离跑。虽然跑的过程也很艰辛，但一到终点就身心完全释放，接下来便可以放松休养。

第三，戈壁挑战赛或者越野赛是在戈壁、沙漠、乱石滩、沟壑等恶劣地貌环境下的长距离跑，对核心肌、股四头肌、脚踝等的力量要求都很高。而城市马拉松是在硬地跑，对核心肌和股四头肌要求很高，对脚踝的要求相对要小很多。

第四，越野赛不仅仅考验跑步的能力，还要考验户外生存能力。比如，需要选手自带GPS、对讲机，甚至自备几天的水、能量补给、睡袋等。各种赛事要求不一定一样。而马拉松基本上除了带能量胶，其他的水和功能饮料沿途都有补给。所以总的来说，越野赛对选手的要求要远远高于马拉松。因为，对于一个马拉松选手来说，只要准备一双轻便的跑鞋，跟着人群跑即可，一路上都有明确的路标。但是，如果一个选手没有一定的跑步能力、户外生存经验、应急处理知识等，基本上是无法参加越野赛的。还是那句话：户外的原则是不给他人增加麻烦。如果因为自己准备仓促、经验匮乏，当出现状况时一定只能求救于队友或者其他人，既会影响他人完赛，也会给自己带来烦恼甚至痛苦。

团队越野赛则非常受欢迎。正因此，我们九A会才想到把戈壁挑战赛团队比赛的刺激性带到城市马拉松中来，一方面是为了增加跑马拉松的乐趣，另一方面也是为了培养每一个人的团队意识，增强凝聚力。这也是经历戈壁挑战赛后的人为何对团队的认知那么强烈，而民间的马拉松高手基本上都是独行侠的原因吧。

备赛伊始，野狼站在椅子上强调要“科学”训练

“敢当”石

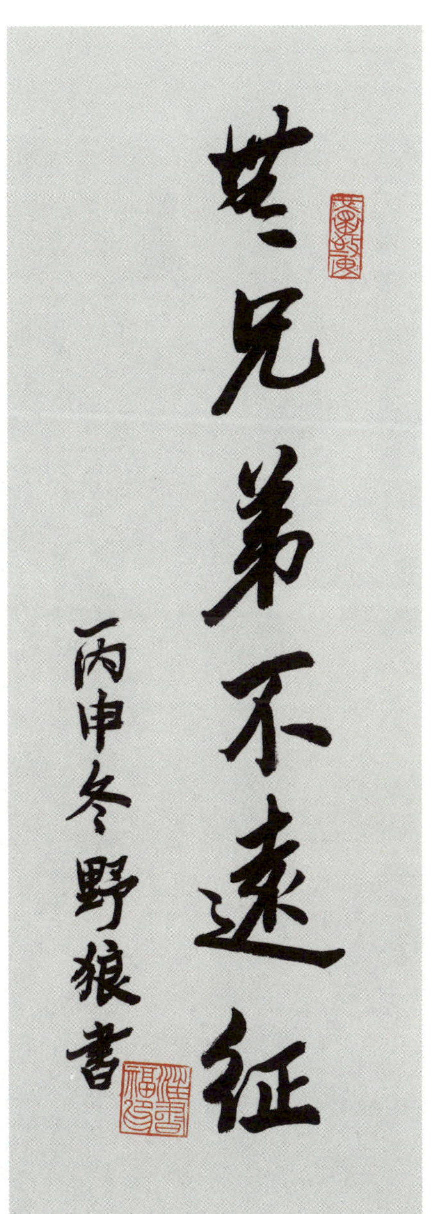

野狼书法——“无兄弟不远征”

“无我”雕塑

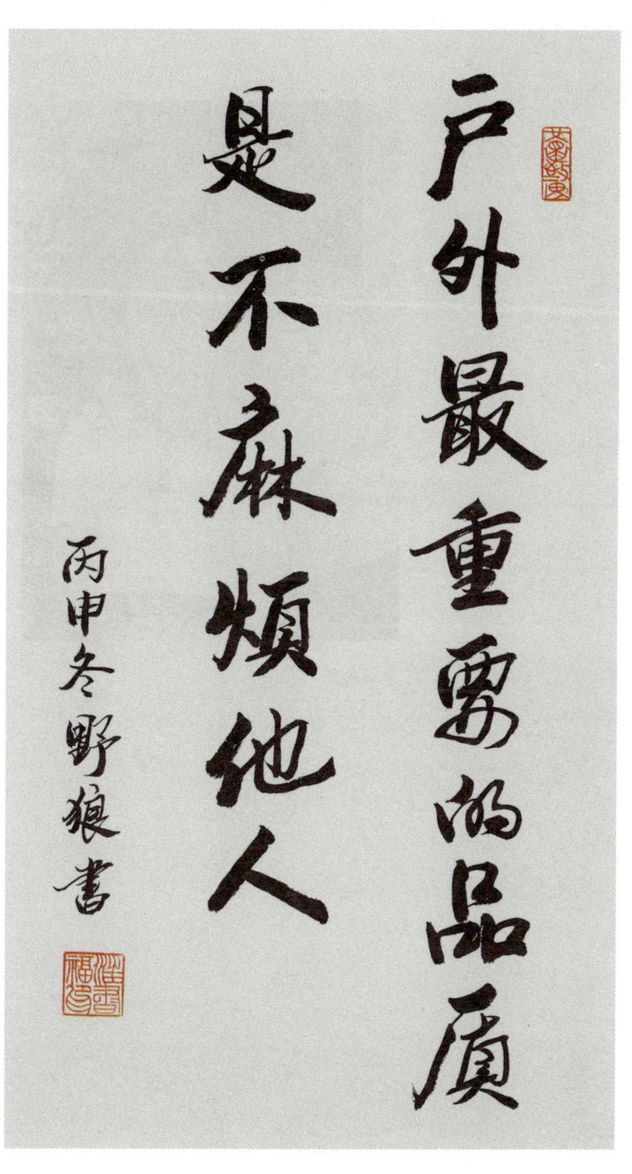

野狼书法——“户外最重要的品质是不麻烦他人”

父母合影

后　记

我理解的“户外精神”

正如我在本书《谁能天生就会跑》首版和修订版后记中所说，能写一本书对我来说完全是一件始料未及的事情。刚开始的时候，动笔只是为了与即将参加戈壁挑战赛的朋友们分享一些心得，以免他们走跟我一样多的弯路。我把这些心得每天在朋友圈发出一集，每集大约1 500～2 500字。写着写着，在光华师妹兼戈友王素涛、人大戈九A队队长季斐翀、北大师姐陈云霞等好友的帮助下，我的书得以顺利出版，并一发不可收，以至于后来又出了修订版，总印量达到25 000册之多。

如果没有认识施宏俊兄，我想关于我的书出版一事应该就到此为止了。

宏俊兄是我们光华戈十A队队员，当我了解到他在出版界大名鼎鼎时，我的书已经在其他出版社完成了修订版的出版发行。由于宏俊兄对我的书推崇有加，我们便从书的内容聊起，一直聊到发行，聊到如何让更多非商学院的人从这本书里学到跑步知识、团队建设、户外精神等。我一直对专业人士都言听计从，于是，就有了在宏俊兄所在的中信出版社问世的第三版即珍藏版。

这本书的首版和修订版有明显的不同，如果用简单的话来总结，那就是：

首版的目的是为了让戈友们不要犯我同样的错误，少走我已经走过的弯路。强调跑步是一门科学，要注重运动学、运动医学、运动营养学和体能学等方面的知识积累和实践，才能让自己跑得轻松、持久、快乐、健康。

修订版的目的是通过增加九A会成立的内容、商学院跑者之间的互动，进一步表达跑步是一种文化现象。通过跑步可以充分展示自己的人生情怀、公益大爱，通过跑步可以结识更多有英雄特质、惺惺相惜的朋友。

戈九结束后，我理所当然地成为一名跑步爱好者，确切地说是多了一种用脚步丈量世界的技能。每到一个新的城市，我都会用晨跑来了解这个城市的山山水水、人文风貌。随着参加的跑步赛事越来越多，我便不断突破自己，甚至敢于去挑战那些以前听起来都不是常人能参与的高难度赛事了，比如智利阿塔卡玛沙漠的250公里极地长征，比如欧洲阿尔卑斯山最高峰勃朗峰上最经典的越野马拉松——42公里天空马拉松（Sky Running）等等。从2013年6月开始跑步，至今我已参加了30多场国内外规模不同、形式各异的马拉松、越野、铁人三项、接力赛等正规比赛活动。

我一直有一个喜欢思考的坏毛病，说是坏毛病是因为这样会让自己很辛苦。正因为爱思考，跑着跑着，我发现跑步大有学问。跑步不单要讲科学，还可以通过跑步领略其中的文化现象，更有可能领会触及灵魂的哲学本质。我一直认为：哲学是精神的根本，精神境界的差异根本上是哲学理念的差异。而通过赛事的参与，既能了解赛事参与者精神境界的不同，也能了解赛事背后主办方的精神动机，并由此了解众多赛事呈现给大家感受不同背后的精神实质差异和哲学理念本质的不同。这种体验和比较，使我受益无穷，想要与大家分享，这也是我同意宏俊兄出版珍藏版背后的原因和动力。

至此，我也想谈谈我理解的户外精神。

网上可以搜索到的关于户外精神的描述已经非常全面了：竞技、公平、团队、互助、环保等等。而我要谈的是两点：户外活动参与者的独立精神和户外活动主办方的主观动机。

我们从小所受的教育主要是以服从组织为要旨：集体荣誉大于个人荣誉，集体利益高于个人利益。而这种教育的一个令人意想不到的结果是独立精神的迷失，甚至是缺失。

国外的参赛选手一直强调完赛奖牌（或者名次奖牌）的"含金量"。所谓奖牌含金量是指当你拿着这块奖牌时，你扪心自问：这次比赛是不是靠我个人的能力独立完赛的？在这次比赛中我的个人竞技是否发挥到了最佳水平？我是不是遵守了赛事规则？比赛中我的行为是否符合一个户外爱好者应该具备的道德境界？等等。总之，奖牌的含金量实际上讲的是奖牌中的精神实质。

很多人推崇我在书中多次提到的"无兄弟不远征"这句户外名言，因为这句话非常符合我们的教育背景，我们欣赏、渴望在户外遇到困境时相互之间的帮助。但在国外，选手们推崇的一句话是"在户外最重要的品质是不麻烦他人"。因为户外考验的是体力、意志力、自我管理能力，训练的是野外生存技巧和能力。每一个人的体力、携带的装备、食物等都非常有限，都是本着个人需求精打细算出来的。所以，每个人保证自己独立完赛至关重要。反过来说，如果要在他人的帮助下、给他人带来麻烦的情况下才能完赛，自己就应该主动退赛。这是户外的基本原则。

2015年国庆期间，我曾在极地长征智利阿塔卡玛站见到一位美女，一个赛前从来没有走过15公里以上、来自上海的单亲妈妈，为了给8岁的女儿一个完赛奖牌做礼物，在还没搞清楚极地长征是怎么回事时就报名参加了这个赛事。（极地长征在全球总共有四个比赛站点，其中阿塔卡玛沙漠站是最难的。按照赛事规定：每位参赛者都必须在出发时将7天比赛期间的吃喝穿睡用品全部背在身上，每天必须在规定时间内完成至少40公里的沙漠跑走，累计完成250公里。）

第六天我陪着我们北大光华的兄弟们连续走了20多个小时，当天完成近80公里，累计完成近240公里时碰见了她。我看到她正和一位男同胞一前一后缓慢地走着。她身上背包的腰带松松垮垮的，只靠肩带挂在肩膀上承受背包的所有重量。而在户外行走或者奔跑时，背包的腰带才是承重的主力，靠腰带把背包的重量分散在背上，并与身体捆绑在一起形成合力。所以背包不合适是户外大忌，不仅会使体力消耗增大，而且容易受伤。于是好为人师的我便跟她有如下对话：

"这个包跟你完全不匹配啊？"

"是的，比赛前匆匆买的。因为完全不懂，这几天苦大了！"

"你走路怎么一瘸一拐的，是不是受伤了？"

"嗯，两个肩膀都烂了，每走一步都撕心裂肺地疼。"

我转头对陪着她的那位男同胞故作责备地问:“这个美女这么辛苦,你为何不帮她背一下包,或者帮她分担一些背包里的东西?”

男同胞无奈地解释:“我多次强烈要求把她的包拿过来背,甚至想抢过来,但她坚决不同意。她说要靠自己独立完成的比赛才是真正的完赛。”

我一时无语。那时正是晨曦初露,沙漠里面的温度接近零摄氏度。走在寒冷的沙漠中,我浑身顿时感受到一股热浪,内心对这位完全陌生的美女肃然起敬,这是一位巾帼英雄!在国家号召“促进全民健身”的今天,我们全民对于健身的理解还在初级阶段,对户外精神的理解更加浅显。在万里之外的异国他乡,在这样一个异常艰苦的赛事中,一位看似柔弱的女子却能坚守独立精神,让我非常意外。这才是户外精神!这才应该是我们可以展示给他人的中国精神!

我们当然不会反对户外活动中的团结互助,人道主义救援和帮助是户外应该坚守的美德,但独立精神是促进自强、自尊的根本。我们鼓励每一个人对赛事充满敬畏之心,每一次当你站在起跑线上时,你都应该已经为此次比赛做了充分的准备,具备了独立完赛的能力,并且如果比赛时出现了自己不可控的因素,或者身体状况不好,要能勇于退赛。这样才能减少户外事故的发生,让户外成为健身、陶冶心情的乐园,而不是痛苦的记忆和灾难的场所。

我参加过国内外不少的赛事,不管是越野还是马拉松,我感觉国内很多的赛事举办方都非常迷茫。一方面他们希望强调赛事的严谨与公平竞技,另一方面在面对广大参赛者的抱怨和压力时,又刻意委曲求全。比如我见过不少国内的赛事举办方为了让参赛者体验好,几乎使出洪荒之力，除了补给丰富、医疗保障周全外，甚至还有马拉松赛每200米配一个医护人员，赛前热身、赛后拉伸很到位。即便这样，参赛者也还是有抱怨，有不满。更有个别越野赛为了迎合参赛者而把竞赛规则变来变去。组委会在赛事的举办过程中虽然盈亏不等，但几乎都是焦头烂额。

而我在国外参加过的几场经典赛事中，组委会都是淡定从容、处变不惊。比如在阿塔卡玛7天的艰苦赛事中，组委会除了每10公里左右有一次水补给，每天晚上有热水和提供休息的大帐供应外，其他的都由参赛队员自己背负。而且规定队员在中途丢下的任何东西都视同遗弃或捐赠，即便组委会捡到了也不会还给队员。7天的行程中，在干燥、温差巨大的沙漠里，只有一个站点有水以外的物品供应，那就是橘子，而且每人只能吃一个。在这样严苛的赛事规则下，所有的参赛队员无人抱怨，而且很享受，很尊重组委会的权威。

为什么？因为组委会认为所有从全球各地来到这个400年不曾下过一滴雨、地球上最接近火星环境的沙漠的参赛队员，不是来享受的，而是来挑战自己对极限的承受能力的，是来检验自己为这次赛事所做的所有准备是否成功的。

在我参加的法国勃朗峰天空马拉松比赛中，所有的道路都是原生态的。在很多地方能多角度欣赏阿尔卑斯山最高峰勃朗峰的美景，能接触到雪线和冰川，但没有建任何观景台，没有水泥或柏油马路，没有观景度假酒店或者别墅，一切都尽可能保持原貌，让人与自然和谐地融合在一起。赛道上，即便有的地方非常险峻、老树根盘错，容易摔跤，也不会有人工修葺，42公里的越野赛道完全保持天然。我目睹5个老外摔得人仰马翻，但大家不会抱怨组委会无情，而是怪罪自己状态不佳、能力有限。

究其原因，无论是这个城市的管理者还是这个赛事的组委会都深知，大家从全球各地来到这里，不仅是来参赛，而且还向往这里的原始风貌，这是上天赐给人类的礼物，任何人都没有权利破坏它。

1968年，美国著名民权运动领袖马丁·路德·金遇刺，杀手被捕后被关押在当时看管最严密的田纳西州丛树山州立监狱（这也是吃人狂魔汉尼拔被关的地方）。1977年，杀手从这个监狱中逃了出来，在荒山野岭中逃窜长达54小时后，被抓获，当时饥寒交迫的逃犯蜷缩在草丛中，事后警务人员说："我们看到他时，他的眼神中透着期求被捕的渴望。"54小时的生死逃亡，被抓地点距离监狱却不过几英里。

后来，这件事被超级马拉松爱好者坎特雷尔（Cantrell）知晓，他跟朋友说自己能在两天半（60小时）内完成100英里。

就这样，1986年，首届巴克利马拉松（Barkley Marathon）由坎特雷尔老头开启，13人参赛，0人完赛。第二年情况依旧。从1986年有这个比赛开始，共有800多人参加过，在规定时间60小时内完赛的只有15人，完赛率刚刚超过1.5%。在30年的比赛历史中，它被称为超越人类极限的比赛。比赛全程100英里，没有报名渠道（只能去打听这位老头的邮件地址，给他写信），收费只有1.6美元。也没有任何配套服务。选手必须自己找到田纳西州冻头山（Frozen Head）州立公园这个出发地点。即便完赛也不一定有奖牌奖杯等奖赏，老头认为，就凭你能来参加这个比赛，说明你已经不需要这些东西来证明自己了。即便是这样，这个比赛现在大有越来越流行的趋势，这又是什么原因呢？因为参赛者欣赏这种随意、无拘无束的赛事理念。

赛事的主办方在策划一个赛事之前，首先要搞清楚这个赛事将要给赛事参与者传递一个什么样的理念？自然、敬畏、公平、团队、荒诞、随意等等，当然也包括我们常见的唯利是图。这个不是赛事文化，而是赛事背后的哲学理念。只要确立了理念，就得在赛事规则和执行过程中坚守这个理念。在国外，除了生命救援以外，其他都非常简单。我们在阿塔卡玛250公里极地长征的报名费中，有250美元特别注明的“收尸费”，意思是他们不保证救援，但只要交了这250美元，就确定遇难后尸体会被运回来。这种看起来极其无情的赛事，其实清晰地传递一种观念，就是告诉每一位参赛者要敬畏比赛，自己对生命负责，不要轻易冒险，更不能把自己的生命赌在组委会或者其他参赛队友的身上。

如果参赛者能保持独立精神，主办方能坚守明晰的哲学理念，认可这种理念的参赛者就会纷至沓来，不认可的则会退避三舍。但不管如何，参赛者都能自立自强。清晰地了解自己，也能清晰地了解赛事规则、赛事文化、赛事哲学理念的参赛者，可以把事故率降到最低，也可以让户外运动变得更加健康和快乐。

以上这些观点是我希望通过这个珍藏版向读者朋友传达的理念。不管是参与跑步还是日常人生，自己有明确的原则和立场，才能避免随波逐流，才能避免自己陷入不必要的漩涡，才能做一个真实的自己，也才最有可能成为一个成功者。

读到这里，我想各位应该感受到我从一个技术型跑者到成为一个哲学派跑者的心路转变。这个过程并非一蹴而就，而是经历了林林总总让我深有感触的事，也遇到了许许多多令我极为感动的人才完成的。

回想这三年多来，从黄锋利苦口婆心劝我跑步、郁亮大哥在精神上给我鼓励、与北大光华戈九的兄弟姐妹们同场竞技与协作取得团队荣誉等，到与厉伟大哥一起经历阿塔卡玛极地长征等一系列越野和马拉松、与小斌一起经历勃朗峰天空马拉松和纽约马拉松，与200多个商学院的兄弟姐妹成立九A会、打造一个精神家园等等。过程中跌宕起伏、精彩纷呈。他们许多人身上的人格魅力、品质与格局都远在我之上。一路走来，我虽然在跑步的历程中筚路蓝缕、挫折不断，但心灵的收获却让我受用一生。

任何事情越深入越让人产生敬畏之心，跑步也不例外。随着我参加的赛事越来越多，见识的大神越来越多，越觉得自己不值一提。在与那些大神同场跑步的过程中，我通过自己的视角，观察着每一个鲜活的牛人怎么用行为证明自己的人生价值。他们的点点滴滴不仅丰富了我对跑步和越野这个世界的理解，也丰富了我的人生。

这本珍藏版在定位、布局、构思上都较首版和修订版有了很大的变化，这种变化得益于中信出版社的蔡欣总经理和图书编辑刘欣的努力。我在与她们的多次沟通中受到了不少启发。她们严谨的工作态度和精益求精的作风都是此版的品质保证。

感动！感谢！感恩！

野狼·汪书福

2016年12月24日于深圳